中国乡存丛书

瓦檐下的旧器物

黄孝纪——著
崔思群——插画

广西人民出版社

自序：消逝在岁月深处的乡村旧物

◎黄孝纪

我的故乡在湘南山区，是一个名叫八公分的偏僻村庄。1969 年我出生在这里，其时，父亲五十六岁，母亲三十八岁。我是家中最小的，上面三个姐姐。三姐比我大三岁，二姐比三姐又大三岁。可是，我的大姐比二姐却大了十一岁，这中间的差距，我是童年里在母亲的眼泪中才渐渐明白，那里曾有她几个早夭的孩子，我此生无缘谋面的哥哥和姐姐。

我有记忆的时候，大姐已出嫁到江对岸的牛氏塘，那时叫油市塘。这是一个仅有一条青石板合面街的小村，两边是青砖黑瓦的吊脚楼，溪流绕村，高树林立。这里地处要冲，是远近乡人往来行旅的必经之地，街面上有打铁铺、裁缝铺，还有供销社。曾有多年，我常跟随母亲，走过江上的木桥，穿过一片树林，来供销社买盐买煤油。

童年里，我们一家五口居住在一栋青砖黑瓦马头墙的大厅屋一角。这栋老旧的大厅屋上下两个厅堂，中间隔着石砌天井，一共住了五户人家，下厅两户，上厅三户。我家在上厅，紧靠着神台。每户人家的房屋都很逼仄，进门是灶屋，里间是卧房，由卧房一角的板子楼梯，连通木板搭建的楼上，各家的陈设也基本相同。

在我们家，灶屋里砌着一个四方形两灶孔的大正灶，两条宽板长凳靠墙摆放，交于墙角，像木匠的大曲尺，半围着象征一家之主的正灶，其中一条正对着灶门口。灶与凳之间的通道，仅容屈膝而坐。灶上常年搁着乌黑的鼎罐和铁锅，灶的背面则立着一张长条状的灶桌。灶桌是洗碗和切菜的地方，在其横长的缝隙里插上接手板，悬空于灶面之上，摆上碗筷，又起到了饭桌的功能。灶屋进门的另一面墙，靠墙而立的，是高高的碗橇和一个瓦水缸。碗橇是平素放碗放剩菜的地方，本是漆了老红色，却因西墙的木格窗小，光线幽暗，与四壁及楼板的乌黑融为了一体。水缸上口有一块搁板，板上放两只宽口瓦钵，钵里各放着一只竹筒水勺，一大一小。每天早晚，家人担了木桶，挑来井水倒入水缸，此处的地面，长年潮湿。灶屋是我们一日三餐吃饭喝茶休息闲谈的场所，烟火岁月，多是在此度过。我的学业也与灶屋息息相关，开蒙上小学后，每到夜晚，吃过饭后，将煤油灯盏移到宽板长凳，双膝跪地，伏在凳灶之间的空隙里写作业，有时一不小心，额前头发就被灯盏的火焰烧得焦臭。即便如此，我的学习成绩很好，每学期都有奖状，是我父母最大的荣光。

卧房与灶屋一门相通，是我最初来到人间的地方。曾有多年，靠墙是两铺曲尺状摆放的木板凳床，铺了稻草和席子，被褥陈旧，我和父母睡一床，二姐三姐睡另一床。床下的空间，多用来放置大厚饼状的炭块，以及炭箩、炭筛等杂物。卧房北面有一小木窗，窗下靠墙立着一个老红色的矮书柜，虽说是书柜，却并没有书，而是装了一家人的补丁衣服和杂物，一个常年装鸡蛋的旧瓦罐，也是放在柜子里。西墙开了一条侧门，通往屋后的青石板巷子，打开侧门的时候，光线一下涌了进来，卧房顿时亮堂了许多。靠侧门的墙角，是一架板子楼梯，斜搁在楼梯口的木梁上。楼梯下，放着锄头、镰刮等长柄铁农具，还有两只解小便的木淤桶，嚯嚯的响声，常在日夜响起。淤桶快满了，母亲就会从侧门提出去，挑到园土里，浇灌菜蔬。一直以来，我们家总是养着鸡。多的时候，要装两个鸡笼。到了夜里，鸡笼提进卧房或灶屋，每当公鸡打鸣，很是响亮。

楼上自然以大大小小的粗陶瓦瓮居多，装米的，装油的，装红薯皮的，装花生豆子的，腌咸菜酸菜的，不一而足。板箱、蓑衣、斗篷、谷箩、米箩、簸箕、米筛，用来装棉被的四脚矮柜，甚至干柴，也都放在这里，随时取用。楼上最大的器物是谷廒，它是一家人的粮仓，廒里的亏盈，牵动着父母的忧乐，关乎我们肚子的饥饱。我的二姐、三姐长成姑娘后，她们的凳床搬到了楼上，下面的卧房显得略为宽敞些，而楼上则更拥挤了。

那时的大厅屋是五户人家共用的，各家都砌了一个煮潲的大砖灶，每天早上，家家户户挑水，剁猪草，煮潲，厅屋里烟尘弥漫，浓浓的青烟在天井口汇聚，升腾而上，飘散在高高的瓦屋上空。厅屋里人口多，养的鸡鸭鹅狗也多，鸡笼、鸭笼、潲桶、水桶、竹篮、竹筛、扁担、八仙桌、长凳，种种家什，都要一处安放，也就显得局促了。四时八节，一个厅屋的主妇们，先后在神台前化纸焚香，虔诚祝祷。遇着娶亲嫁女的喜庆日子，厅屋里摆了酒席，宾客满座，喜气洋洋。而在老人去世的时候，厅屋里停放着黑色的灵柩，点一盏神灯，也有几分让人望而生畏。冬日长闲，厅屋里常有匠人驻足，做木工，打砻，编织蓑衣，修补套鞋，引来众人围观。出红薯烧酒，也是这个季节，洗净的猢锅添满发酵好的红薯酒糟，盖上罩盆，用竹管连接矮桌上的过缸。过缸里加了冷水，用来冷却夹层里流淌的酒蒸汽，过缸下面，摆放一只酒坛。当灶里的柴火熊熊燃烧，要不了多久，过缸里的冷水就渐渐冒了热气，突然一声清响，一线清亮的酒液流出，源源不断落进酒坛，厅屋里弥漫着淡淡的酒香。

每栋老厅屋的大门外，都是一条光亮的青石板巷子。巷子纵横交错，连通村庄的每个角落，连通通向村外的石板路和石桥。每天，挑水的人，喂猪的人，上茅厕的人，出门干农活的人，放学回家的人，以及鸡鸭猫狗，脚步杂沓，在巷子里来来往往。巷子脏了，一场大雨过后，又光洁如洗。在夏日，巷子里南风吹拂，十分凉爽，我们常在此玩耍，下棋，跳绳，踢鸡毛毽子。夜幕星空之下，巷子里摆了各家的竹椅、长凳、矮凳，邻里们聚在一起，或吃饭，或乘凉，摇着蒲扇，谈天说地。深冬大雪纷飞的日子，巷子里铺了厚厚的白雪，瓦檐下垂挂着长长的雪杆，晶莹剔透。我们踩雪，堆雪人，抱了长竹篙敲打雪杆，不亦乐乎。

在我童年所居住的大厅屋的大门口，是一条青石板路和一条石砌水圳，流水清澈，沿着村前自南而来，附近的人，洗衣物，洗猪草，常在这里，十分方便。这条石板路和水圳，一路并行，向北穿过一片杂屋、猪栏、茅厕和池塘，就到了规模宏大的黄氏宗祠，绕过宗祠的背后和那棵高大的古枫树，就出了村庄。宗祠年代久远，雕梁画栋，却保持完好，是村庄的重要公共场所，村中有红白喜事，就放在这里办酒席。宗祠里有戏台，是演古装戏的地方，有很多年，每年春节期间，就会有乡村的戏班子来演多日的大戏，远近村庄的人都来看戏，盛况空前。宗祠的旁边，有一栋两层的小瓦房，是我们村的小学。这里只有一年级和二年级，到了三年级，就要去邻村的羊乌完小。

1982 年冬，我刚上初中，我们家搬进了新建的瓦房，在村庄的南端，此时，大集体解散，分田到户。这里视野开阔，光线很好。屋前是一条清澈的溪圳，溪岸下是我们家的小鱼塘，推而远之，便是稻田、江流和山岭。屋旁有我家的一块小禾场，毗邻的，是更多更大的禾场，那原本是各生产队的。一年里，禾场大多数时候是空置的，是村里孩子和少年打陀螺的好地方。每逢夜里放露天电影，宽大的银幕挂在禾场边禾屋的墙上，禾场上摆满了长凳，或坐或站，满是人。禾场是晾晒谷物的场所，那时候，五谷杂粮，村人都爱种植，不让土地闲置。初夏割了小麦，挑到禾场打麦子，晒麦子。黄豆、高粱、花麦、䅟子、花生，也都是在禾场晾晒。到了割早稻割晚稻的那段日子，禾场上就更忙碌了。每天上午，各家从稻田挑来的稻谷，将一块块禾场晒满。傍晚太阳落山，家家户户又将竹扫帚、刮板、谷箩、风车、撮筛、杆秤诸物一股脑搬了来，收谷，车谷，过秤，挑谷，禾场上一派热闹景象。

村前这片广大的田野，养育了我的童年和少年。在那个传统的农耕时代，村人视田土山为命根子，视牛为珍宝。随着四季的轮替，农夫驱着水牛、黄牛犁田，耙田，种上水稻。为让稻田保存良好的地力，村人割来草叶，挑来牛栏淤和猪栏淤，踩入泥底，作为稻田的有机肥料。农田里的各项水利设施也能得到良好的维护，山塘是蓄满水的，江流溪圳也是满的，渡槽是通畅的，稻田里的禾苗生气勃勃，成就了多年的丰收盛况。于今看来，这也差不多是故乡农业的鼎盛时期。与此同时，随着乡村经济的发展，建新房的热潮随之兴起。故乡青砖黑瓦老宅的周边，大量的新房如雨后春笋般冒出来。

1987 年我高中毕业，顺利通过高考，考取了中专。从此，我渐渐远离了故乡，成了一名异乡的游子。而时代的巨变，也急剧影响着这个偏远的传统山村。在改革大潮和打工热潮的裹挟下，村里的年轻人和中年人，开始大量涌入广东，进入城镇的工厂流水线和建筑工地，打工的收入远胜于耕种。潮流浩荡之下，村庄的生产生活方式发生了重大变化。起初，每到耕种收获季节，进城务工的劳动力大多会回流村庄，帮做农活。渐渐地，雇请留守在村庄的老年人和妇女代为耕种，或者将土地转包，成为风尚。田土山荒芜废弃者，越来越多，有时一场山火，昔日郁郁葱葱的油茶林连片烧毁，人们对此束手无策。多年之后，故乡这个近千人口的大村，没有人养牛养猪了，鸡鸭鹅狗都很少了，犁耙无用，磨坊倒塌，榨油坊拆毁，池塘干涸，田园多有荒芜……

2005年，武广高铁动工修建。我的故乡八公分村，因为铁路线南北贯穿而过，被列入拆迁范围。那些青砖黑瓦的老宅，那些20世纪80年代以后建成的瓦房和平房，大多夷为平地，包括我家的那栋曾经的新瓦房。新村异地而建，全是装修一新的楼房，大多三四层，与城镇小区无异。那些曾为几代人所熟悉的旧时的乡村器物，与新的时代格格不入，被抛弃，被遗忘，渐行渐远，消逝在岁月深处。

八公分，这个湘南山区的一个普通山村，数十年来，它的沧海桑田，起伏沉浮，成为中国乡村变迁的一个缩影。在城市化的进程中，工业化的兴起和加速，让八公分村日新月异，乡人不再局限于农耕，人们的生活更为丰盈，有了更多的可能性。不过，对于我们这一代人甚至几代人，它也令人感伤，那里曾传承了一代又一代人的民俗风情，那里曾升腾着我们的炊烟岁月，那里留存着我们南方乡人的所有记忆，沉淀着几代人的艰难、苦难、努力以及欢愉。然而，世易时移，很多物事离我们越来越远，包括那些青砖黑瓦下的乡村旧物，生活一切一切的苦和甜，不复以往。

于是，我常想，对于那些曾与我们亲如肌肤的，一代代农人的乡村旧物，对于那也许将成为历史的农耕文明，我们既然无法将它们一一挽留，那么，就让我们趁着它们的背影还未曾遥不可及，趁着我们尚保有深刻而温暖的记忆，用真实而朴素的文字，一颗赤子之心，尝试将它们列入一个永不褪色的记忆的博物馆，为几代人的乡村生活、乡村记忆立传。

如此，当我站在半百人生的驿站回眸来路，回眸那蒙尘远去的旧器物的背影，我愿意在我的文字里，将它们一一抚摸，磨得锃亮，让它们在我的记忆里闪闪发光。

2019年8月8日写于义乌

目录

第一辑　温暖的卧房

第二辑　灶屋的烟火

第三辑 厅屋的时光

第四辑　幽深的巷子

第五辑　金黄的禾场

第六辑　田野的剪影

第一辑

温暖的卧房

瓦檐下的卧房，逼仄而幽暗，熹微的晨光从木窗照进来，那靠墙摆放在长凳上的板床，窗下的书柜，墙角的板子楼梯，以及楼梯下的淤桶，便轮廓分明起来。父母窸窸窣窣穿衣起床，又开始了一天的生计。楼梯通往木板的楼上，有一个高大的谷廒，廒里的盈亏牵动着母亲的米筒和米筛，牵动着一家人的喜与愁。

长凳

支撑乡人的生与死

长凳是八仙桌的标配。一张八仙桌，四方各配一条大小完全一样的长凳。

旧时的故乡，每个村人的诞生，都离不开瓦檐下那方逼仄的卧房，离不开一铺凳床，我也是如此。因此，当我回首来路，我愿意从那间光线幽暗的卧房开始，从那些支撑床板的粗糙长凳开始。

在我的故乡八公分村，木凳的形制大体有四：矮凳、独凳、宽板长凳、长凳。

这些木凳，材质以杉木为主，都是四条腿。区别在于面板的长短、宽窄与厚薄，以及腿脚的高矮粗细。最矮小的自然是矮凳，多给小孩子坐，成人长时间做一些离地面很近的活也坐矮凳，我父母每天剁猪草，就是坐矮凳。独凳，可看成是矮凳的升级版，比矮凳更高大，顾名思义，也是一人独坐，更适合于成人，小孩坐着往往腿不及地。最宽最长的，是宽板长凳，这是灶屋里的专门坐具，通常一户人家两条这样的凳子，呈曲尺状靠墙摆放，围着正灶，一日三餐都是坐在这里。长凳，则是宽板长凳的缩小版，面板更窄，也更短，通常情况下，能坐两个成人。

长凳是八仙桌的标配。一张八仙桌，四方各配一条大小完全一样的长凳。在往日，村人围着八仙桌吃饭喝酒，多是在红白喜事办宴席的场合。平素过小日子，很少有这么正规的。当然，也有房舍宽敞的人家，在厅屋里常年摆上八仙桌和长凳，作一日三餐之用。

八仙桌未必每家都有，但长凳却肯定无家不有。新的、半新的、旧的，端正的、瘸腿的，面板光滑的、粗糙开裂的，上了油漆的、没上油漆的，家家户户的长凳也各有不同。要不然，夏日里一条石板巷子常常摆了好几家歇凉的长凳，也不见谁搞混拿错了呢？

长凳多是在夏秋间用来闲坐的。严寒冬天，春寒料峭，我们家里来了客人，或有邻里来访，父母肯定是热情邀请来人到灶屋里的宽板长凳上坐，且还要客气地让出正对着灶门口的位置，以便客人烤火取暖。夏秋间则不同了，除了母亲在那里汗水涔涔烧火做饭做菜，谁也不愿坐灶屋里。我们通常在厅屋里，或檐门口，摆放几条长凳，随时坐歇。吃饭时端一个碗，或站或坐，尽量找一处凉爽通风的地方。

夏秋之夜，一天的酷热总算过去。青石板巷子里，也早已泼了水，消去余热。各家邻居的长凳矮凳，纷纷摆了出来，靠着一侧的屋墙。众人摇着蒲扇，坐凳上吃饭、闲聊，巷子里碗筷之声叮叮当当。这里也成了欢乐的夜场，孩子们奔跑，玩耍，仰看星子，缠着大人说古道今。主妇们则家长里短，嘁嘁喳喳，往往要等夜色已深，孩子们和男人上床酣睡了，她们才打着哈欠，收捡长凳矮凳进屋，各自关门上闩。

那时村人青砖黑瓦的卧房里，木板床多是用长凳铺搭。两条长凳，靠墙摆放，一端一条，搁上木板，铺上稻草和席子，就是床了。我童年时期，居住在一共有五户人家的大厅屋，我家只有两间窄小的房子，前间为灶屋，里间为卧房，由斜靠卧房一角的宽板楼梯上楼。我家的卧房里，就是这样的两张凳床，紧靠两面墙壁，呈曲尺状摆放，连在一起，一床是我和父母睡，另一床是我二姐、三姐睡，看起来简朴又寒碜。另在楼上也搭了一铺凳床，以便我已经出嫁的大姐带着外甥回来时睡。

长凳也是村人垫脚取物的用具。比如，要把大瓦罐搁到碗橼的顶板上，或者取物时，拿一条长凳，站上去，伸手就能够得着。

长凳又是大肥猪受死的刑具。每户人家杀家猪时，屠户都是先在猪栏门口的空地上摆上一张结实的长凳，面前是接血的碗盆和尖刀。猪被赶出来后，屠户和帮手有的捉猪耳朵，有的提猪尾巴，拼力将猪前身紧压在长凳上。猪号叫着，反抗着，但终归无济于事。

长凳还是习武之人的器械。那时村里有几个拳师，农闲收徒习武。每年春节期间，他们常在本村和附近的村庄耍狮子，表演各种拳术和器械套路。其中就有一项，不是刀枪棍棒之类，而是长凳，挥舞得凶狠有力，虎虎生风。

村庄里的长凳最为集中的场合，当属看露天电影和在宗祠里看戏的日子。放电影的来了，巨大的银幕挂在禾场旁边的屋墙上，时才黄昏，早有孩子少年肩扛长凳络绎而来，密密麻麻摆放，抢占好位置。看戏的时候也是如此，尚未开演，戏台前方的中厅，各种长短高矮新旧不一的长凳，已经摆得拥挤不堪，人声鼎沸。

乡人的一辈子，坐着长凳，躺着长凳，用着长凳。及至生命终止，盖棺定论，仍然离不开两条长凳。许多年后，父母的棺材先后搁置在厅屋中央的长凳上，亡亲平躺于里面，在我们家的厅屋里睡上最后的几个日夜。出殡的那一天，当棺材稳稳地被众人抬上了肩，长凳被推倒在地，父母从此永别了家，永别了村庄和人间。

长凳

乡人的一辈子，坐着长凳，躺着长凳，用着长凳。及至生命终止，盖棺定论，仍然离不开两条长凳。

笼罩

菜蔬衣物的
烘 晒 器

对于我来说，关于笼罩的儿时记忆，更多的是与菜蔬食物，与母亲放在卧房里和楼上的那些腌菜瓮联系在一起。

居家山村，晒烘衣被菜蔬诸物，总是十分寻常。因此，旧时的故乡，家里没有笼罩和烘架，恐怕是行不通的。

笼罩是篾编的圆筒，高三尺许，内径在一至二尺之间，且在中腰偏上位置，内置一块圆形的竹筵子（方言读音），隔成上下两个空间，上端开口亦由此渐大。

有新生小儿的人家，笼罩更是必不可少。孩子的衣裤尿布换洗得勤，白日里若是天晴，便摊开在笼罩的周壁和筵子上，提到屋外太阳底下晾晒。再者，笼罩也轻巧，能随时随地追逐阳光而移动，避开荫翳。没有阳光的日子，尤其是长时间的阴雨天，每餐吃过饭后，将笼罩端上正灶，罩在灶口之上，让灶膛里柴火或炭火的余烬，将衣物烘干。当然，在这样的天气，一家人洗后尚未晾干的衣裤鞋袜均可如此烘烤。

对于我来说，关于笼罩的儿时记忆，更多的是与菜蔬食物，与母亲放在卧房里和楼上的那些腌菜瓮联系在一起。

暮春时节，腌大头萝卜，正当其时。那些切了缨子刨了皮的白白胖胖的大头萝卜，在禾场上晒一两日后，母亲就

会把它们切成小块，然后装入笼罩，白天晒，夜里烘。蔫了，
这才装坛腌制。腌大头萝卜是故乡无人不爱的风味菜，它咸
里微酸，夏日里切片与青辣椒同炒，口味甚好。而红辣
酱腌大头萝卜，尤其是用霉豆腐和红辣椒灰搅拌
后腌制的大头萝卜，那种香脆咸辣的独特
风味，堪称绝妙！

进入初夏，青黄不接，金子芋头（即土豆）成了日常的主菜，甚至当饭吃，天天吃，餐餐吃，吃得让人倒胃口。不过，有时候，母亲会将蒸熟的金子芋头切片，放笼罩里，端到太阳下晒干。干透的金子芋头片坚硬如铁，像一枚枚金黄的铜钱，样子看起来倒是十分可爱。母亲偶尔油炸一小碗干金子芋头片，焦黄，脆硬，咬起来一蹦一蹦的，磕牙。干金子芋头片多数是留待端午后出了辣椒，做菜时先抓一撮浸泡软，与辣椒同炒。

在烈日盛夏，菜园里的种种菜蔬一齐登场，迎来了丰饶期。每天早晨，母亲都会摘了一竹篮新鲜的菜蔬回来，诸如长豆角、青辣椒、茄子、丝瓜、苦瓜、黄花菜等。有时也会摘来冬瓜、南瓜，甚至又黄又大的南瓜花。这诸多的菜蔬，一时吃不了，母亲每每会把一些菜蔬，经过一番加工后，晾在笼罩的箍子上，端到太阳底下去晒干。比方说，青辣椒焯一下沸水，能晒成白辣椒皮；长豆角焯水后，晒成干豆角；冬瓜切成小块，晒半干，腌进剁红辣椒瓮里，香喷喷的，如同肥肉；茄子蒸熟后，拍扁，晒干了腌进辣酱瓮，吃时软绵绵的，脱了牙齿的老人尤爱；南瓜花水焯后晒干，油煎了吃，又脆又香……

深秋挖水芋头，那些黑乎乎毛茸茸大过拳头的芋头婆，母亲刨皮后，蒸熟切块，放在笼罩里烘晒干。干芋头块，多与辣酱同腌，也可日后水泡后蒸煮，均是美味。

而在长闲的冬天，饭后的灶口上，笼罩数月里都不会闲着。每天拔来的萝卜，菜缨子和小萝卜剁碎了煮潲，水嫩嫩的大萝卜成了日常菜，或水煮萝卜丝，或煮萝卜片，或切成方形小墩，煮成墩子萝卜，放上红辣椒灰，又红又白的，实在可口。不过，更多的萝卜，是剖成两半后，再切成长条，堆放在笼罩里烘成干萝卜条。干萝卜条既可腌作咸菜，也能长期储存，日后泡水后切碎炒菜，比如春节里用干萝卜条炒肉片、炒猪耳朵、炒油豆腐，堪称佳肴。

烘烤蒸熟的红薯，也是长冬里母亲的日常家务。很多日子，母亲在夜里生一炉炭火，蒸上一大鼎罐焖红薯。红薯拿出来后，摆放在笼罩里，搁置在灶口烘烤。到了第二天早上，烤干了水分的红薯，干干爽爽，皮开肉绽，焦黄，黏着酱色的薯糖，很是好吃。这样的红薯伴滚烫的早茶，另加一碗红辣的腌萝卜条，全家人围炉而坐，烤着柴火，大快朵颐，真是快意！有时窗外雨雪纷飞，屋里暖意融融，想来亦是人间良辰矣！

那时红薯也是家庭主粮，蒸熟的红薯，吃不了的，就切片，用笼罩烘成红薯皮。有的红薯皮糖分很足，黄澄澄的，有巴掌这么大，甚至比巴掌还长，看起来很是可爱，吃起来绵软香甜。烘干的红薯皮，母亲装进瓦瓮里，一个冬天，能装上几大瓮。这些红薯皮能储存很久，越久越干，表面生了白色的盐霜。在来年青黄不接之时，从瓦瓮里掏一些干红薯皮出来，蒸软，便能饱腹。

相比笼罩而言，烘架的功能则单一得多。

烘架像一个只带有上半部门页的门框，周边是扁平的木枋，里面是用竹片隔成的栅栏。用时将其两根伸长如腿的侧木枋插入灶桌的横缝，悬在灶口之上，主要用来在雨雪天烘衣服，烘床铺。那时的床铺，

垫的是稻草和草席，盖的棉被也不是很厚实，而村人习惯裸睡，大冷天贸然钻进被窝，常冷得刺骨。尤其是上了年岁的老年人，更是受不了。因此，很多时候，在临睡前，乡人常于灶火余烬之上插上烘架，将被子、草席、稻草一一铺开，烘烤一遍。

我小时候爱尿床，尤其是在寒冷的冬夜。有时尿得大，甚至湿透了席子和稻草。到了晚上睡觉时，母亲在灶口罩上笼罩，或者在灶桌上插了烘架，抱来我前一晚尿湿的被褥烘烤。看着那滚滚热气从稻草、席子、被子里冒出，尿味弥漫，而姐姐也恰逢其时地取笑我几句，常让我无地自容，颜面尽失。

书柜

那个年代
无书可装

书柜其实是故乡人对卧房里立柜的俗称，以如今的眼光看来，叫衣柜更合适。

书柜，却并不装书，也无书可装，这名字曾让我很是疑惑。在我们这个家庭，年龄有点悬殊。父亲（黄观成）三十六岁才结婚，那时母亲（邓观莲）十八岁。父母生下我大姐荷花之后，隔了好几个夭折的孩子，才相继生下二姐贱花，三姐春花。父亲五十六岁那年，我出生，既是家中唯一的男孩，也是母亲生下的最后一个孩子。我与大姐之间，隔着十七岁。我有记忆的时候，大姐已经出嫁到与我们村庄仅一江之隔的对面小村油市塘。

那个时候，大姐是我们家读书最多的人，她高小毕业后，经大队和公社的推荐，曾上过地区的卫校，回村后当了大队的保健员，做了赤脚医生。作为她读过书的象征，我的家里倒是有几本字典状的厚医书，不过封面已经没有了，而且前后撕掉了不少，想来是父亲吸烟撕成了这般模样。这些书并不放在书柜里，而是丢在楼上的廒盖上面，落满灰尘。有时，我和二姐、三姐拿下来，翻看书里一页页草木图片，是用线条画的，跟平常在野地里看到的花花草草像又不像。廒盖上还有几本红壳子书，有大本的，有小本的，我不识字的父母亲说，那是发下来的红宝书。

除了这些，家里好像再没有别的书。所以我从小就对卧房里的这个书柜犯迷糊，咋叫书柜呢？不过，既然父母姐姐都这么叫，我当然也这么叫了。

书柜其实是故乡人对卧房里立柜的俗称，以如今的眼光看来，叫衣柜更合适。我们家的那个书柜就立在卧房的木格窗下，靠着墙壁。

打开卧房通往石板巷子的侧门，光线一下子涌了进来，能把暗红色的书柜照亮。书柜不大，四四方方，宽三四尺，高四五尺，外形简单。它的正面只有一对双开门，门扇上悬着二三指宽的铜片拉手。打开柜门，顶部有两个抽屉，柜门底下是一个大暗格，平素盖着一块活动的小方板，板上有一个铜拉环。暗格之上，抽屉以下，一块隔板分出两层空间，用来存放衣物。

其实在我的童年里，全家人的衣服都很少，也很破烂，经常是母亲缝了又缝，洗了又穿。书柜里能空闲下来的破衣旧裤并不多，大多时候里面是空空的，放一些杂物。

那时，村里有大片的苎麻地，到了夏季就要砍苎麻、刮皮、晒丝、搓线。我的母亲每年都要搓或粗或细的几大捆苎麻线，用来纳鞋底，缝缝补补。年复一年，新线压老线，母亲全都放在书柜的暗格里，要用时，就抽取一些。我的印象中，这差不多是书柜里最新最多的东西。

书柜里还放了一只瓦壶，老旧乌黑，缺了壶嘴和壶盖，是用来存放鸡蛋的。家里养了不少鸡，曾有很多日子，在秋收之后，我每天早上用鸡笼挑着一担鸡放到村前的干稻田里，到了傍晚再去收鸡，挑回来。鸡陆续下蛋，旧瓦壶也就常装得满满的，令人欣喜。

书柜旁边有一只腌盐蛋的小罐，连年累月，罐里面的泥水汤已乌黑如墨。曾有多年，这腌蛋水可是家家不可或缺的良药。村里的孩子常会患上腮腺炎，俗称猪头风，半边脸和下颚肿得像大包子，又痒又痛。我染上这种病时，母亲就从罐里倒出小半碗黑泥水汤，拿一支鸭翅羽毛，蘸水涂抹我的脸颚，顿时就感觉清凉许多。只是脸上黑如包公，奇丑无比。这般模样，自然会招来小伙伴们的取笑，但是，这也不过五十步笑百步而已。大人们倒是见多不怪，谁不曾如此呢？

书柜有四条腿，底板距离地面有几寸高。有许多年，我大姐上卫校实习时从山间采来的一截金毛狗（一种蕨类植物），就一直放在书柜底下。金毛狗像一根干朽发黑的大骨头，表面成片生长密集的金色绒毛，是刀伤止血的良药。村里仅我们一家有这东西，有人切菜、剁猪草或砍柴伤了手脚，便赶紧来拔金毛敷上。我父母说，偶尔给金毛狗淋洒一点糯米胡子酒，金毛长得更多更密，金光闪闪。这金毛狗后来不知被谁拿走了，再也没有送还，一家人为此惦念惋惜了很长日子。

我上初中那年，家里在村南建了半栋新瓦房。这个老书柜，也跟随我们来到了新居，放在父母的卧房，存放他们的衣服和杂物。其时，一条柜门的榫子早已断了，平素难以关合。有时母亲用瓦缸酿糯米酒，覆盖严实了，也是放在书柜里酝酿。

我由初中而高中，而中专。可是，那么多年，这书柜竟然没有放过书。

莫非那个时代，乡村人家徒有其名的书柜，就这命耶？

书柜

书柜不大，四四方方，宽三四尺，高四五尺，外形简单。

板箱

中学时代的好伙伴

这只板箱真正与我的生活密不可分，是在我上初中住校之后。

那只旧板箱，差点还得陪伴我去远离家乡几百公里的湘潭上学。

儿时我们家老宅卧房的木板楼上，在靠近楼梯口的位置，挨着邻家的木板隔墙，搭了一张床。这床与楼下卧房的床是一样的，两张长凳上搁上木板，铺上稻草和席子就成。我的二姐、三姐日渐长成姑娘时，她俩睡到了楼上，楼下是我和父母亲睡。姐姐的床与楼梯口是如此之近，以至于我常暗暗担心，万一她们晚上做噩梦落下床，一个侧滚，就会从楼梯口掉下来，定会伤得不轻。还好，这样的事情，直到多年后我们家搬到新瓦房，也不曾发生。

楼上这间逼仄的房子，除了姐姐的床外，在对面屋角还摆了一只黑色的旧四脚柜，柜面上搁一只老红色的板箱。四脚柜旁边，是几只大小不一、落满了灰尘的腌菜瓮。床的另一端，这房子还开了一道门，与灶屋的楼上相通，这门只有门框，没有门页，而且灶屋那边的楼板要比这边高一些。因此，平素家人上楼，去灶屋楼上拿柴火、撮谷子、量米，得从姐姐床边与四脚柜腌菜瓮之间的小通道过，跨门槛时还得先上两级青砖铺的台阶。

我那时对黑四脚柜和红板箱没什么特别的好感，也不甚注意。上楼偷吃的东西，那里面通常没有。我曾揭过板箱，是姐姐的破衣烂袜。好不容易把板箱搬下，打开四脚柜木盖，里面要么就是两床黑不黑黄不黄的旧棉絮，要么就空荡荡的什么也没有，倒是杉木板白亮亮的颜色，与柜外面的黑漆皮及周边的环境形成鲜明对比，印象强烈。

这只板箱真正与我的生活密不可分，是在我上初中住校之后。其

时，我们家已搬到新瓦房居住，二姐、三姐都已不再上学。

我的三年初中读了三个学校。第一年是在羊乌附中，也就是我小学毕业的那个羊乌学校，特地开办了初中一年级。初二是到本乡的洋塘中学，这里离家有十里山路，平时住校。初三时，村里的湘德老师在邻乡的高亭中学当初三班主任，母亲就让我转了学。离家也就更远了，有二三十里。

自初二起，到高三毕业，五年时间，这只原先姐姐放衣服的小板箱，就成了我的书箱，与我长年相伴。每个学期开学的时候，我挑着板箱、被子、米、腌菜瓶子，走路去学校。有时，姐姐一路相送，她挑的时候更多。

初中的两年住校，我们睡的是楼板上的地铺。同学们沿着四周的墙，紧连着铺上稻草编织的秆铺和草席，中间是公共活动场所。差不多每个人都在自己地铺的一端，摆放了一只或大或小或新或旧的板箱。板箱里其实也没什么太多的东西，无非几本书，三两件衣物，一两个腌菜瓶子。那时大家多来自农村，每个月从家里用蛇皮袋挑三四十斤米，到学校换成饭票。菜则用玻璃瓶子从家里装腌菜、酸菜、霉豆腐之类，一个星期回家带一次。吃饭的时候，我们端着搪瓷盆到食堂窗口排队，打一钵光饭。回到宿舍里，开了板箱的小铁锁，拿出腌菜瓶子，夹一些菜出来，呼噜呼噜，吃得津津有味。相好的同学之间，有时也交换一点各自的菜肴。

上高中后，宿舍里是高低木架床，上下各一铺，板箱放在床底下。我的那只板箱除了更旧了一些，漆皮剥落得更多一些，里面装的东西似乎与初中时代也没有什么本质不同，无非是简单的衣物和书本，还有腌菜瓶。尽管学校食堂餐餐都有学生菜卖，于我只能偶尔解馋。

倒是有一年放寒假回家的路上，这只板箱差点被摔得解体。先一天下午考完试，宿舍里大多数同学都走了，只余下我们几个离家都很远的，还得住一夜。那天晚上，我们异常放松兴奋，开着电灯，坐床上打了整整一个通宵的扑克。第二天大早，天刚蒙蒙亮，我们就各自挑了板箱、铁桶、棉被赶路。

我所读的是农村高中，依然位于高亭乡政府所在地，与高亭中学隔江相望。二三十里的山路，我走着走着，竟然瞌睡绵绵，趺趺撞撞，上眼皮止不住地要塌下来。在一处下坡的高坎上，我猛然一脚踏空，连人带担仰面摔在冰冷的水田里。我一下惊醒了过来，心跳怦然，连忙站起身，把板箱、铁桶和被子搬上岸。

板箱摔得裂开了，里面的书也泡了水。被子好在包裹在一块大塑料布里，外面只是涂了泥水，并无大碍。我的衣服鞋袜已经湿透，粘满烂泥，索性搓洗了一下。我重新挑起担子，继续赶路。一路饥肠，寒冷透骨。

高中毕业那年，我顺利通过高考，被远在湘潭的湖南省建筑学校录取。临近开学的日子，我们家按规定到粮站给我交了几百斤稻谷，从此我就是吃国家粮的人了。母亲又特地给我置办了一床印着大红花朵的新被褥。至于书箱，她说那个板箱还能用，就提它去。

那时我的二姐已经出嫁，她不同意母亲的观点。二姐说，那板箱都那么破旧了，到新学校会丑人。她当即去供销社，给我买了一只蒙着一层方格子红布面的新皮箱。

那板箱后来去了哪里，我不得而知。

是过于破旧，扔了，还是当作柴火烧了呢？

板箱

自初二起，到高三毕业，五年时间，这只原先姐姐放衣服的小板箱，就成了我的书箱，与我长年相伴。

脚盆

洗涤劳累与辛酸

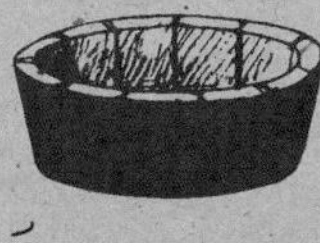

木脚盆沉重，年岁久了，木质朽烂发黑，以后渐为塑料大盆所取代。

人到中年，回过头一想，觉得出生在农村真是一种幸运。能说一口流利的家乡土话，这更是父母给自己的一笔莫大财富。

土话形象，但很多只有读音而无合适的文字，有的翻译成普通话都十分困难，语义语境也会随之变形失真。我的故乡八公分村有一个词，转换成普通话，叫作“打浮鱼”，大致意思是游泳。其实，这个词本身的含义是指儿童和少年在水面游动时手脚扑腾、水花飞溅的可笑样子。若说“打干浮鱼”，则指双手支撑岸边不动，只是双脚扑腾，这是初学游水的第一步。要是说某人，尤其是说某成年男子只会“脚盆里打干浮鱼”，则纯是揶揄取笑，甚至有蔑视其无能的意味了。

昔日的村里，脚盆不可或缺。家有女人和孩子，脚盆就更不可少。甚至一些人家娶亲嫁女，红漆脚盆也是一件重要的嫁妆。

脚盆多是用厚实的杉木板做成，外面紧箍两圈铁丝，壁高尺许，内空圆阔，足够一个成年女性盘坐在里面洗澡。事实上，这也是脚盆最主要的功能。小时候，盛夏的傍晚，母亲收工回来，就生火烧水，从卧房床底下端出脚盆，放在门外的青石板巷子里。热水烧好了，母亲倒入脚盆，再兑上冷水，满满一大盆，温温的。我便脱了衣裤，坐在里面，拍水玩耍。这样的时刻，整条巷子里，差不多家家门口都有男孩女孩或站或坐，在脚盆里洗澡，一律光光溜溜，嘻嘻哈哈。给我洗完澡，母亲斜倾脚盆，将洗澡水倒入巷边明沟，端进屋，关上房门，供我姐姐们洗澡。母亲则要等到吃过晚饭，做完所有家务，最后才洗。

我上小学后，不再坐脚盆里洗澡。这时，我已懂得害羞，如再坐脚盆洗澡是要被人笑话的。村里的习俗，热天男人们洗温水澡，都是在傍晚天擦黑时，提半桶水，带上长帕和换洗裤，到村北宗祠瓦檐下的石板路上洗，也叫洗溜水澡。这里地偏，每天黄昏之后，女人们就会自觉避开。一长溜的男人们，在夜色里面目模糊，但雪白的屁股却很耀眼。他们或半蹲，或站着，用长帕在面前的木桶里沾湿了水，或擦搓前胸，或反手曲臂拉扯后背，水声哗哗，一面还彼此间呱啦着闲话。许多次，我也跟随父亲到这里洗溜水澡。不过，更多的日子，我是同伙伴们一道，在村前的江水里游泳。

白天，脚盆也成了母亲和姐姐们的洗衣盆。有时，她们会用桶子提了一家人的换洗衣服，到井边或溪圳边，浸泡后，擦上茶枯饼的粉末，一番搓洗，再用木杵反复击打，然后漂摆干净。有时，她们就在脚盆里斜搭一块搓衣板，坐在矮凳上揉搓，俯首弯腰，双臂伸缩如簧。在深冬，外面天寒水冷，用脚盆洗衣服的日子就更多了。尤其是当某个人家烧柴火出红薯酒，过缸里用来冷却酒蒸汽的水很快就变热了，每隔一段时间，就需舀出热水，重新添加冷水，这就成了附近女人们的良机，纷纷提了桶子，或者端了脚盆来，接上热水，洗衣洗裤，洗鞋洗袜，甚至扯了被套来洗，笑语喧哗，不亦乐乎。

过年杀猪，不但自家的脚盆要用上，事先还得向邻里借一只来。大肥猪杀死后，横搁在两只紧挨的脚盆上，头和前脚落在一盆，屁股和后脚落在另一盆。然后屠户用铜茶壶打了烧沸的热水，从头到尾逐一烫毛。刮毛的两个帮手，双手握着乌黑的铁刮子，面对着面，一个刮前，一个刮后，刮得毛飞水溅，嚯嚯有声。一边猪毛烫刮干净了，翻过另一边，再烫，再刮。最后一番清水冲洗，猪身白白亮亮，干干净净。这个时候，是脚盆一年中最肮脏的时刻。猪毛、表皮、油脂、污水，乃至粪便，甚是污人眼目。不过，经过几番擦拭和清洗，脚盆又能使用如常。

木脚盆沉重，年岁久了，木质朽烂发黑，以后渐为塑料大盆所取代。

脚盆

昔日的村里，脚盆不可或缺。家有女人和孩子，脚盆就更不可少。

淤桶

土地因之而肥沃

在我们家，更多的日子里，挑淤桶灌菜园是我母亲干的活。

姐贱花常说，她小时候之所以辍学，就是淤桶给害的。

在八公分村，尽管旧时大多数人没什么文化，甚至连一个字都不认得，但日常生活里说的一些词语却很典雅，比如：出恭、大淤、小淤、淤桶。出恭就是上茅厕，大淤就是茅坑里的大粪，小淤就是蓄积的尿水，淤桶就是那种专门用来装大粪和尿水的高大木桶。

家家户户都有一担淤桶，寡妇鳏夫也概莫能外。那时的村庄，居住的瓦房和茅厕是截然分开的，各自成片，相距较远。平日里，村人出恭才去茅厕，小便则都是男站女坐，解在自家卧房门后的淤桶里。

村庄门类众多的木桶中，淤桶尤显高大，桶身高，桶桥也高。其状与水桶颇为相似，也是箍了两道铁圈，却更粗更高。村人形容某些人矮，常会轻蔑地说："长得还没淤桶高！"能用钩挂扁担挑起一担淤桶，至少说明这个人个子很高了，接近或已经成年。因此，平日做与淤桶相关的农活的，一般都是成年人。

但事情往往也有例外，羊乌学校就是例外之地。大集体解散之前，我们村庄与两三里路之隔的羊乌村同属于一个大队，两村都有小学。不过，我们村在宗祠旁边的小学只有一年级和二年级，到了三年级就要去羊乌学校读书，那是一所完小。我到羊乌学校上学时，大我六岁的二姐已从这里辍学几年了。

那时，我们每周都有劳动课。劳动课除了打扫学校里里外外的卫生，就是种菜，偶尔也会浩浩荡荡列纵队去附近的农田干活，就是所谓的支农。学校有大片旱土，不仅学校旁边有，距离学校一两里路外的山坡上也有，而且更多。那是一个以劳动为荣的时代，周边高山的半山腰都有白石灰写的“农业学大寨”五个大字，远远就能望见。村庄的房屋和学校的墙壁上，这条标语就刷写得更多，字体字号五花八门。早几年我二姐上学的那阵，学校更是以劳动为主，半工半读。

学校差不多就是一个农场，冬春的小麦，夏天的蔬菜，秋季的红薯，村庄旱土里四时生长的农作物，这里一样不少。劳力有的是，五个年级一二百学生。有机肥料也十分充足，那一长排简易厕所里，每到下课时分，同学们就打着冲锋，人满为患，臊味和臭气远远就能冲倒人。

我们上劳动课，有时会根据老师的分派，到操场边的园土里干活：挖土，种菜，淘粪，抬淤桶。抬淤桶是一件很讨人嫌的活，两人抬着那半桶子黄浊的尿水或乌黑的粪汤，一前一后走着，晃晃荡荡，臭气冲入五脏六腑，令人作呕。走长一点的路，上坡下坡，就更是麻烦。我二姐读三四年级那两年，就是抬淤桶给抬怕了。她人矮，个子小，力气单薄，跟同学抬淤桶时，不管走前面还是后面，抬着抬着，那淤桶就滑到她这一头来了，有时到了她肩背，有时到了她胸前，尿水粪汤溅得她浑身臭烘烘的，有时甚至溅到嘴里。为此，她经常哭哭啼啼。上五年级的时候，她死命不肯再读书了，尽管老师也曾来家里劝导，无奈她态度坚决，从此也就辍了学。

在我们家，更多的日子里，挑淤桶灌菜园是我母亲干的活。

我们在老瓦房居住时，房屋逼仄，只有两间，一间是灶屋，一间是卧房。那两只大淤桶，平日里就紧挨着放在卧房宽板楼梯下的阴暗角落。日里夜里，全家人在这角落里拉尿，尿声嚯嚯，浊臭弥漫。桶下乌黑的地面上，尿渍常年不干。淤桶快尿满了，母亲就会挑到菜园里去淋菜，回来在池塘里洗干净了，又重新放在原处。

浇大粪也是用这两只淤桶。那时的乡村，无论种田还是作土，庄稼都离不开大粪。稻秧播种之前，水田里的育秧泥行需要浇一层大淤做底肥，这样秧苗长得壮实。园土里、田埂上、池塘边、房前屋后的种种菜蔬——辣椒、茄子、豆角、西红柿、冬瓜、苦瓜、瓠瓜、南瓜、丝瓜……乃至白菜、萝卜，就更离不开大淤。在大淤的浇灌下，土地十分肥沃，农作物长得枝繁叶茂，瓜菜累累，既保证了人吃，也是养猪的好饲料。

时令变换之交，菜园里上一季节的菜蔬已告尾声，需要重新翻土，莳种下一个季节的作物。这段时间，村里人忙着淘茅厕，挑大淤，整个村庄臭烘烘的，田野上的风和空气，都弥散着大淤的味道。

这是乡村里的人十分熟悉的味道，是田野的味道、大地的味道、家园的味道，也是希望的味道、丰收的味道。

炭箩

担回御寒的温暖

炭箩总是那样一副又黑又脏的样子，连箩绳都是黑的。挨一下，身上、手脚上就是黑乎乎的炭灰……

曾有多年，我能极目看见最远的天边，是站在潘家坳凉亭两旁的高山之巅。

这是一处咽喉之地。一径石板小路横穿凉亭而过，向东，是长长的下坡，进入邻村的地界，再远便是横亘着的重峦叠嶂；向西，也是长长的下坡，坡脚是旱土、水田、江流和我们的村庄。潘家坳凉亭差不多是我儿时的一处脚步边界，少有逾越。

暑假里的晴日，我们一群伙伴，每天才蒙蒙亮，就已在村巷里呼朋引伴，一齐去潘家坳凉亭两边的高山上捡柴。这是两座红壤油茶山，也是正对着我们村庄最高的山。一座叫对门岭，一座叫东茅岭。我们常站在山顶，向着太阳升起的天边瞪大眼睛凝望。天际苍山如伏，山脊如线。有人说看见了火车冒烟，大伙便一齐朝他手指的方位望去。也有跟着说看见了的，也有说没看见的。不过，粗犷、洪亮、深长的火车的鸣叫“呜——呜——呜——”总会适时响起，震荡群山，震荡偏远的山村，震荡我们的耳鼓，震荡我们满怀向往的小小心灵。

也有村里的大人们在谈论时说，那叫声是永红煤矿的锅炉发出来的。我不知锅炉为何物，心想能叫出这么大的声音，在我们村庄都能听见，肯定是很厉害的东西。

我们那时对煤矿工人有着天然的崇敬感。他们吃国家粮，挖炭，拿国家工资，还经常三五成群，戴着白草帽，背着钓鱼竿，到我们村前的江边大树下钓鱼，一坐一整天，要太阳快落山，才从潘家坳凉亭那边回去。心想，他们烧的肯定是炭，不像我们每天烧柴。

对于我们乡村人家来说，烧炭可不容易。不到落雪结冰无法上山捡柴的日子，村里人是不舍得烧炭的。而那时天寒地冻的冬季和初春又十分漫长，家里不储备一些炭，无法度过严寒。因此，村人嘴里常说到一句话：“吃盐烧炭。”可见这两桩都是必不可少、必不可省的大事，紧要事。

村人挑炭，多在农历八月之后。这个时候，黄豆收了，花生收了，也快收割晚稻、挖红薯了，这些农产品能卖得挑炭的钱来，且天气晴朗，适合晒炭。永红煤矿是国营煤矿，附近还有几个属于公社和生产队集体的小煤矿，人流众多，形成了一个圩场，叫永红圩，也叫黄泥圩。赶圩的日子，远近各村的人，从条条蜿蜒的山路，络绎向着圩场聚集，以自己肩挑手提的农产品，卖得微薄的收入，购买回生活所需的物品。而能顺带挑炭回家，又是赶这个圩场的特色。

挑炭可不像挑谷、挑红薯那样，用谷箩是不行的。估计用谷箩装满满一担煤炭，没几个壮汉能挑得动，更别说走十余里山路回村。挑炭有专门的炭箩，形状与谷箩、米箩相仿，却要小许多。也有的人家，用旧的米箩挑炭。

炭箩总是那样一副又黑又脏的样子，连箩绳都是黑的。挨一下，身上、手脚上就是黑乎乎的炭灰，难以洗干净。那些走在山路上的挑炭人，每走上一段路，遇着水井、凉亭，总要放下担子，捧几口水喝，或将扁担架在炭箩上，坐着歇一歇。他们扯着敞开的衣襟擦汗，颈脖上、脸上都是炭迹，像个包公。

小时候我家里挑炭，多是父亲和二姐。父亲挑一担旧米箩，二姐挑炭箩。他们去永红圩，总要顺便带若干自家的物产卖了。回来时，父亲挑一百斤炭，二姐挑六七十斤，一程一程歇着回家。在冬天来临之前，他们要挑上好几回，总共挑上一千斤炭的样子。

挑回家的煤炭，父亲要拍成铜锣大的又厚又圆的炭块，在太阳底下晒干。每次拍炭，父亲要用到两样工具，一是炭筛，二是锄头。煤炭倒在打扫干净的地面上，父亲先用炭筛过滤一遍。炭筛是或方或圆的大浅筐，筛底是拇指宽纵横交错的篾片，均匀密布着拇指大的方眼。父亲用手将炭推扒进炭筛，两手端着筛边，站起来，低头曲背，顺时针摇晃。碎炭纷纷落下，筛里最后剩下一堆黑石块一样的东西，漆黑光亮的叫生炭，是最好的炭，选出来，另用炭箩装了，无用的矸石则扔到一旁。筛好的碎炭堆子，父亲用锄头从中央挖开，如同黑色的环形山。然后提了锄头，从水田里挖来湿泥巴，放入环中，加水。父亲双手握着锄头长柄，自里而外，一层层，将炭、泥、水搅拌均匀，并赤着双脚踩踏一番。踩好的炭泥，干湿有度，父亲用双手揉成一个个比脑袋还大的圆球，隔着大致的间距，铺排一地。随即，他蹲在地上，十指张开，噼里啪啦，逐一将炭球拍成铜锣大的炭饼，厚约两寸，就是块炭。

几天后，地上摆放整齐的块炭晒干透了，坚硬如铁，甚至能晒出白色的盐霜。父亲便一一收起来，挑回家，侧立着码放在卧房的床底下，连同炭箩里乌黑发亮的生炭，以待严冬。

以后，随着简易黄土公路通入村庄，手扶拖拉机的出现，村人逐渐告别了长途挑炭，转而以雇请村里开拖拉机的人，在所需之时拉来，快捷又方便。

廒

稻谷满仓，
心中不慌

廒中稻谷满仓，也是父母亲长久以来的愿望。从此，一家人不再为吃不饱饭而发愁。

自十八岁通过高考跳出农门，混迹城市三十年，经历过许多沉浮，变换过多种职业，半辈子远离了农事，按理也算个城市人。可是，我知道，我的骨子里其实还是一个农民，温饱即安、为稻粱谋、怕挨饿的小农意识依然根深蒂固。

有件事情，说来自己都感到可笑得近乎荒唐。前些年，我老家的旧瓦房因修高速铁路已拆迁，并在新村建了一层平房。我们一家住县城，那乡下的平房长年空着。有一阵，米价不停上涨，多地天气灾害严重，导致谷物减收，小小的县城动辄这也抢购那也抢购，人心惶惶，我便有点害怕起来，担心以后粮食紧缺，一家人怕要挨饿。我便郑重其事同妻子商议，是不是在老家那平房里砌一个大砖廒（áo），或者买几个像大蒸笼一样层层叠加的白铁皮廒，囤积几千斤稻谷，年复一年，新谷压旧谷，以备不时之需？此事最终不了了之，市场上稻米依然充足。但是，我仍旧

对未来农村的粮食生产心存担忧。这或许是我从小生长在农村，常常廒空谷少、米瓮空空，看到父母为此面含愁容的缘故。

儿时，我家逼仄旧瓦房的楼上，有一个大廒。廒的一面紧靠木板隔墙，整体看就是一个又高又宽又长的大木柜，乌黑老旧。廒前端的一旁，木楼板上开有一个方形的洞口，搁着几根大木头，像一面栅栏，码放着成堆粗大的斧劈柴。底下就是灶屋，生火时腾起的浓浓烟尘透过栅栏和劈柴，弥漫在楼上，又从瓦面和檐下的采光大窗口扩散到天空中。廒的另一端，是几个大瓮小瓮，分别用来装米装糠和其他的东西。廒分成两格，每格有单独的廒盖，上面堆放着麻秆、烟秆等杂物，还有几本语录和选集，已被我不识字的父亲卷喇叭筒子吸烟扯个精光，只剩下落满灰尘的红色封皮。

印象中廒比我的脖子还高，我很难用双手举着托开廒盖。不过，我的二姐和三姐是揭廒盖的好手。我们常常趁

父母出去干活，上楼翻箱掏瓮，红薯皮、花生、乌黑坚硬的红糖，只要能吃的东西，不管母亲藏在瓦瓮里、廒里，还是埋在谷里、米里，都能找出来。有时母亲做了记号，我们偷拿之后，也会如法炮制，以为能瞒过母亲的眼力。姐姐揭廒盖，我也常踮着脚尖，把脑袋挂在廒边上沿，好奇地朝里面看。谷很浅，有时甚至是空的。

廒中空空的日子，母亲的脸上总是结着愁云。煮饭之前，经常看见她端着瓜勺或空盆，出门去借米。要很久，才看见她回来，急急忙忙生火洗鼎罐。有的年成，在春夏之交青黄不接的两三个月里，村人大多都缺粮，求借无门，我们一日三餐只得以红薯汤、土豆和干菜叶果腹，而且煮菜也是烧光锅。也就是从那时起，我对吃土豆倒了胃口，有米饭吃，成了我的最大奢望。

真正稻谷满廒，是在分田到户之后。那时我已上初中，家里节衣缩食，又借用我大姐家一窑火砖，在村子南边建了半栋新瓦房。老宅的旧廒，也拆了木板，重新装配在新瓦房的楼上。那些年，家家户户种田的积极性都很高，稻子成熟的时候，村前江流两岸遍地金黄，一派丰收的景象。我家屋旁有一块自家的禾场，打来的稻谷，倒在这里晾晒。到了下午太阳快落岭，全家人一同收谷。父亲年逾七十，通常是扫谷撮谷。母亲摇风车车谷。姐姐将谷箩筐装半满，一担担挑到房里。我在楼上，两腿跨在楼梯口的木梁上，俯身朝下，双手握着手臂粗的麻绳，慢慢放下来。姐姐接过麻绳，把拳头般的绳结套进谷箩的棕绳套里。两人合力，她举着筐底，我拉着麻绳，长蛇一般一截一截使劲往上提。最后我憋足气，猛一用力，将谷箩提放在楼板上。然后，我端着箩筐，将稻谷倒入廒里，再把空谷箩挂在绳结上放下去给姐姐。看着廒里的稻谷渐渐满了，我虽然累得满头大汗，腰部酸痛，心里却非常高兴。

廒中稻谷满仓，也是父母亲长久以来的愿望。从此，一家人不再为吃不饱饭而发愁。后来，粮食产量逐年提高，我家还在楼下一间方言叫作“到促”的小耳房里砌了一个砖廒用来装谷。上面铺上床板，父亲就睡在那里，以防夜里盗窃。

十八岁那年，我高中毕业，考上了中专，吃上了国家粮。那时，村人对土地十分珍惜，对土地的争夺也近乎刻薄。就因我吃上了国家粮，尽管还在上学，村民小组在群众的提议下，很快把属于我的那份责任田划了出来，给了娶妻生子添了人口的家庭。之后几年，我的二姐、三姐相继出嫁，家里的田地就只剩下了父母的两份。虽然他们年岁已高，却依然舍不得放下耕种，只是家里楼上楼下谷廒满仓的盛况已经一去不返。

二十世纪九十年代中期，村里去广东打工的人越来越多，多是青壮年劳动力。打工的收入远比种田高，一个月的工钱往往就能买上一年辛辛苦苦种下来的稻谷。而在村里种田的人家，因农药化肥价格高涨，雇人耕田、插秧、收割的工钱也越来越贵，收获的稻谷扣除成本所剩无几，甚至还要亏本。一时间，农田闲置。早先还能以不等斤两的稻谷将田地包给别人，现在白给也没人愿意耕种，只能任由抛荒。

即便是还勉强耕种的人家，原先的双季稻，也变成了一季种烟，一季种稻。

不过，村民的经济条件和生活水平总体反倒越来越好，从城市得来的收入，在村里支撑起一栋栋水泥结构的新楼房春笋般长出来。只是在这样的新房子里，木廒显然已不合时宜，砖廒也不再重要，尚且种田的顶多买几屉白铁皮制作的简易谷廒，叠着摆在房间里像蒸包子的大笼子。大多数人家，已经没有了谷廒，过年过节拖家带口从打工地回村，也像城里人一样买米买菜。这样应付几天，春节一过，又候鸟般急切切回到城里，村里漂亮的新房子成了常年空巢。

如今，村里的田野已荒芜得不成样子。偶尔回去，看到昔日的大片水浸田干涸着，杂草萋萋，就不免心怀忧虑。或许，要等到天灾人祸，粮价飞涨，饥荒蔓延，人们才会记起谷廒的重要，稻田的可贵。

米筒

度量家人的
一日三餐

真正每家必备的是米筒，故乡人家，一日三餐煮饭，都得用它量米。

斗、升、筒，这三样器具曾是旧时故乡人家日常生活的量器，主要用来量取谷物。三者间大致的换算关系是：一斗等于十升，一升等于两筒。

斗是用木板制成，其形状有两种。一种像倒立的四棱锥，上口比底板宽大许多，上口壁板间有一根拱桥状提手。另一种是圆桶状，做工十分精细，像立着的鼓，下端大，上口小，斗身外侧有上中下三道铁箍圈，腰身处有两只对称的馒头状木提手，还有两只对称的铁环。在故乡，斗要富裕人家才有。

比起斗来，升与筒要寻常得多。这两样量具，村人多叫升管和筒管。那个时代，故乡一带的山村多高大成片的南竹，这也是乡村篾匠制作升管、筒管的原料。

升管由一节大南竹雕制而成，其下底留有竹节，上口锯切打磨平整，外表雕刻着均匀的竖向凹槽，双手握着有凹凸感，既美观，也不易滑落。因升管的大小并不完全一致，旧时一升米，有的大约一斤半重，有的约一斤三两，村人赶圩购买升管时，篾匠会告知。年岁用久了的升管，周边的凹槽黏附着一层白色的米灰，凸起的青篾条现出暗红的色泽。其上口壁，量米时经过无数次手掌的刮平，已磨得很光洁。家庭大的人家做饭，蒸酒和办红白宴席时量米，用升管更省事。

真正每家必备的是米筒，故乡人家，一日三餐煮饭，都得用它量米。米筒比升管要矮小许多，外表的一圈青篾都剥除了，打磨圆润，拿在手中不滑。其上口、下底和中腰各刻有几道圆环，看起来也古朴漂亮。一筒米大约八两，两筒米比一升略多。

记忆中我家的米筒是淡淡的土黄色，平素就放在米瓮里，母亲量米、量高粱、量麦子、量穇子、量花麦，都得用它，主要是用来量米。我们家的米瓮放在卧房上面的木板楼上，这样，瓮里的米就不易发潮生虫。米瓮是广口的，不同于腌菜瓮，盖米瓮口的，通常是先铺垫一张大纸，再盖一块铜锣大的油茶枯饼。大纸易烂而不易得到，我的母亲用一顶旧草帽代替，反转着，草帽顶子伸入瓮内，帽檐搭在米瓮沿口。如此，即便揭盖米瓮时，那块坚硬的油茶枯饼掉了渣粒，也不会直接落入米里。每次煮饭之前，母亲拿一只小团箕或一只大瓜勺上楼，量下几筒米来。筛选谷粒和沙石之后，方才淘米下锅。在碾米的日子，母亲会将箩筐里的白米，一筒一筒量满，用手掌刮平，再倒入米瓮，一面数数，筹划着能吃上多久。

曾有多年，一年中青黄不接的时候，村里就有不少人家靠借米度日了。借米多是主妇间的事，男人面皮薄，不轻易开口。我们家也经常借米，借米似乎永远是我母亲的职责。有时，母亲拿一只瓜勺出门，要在村里走几家，才借得上米。借米通常是用出借人的筒管量米，手掌刮平，借的筒数，相互间心里记着就行，无须借据。还米时，母亲事先用家里的筒管多量一些米装在瓜勺或小团筛里，端到出借人家里去。而后用出借人的米筒，量取所借的筒数。每筒米，母亲都要多量一点，就是村人所谓的“借平还凸”。筒管口的米绝不能凹下去，要是这样的话，以后就没人敢借了。

村里借米出了名的，是孝录。他是我同房族的堂兄，比我大十几岁。因为家贫，他很大年纪才娶了一个手脚都严重残疾、丧失了劳动能力的媳妇。可他却接连生了两男两女，日子更加艰难。很多时候，乡村两级要他交公粮、摊派、计生罚款，他便耍起了无赖：“要粮要钱没有，要人的话，要几个给几个，把老婆孩子都给你们更好！我还清闲。”干部看着他怕，村人看着他躲。那些年，早已分田到户，村人的温饱问题大多已解决，借米的人家很少了。可他家总是常年缺粮，差不多借遍了整个村庄，很多人都不敢也不愿再借给他。往往筹借无门的时候，他就来了我家。我的父母心善，每次总是尽己所能帮他一把，或量几筒米，或称一担谷。多年之后，他向我谈起这些过往，犹心怀感激。

旧时乡人迷信，乡间有会问魂收惊的人，多是妇女，像一名巫师，村人叫魂婆。清明节和中元节，是村人问魂的高峰，如有魂婆来到村里，年纪大的妇女，很多人都会去问魂，借着魂婆的话语，与自己的亡亲阴阳沟通，问问亡亲在那边好不好，问问亡亲是否在保佑阳间儿孙的平安与幸福。魂婆端坐于某家大厅屋中央的八仙桌旁，周围是众多观听和等候问魂的人。每个人问魂时，需从家里量一升或一筒米来，放于桌上。而后，魂婆点燃三支香，插入米中，桌下焚化几张纸钱。在香烟袅绕中，魂婆几个呵欠过后，恍恍惚惚间，便开始与问询者对答了。

小时候，母亲也带我来收过惊，这时米筒上面就多了一枚竖立的鸡蛋。魂婆同样点燃三支香，倒拿着，在鸡蛋上面不停转圈画符，口中念念有词，香火灰不断掉落在米上。末了，魂婆嘱咐母亲把鸡蛋煮了给我吃，米装入布袋放枕头下睡七天七夜，而后煮饭。我那时看着魂婆一脸严肃的样子，觉得很是神秘，不知这仪式是否真起了作用？

斗

在故乡，斗要富裕人家才有。

米筛

宛如青篾丝
编织的铜锣

我永远记得母亲筛米的模样。那时，她粗糙的手指灵巧得如同跳舞。

我永远记得母亲筛米的模样。那时，她粗糙的手指灵巧得如同跳舞。

母亲左手握着米筛边沿，右手的拇指和虎口抵扣住相对的另一侧，其余四指托着筛底。她双手快速顺时针方向转动，米筛连同筛里的白米便跟着旋转了起来，那些碎米便窸窸窣窣落在地上的团箕里。令人惊讶的是，此时米里的谷粒逐渐浮现在表层，并自动向着米筛中央的漩涡中心聚集成团，像一块黄色的薄饼。母亲暂停筛米，空出右手轻轻抓一把那块“薄饼”，放于旁边的大碗或瓜勺。接着，她又端起米筛旋转摇晃，隐藏在米里的谷粒再次浮现、聚集。如此反复几次，母亲最终停了下来。然后，她用手指逐一翻扒筛里的米，拣出残存的谷粒和沙石。经过这番细致的程序，方才算筛好了。

在很长的岁月里，母亲每次在碾米回来之后，需要将米箩里的米都筛一遍，然后提到楼上，用米筒量了，一筒筒倒入米瓮里装起来。

一担米有多少筒，能吃上多久的日子，她心里都清清楚楚。而那些筛出来的碎米，装入另一个小米瓮，既可熬稀饭，也可喂鸡鸭，或者掺入潲锅里煮成猪潲。

那时，村里人家都是吃自产的稻米。这些稻谷，在禾场上晾晒的时候，难免混上沙石，尤其是一些老禾场烂禾场，本身就很粗糙，三合土里的表层沙石已经暴露出来，用竹扫帚扫谷收谷时，很容易剥落，混入的砂粒就更多。而村里的碾米机，碾出的米里谷粒也多。因此，各家各户没有一个米筛可是不行的。即便如此，我们吃饭时还是经常吃到沙石，有时一口咬碎了，磕得牙痛；有时咬碎的是粉石，感觉满嘴里都是涩涩的石粉，赶紧连饭一起吐掉，喝几口水漱漱才

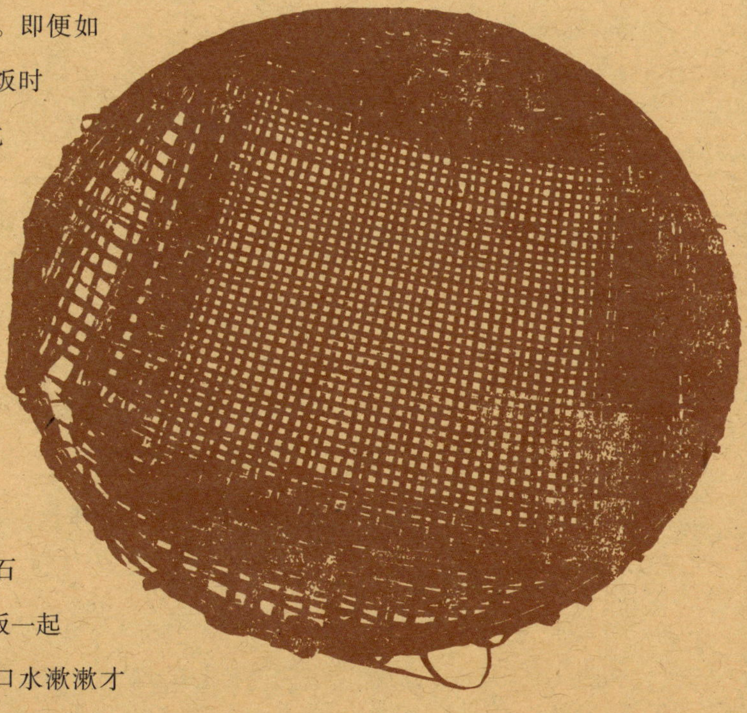

干净，很是败兴。

米筛像一面铜锣，很浅，年岁久了的，色泽泛黄，更像。其边沿是竹片绑扎成的圆环，粗过拇指，用篾丝围绕；筛底则用薄而小的青篾丝编织，看起来光亮柔软，并在中央形成一块有着无数小沙眼的方形篾网，恰如清朝官员胸前的官服补子。

每年盛夏，早稻尝新之后，原先空了的谷廒又丰盈起来。做米烫皮、高粱烫皮的人家渐渐多了。烫皮是故乡的特色小吃，其做法也简单：筛干净的稻米或高粱浸泡后，在石磨上磨成浆，然后生一炉柴火，搁上菜锅，用筅帚在锅底刷一圈茶油，舀一勺浆倒进去，双手执锅耳一旋，就成了一块圆而薄的烫皮。揭下来，泛着油光，满屋香气。烫皮略带盐味，趁热吃软和，晒干后煨烤至焦黄酥脆，鼓着无数米泡，更香。

母亲做烫皮的时候，我常帮她打下手。她从灼热的锅底揭下来的烫皮，顺手放在米筛或团筛里。每装上几块烫皮，我赶紧端起来，送给村边空地上的姐姐，让她摆放在临时搭建的稻草棚子上晾晒。夏天太阳大，傍晚时分，满架的烫皮都晒得焦干易碎，收起来，能装谷箩一两担。挑回家，收藏在楼上的广口大瓮里。以后的日子，母亲不时在柴火上煨烤三四块，是家人佐茶的点心。

夏秋间村人还爱做粑子吃，高粱粑、穇子粑、米粑，多做成巴掌大的圆饼，蒸熟后，前二者紫黑糯软，后者雪白。做粑子，需将浸泡后的高粱、穇子或稻米捣成粉。捣粉去碓屋，那屋里地面上埋嵌着光亮的青石臼，并有与之相配套的粗重木石器械。人反复蹬踩长长的踏板，捣槌就一下一下砸向臼坑，渐渐将里面的粮食捣烂成粉。

捣烂的粉末粗细不匀，还含有很多大颗粒，就得过粉筛。粉筛比米筛小很多，像一只深边大盘。周边由一块巴掌宽的白篾围合而成，筛底是非常细密的钢丝网，绷得很紧。记得小时候母亲筛米粉，总要事先在石臼边放一只干净的大团箕。她蹲在地上，右手伸进臼坑里掏出几把粗粉，放入左手拿着的粉筛里。然后双手端着，在团箕上面筛起来。白色的细微粉末纷纷扬扬落下，像下起一场小雪。雪越积越厚，渐渐盖住了团箕底的本色。粉筛里剩下的渣子，先另行装着，待这一轮过筛完了，再将粉渣子重新倒入石臼里捣击。反反复复，石臼里的粉渣子越来越少，团箕里的细粉越来越厚。满满一团箕米粉捣出来，往往要花费小半天时间。当白白软软的热米粑咬入口中，已是午后。不过，旧时村庄里的中午饭本身就很晚，并不像城里人那样准时准点。

到了年底，很多油炸年货都需要捣米粉，碓屋从早到晚都不得空，家家户户轮流着来。各家的米筛和粉筛，就用得更勤了。

如今的故乡，已经极少看到粉筛了，那些村中的碓屋已拆毁倒塌殆尽，磨粉机的出现，更让粉筛没有了用武之地。而碾米机质量和技术的提升，包装大米的出现，也加速了米筛的没落，步了粉筛的后尘。

板子楼梯

犹闻上楼脚步声

这是属于母亲的场地，每天上楼下楼，她的脚步声都要响起几多个回合。

一根原木，锯成一块块厚薄均匀的木板，村人叫板子；锯成一根根四棱分明的小木枋，以做窗户的方格、水桶的提手、凳腿间的连接之类，这样的短木枋，方言称作枋子。由是，在故乡，旧时的木楼梯有两种，一是板子楼梯，再就是枋子楼梯。

板子楼梯，其中间的十来级踏步是宽厚的板子，镶嵌在两侧比成人大腿根还粗的原木上，故名。这两根原木大体呈半圆柱状，或许是一棵大树一剖为二，也不一定，不过其大小长短一致。我家板子楼梯斜搁在卧房靠墙的楼梯口，下端撑在地面，上端搭于屋梁。楼梯下的阴暗角落，放置了两只淤桶，平日里一家人解小便，就在这里。板子楼梯粗重高大，只要这瓦房不倒塌、不拆毁、不搬家，它就永远在这，谁也不会吃饱了没事干，去找几个壮汉一同来移动它。

板子楼梯结实，踩在上面稳稳当当。只是过陡，上楼俯身扶着两侧为宜，下楼则更需小心。年老者下楼，多是侧着身子，先下一只脚，站稳了，另一只脚踏下来，站稳，再跨出下一步，行动迟缓，脚步声沉重。他们绝不会像青壮年那样，面朝前方，两腿交替一步一阶轻快走下来，这样容易失稳摔下，会伤得不轻。我幼时刚学会上下楼那阵，爬上去了，站楼梯口往下看时，十分惊恐。下楼更是心惊胆战，保持着上楼的姿势，退着伸出脚板摸索，一步步下来。有时踩不着板子，空落落的，便吓得大哭，不敢妄动。以至于长大成人了，我偶尔还梦见如此下楼，从梦中吓醒。

村里人常说，人在幼儿期，眼睛往往能看到成人看不见的东西，比如鬼。科学解释称，这是幻视。不过，四十多年来，我只要想起儿时看到的那一幕，依然心有余悸，头皮发麻。那是一天晚上，一家人坐在灶屋里烤火，母亲抱着我。其时，灶屋与卧房之间的门是打开的，能看见卧房那乌黑的板子楼梯。昏黄的煤油灯下，我突然看见楼梯上出现一个穿黄绿色衣裤的高大背影，正一步一步上楼。我手指着，大声喊叫："那里有个人上楼！"

家人惊骇不已，父母亲连连问：“哪里有人？哪里有人？没有啊。”我说：“在上楼。”然后我直看到那双大脚上了楼梯顶端，不见了。

随着年龄增长，我上下板子楼梯成了家常便饭。父母外出的时候，我常和姐姐上楼去揭廒盖，揭瓮盖，翻箱倒柜，寻找母亲藏着的糖饼、花生、油炸年货、红薯皮等所有能吃的东西。还自作聪明，按照母亲留下的记号形状，予以复原，以为能瞒天过海。实际上，这些小聪明，全在母亲的掌控之中。

在我少年时代，家里新建了瓦房。旧宅的这架板子楼梯拆下来，搁在了新瓦房父母卧房的楼梯口。只是新瓦房比旧瓦房要高一些，因此，楼梯的下端还砌了两级砖石踏步。那时，我虽尚未成年，却已经有了一肚子力气，也算家里的一个劳动力了。而大我五十六岁的父亲，已是七旬老人。夏秋间新稻谷在屋旁的禾场晒干之后，基本都是我弄上楼去，填满谷廒。我有时一个人双手抱着半箩筐的谷子上楼，有时则两腿跨立在楼梯口的一角，从上面放下手臂粗的大棕绳，由

板子楼梯

板子楼梯，其中间的十来级踏步是宽厚的板子，镶嵌在两侧比成人大腿根还粗的原木上，故名。

站在地上的姐姐将装谷的箩筐绳套，套挂在大棕绳拳头粗的绳结上，我再俯身低头，用尽力气提上去。到了碾米的日子，我又从廒里撮了谷，又如此这般地提下去。

数十年来，无论是住在旧瓦房还是新瓦房，我们家楼上都摆放了各种坛坛罐罐，装米，装油，装咸菜，装酸菜，装花生豆子，装各种干菜年货。这是属于母亲的场地，每天上楼下楼，她的脚步声都要响起几多个回合。

只是在母亲去世的前几天，她竟然摔倒在板子楼梯下，磕在那砖石踏步的青石上，头破血流，让我们很心痛。那时她将近七十岁，重病在床，但即便如此，她下床小便，总硬是要我们出去，她自己缓缓地挪向楼梯下的尿桶。那天母亲猛然摔倒，发出阵阵呻吟。我们急匆匆进房扶起她时，一头散乱的花白头发上，满是鲜血。

想到此处，不觉叹息声起，伤怀暗涌。

第二辑

灶屋的烟火

长年烟熏火燎，灶屋的四壁和楼板已然漆黑。在夜里，在昏黄的灯光下，暗红的碗櫖、水缸搁板上的竹勺、炉架上悬挂的茶叶篓，都散发着柔和的光亮。我们围着正灶，坐在宽板长凳上，一面听父亲讲那些妖狐精怪的故事，一面烧着柴火。此时，母亲站在灶桌旁从容切着菜蔬，水锅里的木甑热气袅袅，散发着浓浓的饭香。

宽板
长凳

与正灶
共守一生

童年里，每当夜晚降临，母亲在昏黄的煤油灯下生火，做饭做菜，我和姐姐就坐在宽板长凳上缠着父亲讲古（讲故事）。

旧时的故乡人家，灶屋是神圣之处，日常起居多在这里。那个方正的大砖灶，村人叫正灶，是一家之主的象征，也是灶王爷的化身。

在这间灶屋里，两条宽板长凳是不可或缺的标配，它们靠墙摆放在正灶与屋墙之间，像一把大曲尺相交于墙角，这个地方，通常叫凳角落。宽板长凳比正灶略矮，与灶壁的间距能供人屈膝而坐，稍有宽余。这是一家人日常坐歇的地方，在灶桌上插了接手板，一日三餐的吃喝，就围坐在这里。

宽板长凳的面板，长五六尺，甚至更长，宽一尺多到两尺，远比与八仙桌配套的长凳更长更宽，故有此名。那时的正灶，有的人家铺了砖砌灶盘，延伸到凳角落的两侧墙根，有的不铺。而宽板长凳又长过灶盘，以便容纳更多的人坐。所以，没铺灶盘的人家，宽板长凳两端的木腿是一般高的；而铺了灶盘的，宽板长凳靠凳角落的一端腿短，伸出灶盘的另一端腿长。面板材质各异，或是杉木，或是椆木，或是香樟，或是其他的木材，总之是来自一棵如今已难得一见的大树。

凳身是否油漆，因家庭经济状况而异。富裕的人家，宽板长凳漆成朱红。不过，在旧时故乡，大多数人家的宽板长凳是原木色泽的，陈旧发黑。用久了，选个大晴天，搬到太阳底下，擦洗一番，晒干，便又白亮起来。

往昔我的家里，正灶是铺了灶盘的，高约一块侧砖。因此，我家的两条宽板长凳，两端的腿脚就有了一块侧砖的高差。只不过腿长的一端支在灶盘之外的地面上，这样，呈L形摆放的两条宽板长凳也就处在同一个水平面，坐上去并无不适之感。这两条长凳并未油漆，表面粗糙，偶尔用手掌摩挲，还会有小木刺扎入皮肉。

凳面上常年会有三件“宝贝”：吹火筒、旧蒲扇、花篮。一年四季，正灶以烧柴火为主，烟尘弥漫。家人常要顺手拿了吹火筒含进嘴里，俯首探身，对着将燃未燃的柴火呼呼吹风，吹得两个腮帮子鼓鼓；或者拿了旧蒲扇，啪嗒啪嗒朝灰坑里扇风，直到柴火熊熊方罢。花篮是母亲的针线筐，里面有各种零碎的旧布、剪刀、线团、顶针之类的东西。母亲闲下来的时候，就坐在凳上缝缝补补。冬天凳板冷屁股，父亲有时也会用稻草编制几个圆圆的蒲团，我们俗称秆筒，铺在上面垫坐，暖和多了。

两条宽板长凳下，平常放着干柴、油茶籽壳、炭块，用来引火的葵花秆、苎麻秆、烟秆、枞毛，柴刀、火钳、炉钩，一家人的套鞋、草鞋、布鞋、凉鞋、解放鞋，以及其他一些杂物，显得杂乱而拥挤。母亲每天都要用高粱扫帚清扫整理几遍。

童年里，每当夜晚降临，母亲在昏黄的煤油灯下生火，做饭做菜，我和姐姐就坐在宽板长凳上缠着父亲讲古（讲故事）。对于我们的要求，父亲从不拒绝。他跷腿坐着，一边吸烟，一边慢条斯理地跟我们讲，面容和蔼。他讲的大多是蛇精、青蛙精、田螺精、老虎精、狐狸精、天兵天将、四海龙王、仙女、员外、道士、书生、相公、孝子、孝媳、长工以及捉鬼、擒妖、赶考、卖柴、金银财宝、因果报应之类稀奇古怪的故事，我们听得如痴如醉。有时母亲也会笑着搭腔几句，说父亲是“老鳖记得千年事”。

上小学以后，家里的宽板长凳，也是我每晚写家庭作业的地方。这个时候，家里唯一的这盏煤油灯，就会优先供我使用。我坐着矮凳，背抵灶壁，伏在宽板长凳上，摊开书本和作业簿子，面前放着拖着长长烟尾巴的油灯。有时一不小心，头发烧得吱吱响，散发一股焦臭。

整个小学阶段，我的成绩一直名列前茅，每个学期都要从学校领回奖状和奖品，这应该是我父母在村里感到最光荣的事情。而老师们也经常下村家访，每次到我家，对我都是称赞和鼓励之辞，让我的父母很是受用。父母是诚恳之人，也是好客之人，连忙泡茶弄酒，极尽所能，热情款待老师。现在想来，那个时代师生之间，老师与家长之间，那份淳朴的情谊，真是温暖！

数十年间，人事代谢，沧海桑田。故乡的宽板长凳，连同青砖黑瓦的老宅，以及旧时的生活方式，渐成历史的远影。

近些年偶回故乡，看到一些贴了瓷砖的楼房外面，尚靠墙摆放一条残存的宽板长凳，以供闲坐。想必是弃之可惜，如同鸡肋。只是陈旧泛白的宽板长凳，在鲜艳瓷砖的映衬下，显得越发过时又不协调。这些宽板长凳，有的一端腿长，一端腿短，形同瘸子，或成斜坡放置，或在短腿下垫两块烂砖，煞是难看。

古语云："皮之不存，毛将焉附？"

宽板长凳本是昔日与正灶相配相伴的坐具。如今瓦房改建成了楼房，灶屋变成了厨房，正灶也被燃气灶取代，装修一新的客厅已摆上了沙发。宽板长凳又哪里还有继续存在的理由呢？

灶桌

乡人切菜的地方

若是没有正灶，青砖的瓦房便不成其为烟火人家。正灶边若是没有灶桌，再逼仄的灶屋都会显得空荡又别扭……

若是没有正灶，青砖的瓦房便不成其为烟火人家。正灶边若是没有灶桌，再逼仄的灶屋都会显得空荡又别扭，总感觉少了一样东西。正灶与灶桌，是一对命中注定永远在一起的伴侣，不离不弃，相辅相成，共用演绎着八公分村曾经漫长的人间岁月。

旧时的故乡，灶有三种，名称各异，功用不同。其一，豌灶窝。这是专门用来煮潲的砖砌大灶，上面的溜圆孔洞奇大，嵌一个簸箕大的铁潲锅。养猪的人家都有，或建于厅屋一角，或建于独立杂房，或建于屋外瓦棚底下。其二，地炉灶。顾名思义，就是在地面下挖一个碗口大的直洞，尺许深，旁边再掏一个刀柄粗的斜孔相连，状若泥鳅眼，用于通风。这个简易小灶多是住房宽敞的人家才有，砌于客房的中央。深冬及春节，有众客，生一炉炭火，罩上一张八仙桌，吃饭，喝茶，打牌，宵夜。其三，正灶。砌于灶屋，长宽三四尺许，高及胯腹，正正方方。灶前一角略缺，下为灰坑。所谓烟火人家，炊烟袅袅，正是源于此。它是灶王爷的正身，一家之主的象征，故称正灶。正灶有一大一小两个灶孔，大者为主，小者为辅，上置鼎罐和铁锅。

正灶的一角，两侧临墙，与墙壁之间呈L状摆放两条宽板长凳，用于坐歇。前面的灶门通常对窗，以利采光。其后则是灶背，紧靠一张灶桌。

灶桌有点像儿时的简易课桌，只是更大、更沉、更高。面板多是厚实的香樟木，高及成人胸部。下有一层搁板，平常放置洗碗盆、洗脸盆、瓦钵诸物。四条方腿也粗，立在地面上，稳稳当当。灶桌高于灶面，其与正灶相贴的一面，与灶同宽，并镶有尺许高的隔板。隔板上部有一根横方木，与面板之间空下约三指宽的距离。这一条扁缝，是专门用来插一块宽二三尺、长四五尺、厚一二分面油红漆的接手板的，悬于灶台上方，吃饭喝茶的时候，以之代桌，为本乡特色。横方木两端，通过桌腿的卯榫孔延伸一拳之长，略与面板平齐，造型如耳，以挂抹布。

正灶、灶桌、碗橈、水缸、接手板、宽板长凳、杯盘碗筷，共同组成了一间故乡的灶屋。一个女人，一旦成家，这灶屋就成了她一辈子的工作场所，操持一日三餐，养儿育女。我的母亲亦是如此。

在我们家，灶桌是母亲切菜的地方。无数个日日夜夜，我们姐弟几个和父亲围着正灶而坐，烧着柴火。母亲从墙上取下厚木砧板，放在桌面一端，站在灶边切菜。她形态从容，手法灵巧，切菜的声音或轻柔，或响亮，总是那样均和。看着母亲洗菜、切菜、炒菜、放油盐酱辣，忙而不乱的样子，闻着锅里散发的诱人菜香，家的温情顿时将整间灶屋充盈。

灶桌也是母亲洗洗擦擦的地方。吃罢饭，喝了茶，母亲把剩菜端进碗樌，将杯盘碗筷叮叮当当收拾起来，放进灶桌搁板上的洗碗盆。又拿了抹布，擦拭一下接手板，将它从灶桌上拔下，靠墙放在门后，或插在两个碗樌之间的缝隙里。接下来，母亲舀热水，兑冷水，双手在洗碗盆里稀里哗啦地洗。灶桌、碗樌，也会被她顺带擦拭一番，干净整洁。

一张新做的灶桌，往往漆成深红。只是年岁一久，烟熏火燎，磕磕碰碰，漆皮剥落，显出老旧的模样来。但即便如此，其坚实的质地，也足以让一个家庭用上一辈子。我家的那张灶桌，从原先居住的老宅子，到后来建成的新瓦房，数十年间，一直都在使用，直到双亲辞世。

同许许多多旧时器物一样，这些农耕时代的老式灶桌，已被如今的新农村所抛弃。在故乡，在新建的房屋门外，偶尔还能看到孤零零弃之一隅的老灶桌，残破不堪。

它们接下来的命运十分明显，消于无形，灰飞烟灭。

灶桌

灶桌有点像儿时的简易课桌，只是更大、更沉、更高。

竹勺

舀一勺井水
甘洌清凉

童年的记忆里，那些南竹大得惊人。很多竹竿的下部甚至比成人的大腿还粗。要不然，家家户户使用的竹水勺、竹瀰勺、竹淤勺，又是怎么来的呢？

那么大的南竹，如今难以见到了。

就像村庄的古树，多年前被砍伐殆尽；就像村庄曾经郁郁苍苍的枞树林，已消失得无影无踪；就像漫山遍野的油茶树，早已成了旧日盛景，永远的怀想……那些小村之旁，曾勾起我几多羡慕的南竹林，也已绝迹。这一切全在二三十年间完成。回首间，故园美景不再，山川风物变化了模样，面目荒芜。

童年的记忆里，那些南竹大得惊人。很多竹竿的下部甚至比成人的大腿还粗。要不然，家家户户使用的竹水勺、竹潲勺、竹淤勺，又是怎么来的呢？

那时的村庄，江宽流清，泉水密布。几口老石井，常年汩汩流淌，深碧如墨如眸。每日里，从早到晚，都有人在这里挑水。夏日里村人干活路过，渴了，直接蹲在井边，两手合成浅窝，捧了水喝；或者以手俯撑井沿，努着嘴巴，插入水面，牛饮一番。井水甘洌清凉，令人通体舒泰。

我们家里的水缸，是本乡烧制的粗陶，广口仄底，色泽酱紫。缸口靠墙处，搁一块宽尺余的木板，板上放有两个宽口瓦钵，里面各置一水勺，一大一小，勺子勺柄全是竹的。大水勺粗大，堪比一截粗壮牛腿，显然取自大南竹端部一两段竹节，经过一番削磨而成，上口大，勺底留节。勺身外围中部一侧，凿一方槽，镶嵌扁竹片为柄，长尺许，宽寸余。小水勺当是竹竿中部或上部竹节制成，比大水勺要小不少。两只水勺，各有用途。大者用来给大水锅大鼎罐舀水，挑水时从水桶舀入水缸；小者主要是煮菜煮饭时添水，那时我们全家人都有喝生水的习惯，自外面回家，也是直接拿它舀水解渴。

在故乡，小水勺还是淋豆芽的工具。夏秋间，村人常打黄豆芽和绿豆芽。不少家庭都有特制的豆芽木桶，像竖立的大腰鼓，有大半个人高，两端一般大小，上有木盖，下有漏洞。早上，常有人陆续提着豆芽桶到水井边，拿小水勺从井里舀水淋透，顺便扯出一些又高又嫩的豆芽，漂洗干净豆壳，作为早餐或中餐的菜肴。

水勺从早到晚，总是湿漉漉的。盛放的瓦钵里，也通常积聚着余水。在我童年时期，有一个无人不知的谜语：“喜鹊尾巴长又长，白日洗澡，夜里歇凉。”谜底就是水勺。

相比而言，潲勺的功能则单纯多了。按说，它的长相跟大水勺无异，差不多就是孪生兄弟，只是命运不同，它成了潲勺，成了专门与猪打交道的器具。煮潲时舀潲水，喂猪时刮槽盆里的剩渣残汤，一勺一勺舀潲添潲。偶尔，猪拱嘴挑食，踩踏槽盆，主人也拿了它顺手在猪头上挖一勺子。潲勺似乎常年不洗，每天都沾满了潲渣糠灰，形容肮脏，面目黑透，与那浸泡得发黑朽边的污渍斑斑的潲桶，可谓天然绝配。但猪对这些并不在意，它乐观闲适，吃喝拉撒睡，心宽体胖。

倒是村里一句骂人的话，常令挨骂者深感憋屈：“你这个人比猪还蠢！蠢得要挖潲勺！”

淤勺也很粗大，只是其柄是长长的细木棒，这一点与前二者显著不同。淤勺平日与淤桶为伍，要么在茅厕里，要么在卧房拉小便的一角。淤桶高大，满满两桶大淤和小淤，很重，走路时容易荡出来，浊臭浓郁，因此多是一家之主的父母亲来挑。小时候在我们家，卧房里的淤桶快满了，母亲就会另提一只空淤桶来，用淤勺舀了驳开，挑到园土里灌菜。

不过，在村庄，挑淤桶，拿淤勺，被认为是一件没出息的事。做父母的常以此教训学习马虎的孩子："你现在不好好读书，以后也跟我一样拿淤勺吧！"

所有的竹勺之中，油勺是最小巧的，大约是南竹的尾巴做成，竹节短小。倒是勺柄的长度，与水勺不相上下。旧时的家乡盛产茶油，最丰产的年份，我家的茶油要打三百多斤。茶油除了大部分卖掉外，剩下的装进油瓮，作一年的家用。那时村人喜爱吃猪油，猪油肥腻，能疗肚荒。猪油远比茶油珍贵，与现在正好相反。每当油罐里的茶油没了，母亲就会取了小油勺，上楼揭开油瓮，舀了金黄的茶油满上。

只是多年之后，故乡这方昔日的油茶主产区，因滥砍滥伐滥烧，漫山遍野已荒芜得几乎没有了油茶树。家家户户的油瓮油勺成了多余的摆设。茶油的价格连年看涨，差不多是猪油的十倍还多。想想都让人觉得恍若隔世，不胜唏嘘！

竹勺

喜鹊尾巴长又长，白日洗澡，夜里歇凉。

火柴

点燃乡间的晨与昏

擦一根火柴，点亮煤油灯盏，昏黄的光线便立时将整间灶屋充盈……家的温情此刻尤为浓郁。

如同风过无痕，昔日里无家不有、无人不用的火柴，如今的乡村早已杳然难寻矣。

在我童年的那个漫长时代，村里的很多日常用品都带了一个“洋”字头——洋油、洋布、洋线、洋钉、洋火……洋火，就是火柴。

小小的火柴，像一个细瘦的惊叹号，前端的那个黑色圆点，是包裹在火柴杆上的硝药。一盒新买的火柴，里面密密匝匝差不多有上百根，火柴杆子白亮，火柴头乌黑，排列整齐。火柴盒约莫成人的两个指节长，一个指节厚，两根手指宽，形同一块干子豆腐，微雕版的砖块。火柴盒由两部分组成：外壳是薄木片围合的空四面体；里面是一个木质的小方框，大小刚好与外壳相配，能前后两端推拉，火柴就码放在这个小框子里。外壳的正上面贴了一张小画片，或人物，或花鸟，或风景，或文字，我们那时并不太感兴趣，是许多年以后，才知道这画片叫火花，有爱好者专门收藏。外壳的两侧，涂了一层火柴头一样乌黑的硝药。点火的时候，一手捏着火柴盒，手指推一下小框，取出一根火柴，将火柴头在壳侧的硝药上用力一擦，嗤的一声，火柴便点燃了，腾起一股幽微的硝烟。

火柴是每天都不可或缺的易耗品。

早晨起床，母亲在灶屋里生火，第一件事就是从碗橇抽屉里摸出一盒火柴来。那时村里人家基本上都是以烧柴为主，我们家更不例外。点燃柴火也有技巧，最先需使用细碎的干引火柴，诸如干枞毛、干烟秆、干苎麻秆、干葵花秆之类，这些东西火柴一点就着，呼呼地就燃烧起来。然后添上杆子柴或斧劈柴，一炉灶火就噼啪作响旺了起来。刷锅、舀水、泡茶、煮潲、煮饭、煮菜，一日的生计自此开始。

而我的父亲，一盒火柴整日不离身。在外面干农活累了，往田埂、土坎或树下一坐，随即就从破旧的上衣口袋里掏出一个皱皱垮垮卷成一捆的薄膜袋，里面是自种自切的土烟丝，一杆巴掌长的短竹管烟筒，或一小叠裁好的废书纸。沉默的父亲慢条斯理点火，吸烟，渐渐现出轻松又享受的神色来。有时，村中的很多男子在一起干活，歇气的时候，相互间讨一撮烟，讨一张纸，或借个火柴，也是稀松寻常。

那时我虽小，却也爱玩火。这差不多是那个时代乡村男孩子们的天性。我们一帮小伙伴上山捡柴，经常会有人从家里拿了火柴。从山岭边的土里拔了红薯，我们躲在岭上，用柴刀挖一小坑，架了柴火烤得半生不熟，却也吃得开心。我们甚至偶尔从家里偷一两个鸡蛋鸭蛋，或者从田里捉了几条泥鳅，到了山上，拉几泡尿，和了黄泥包裹起来，烧火烤熟，更是美味……

夜里点煤油灯，自然也离不开火柴。老宅黑暗，擦一根火柴，点亮煤油灯盏，昏黄的光线便立时将整间灶屋充盈。在拖着长长烟尾巴、弥散着浓重味道的煤油灯的照耀下，劳作了一天的全家人，齐坐在一起，闲谈，烤火，煮饭，煮菜，吃饭……家的温情此刻尤为浓郁。过后，我端了煤油灯放在宽板长凳上，双膝跪地，伏在凳板上一丝不苟地写家庭作业。

一盒火柴用久了，就空了，旧了，瘪了，烂了，最后随手扔了。买火柴也方便，就在村前江对岸树林子边的供销社。那时一盒火柴的价钱好像是两分钱，有时我的母亲就拿一两角钱，买上五盒十盒的，一大包，能用上一段很长的日子。

我们用的这些火柴，差不多都是郴州火柴厂生产的。在我的童年和少年时代，郴州是我心目中遥远的大城市。若干年后，塑料外壳的气体打火机在乡间流行开来，村人生火、吸烟，都是用它，不怕风吹，携带方便，火柴渐趋没落。只是我不曾料到，日后当我来到童年时就耳闻的这座城市工作，做了报社的记者，火柴厂已然倒闭。

龍鳳
火柴

早晨起床，母亲在灶屋里生火，第一件事就是从碗橱抽屉里摸出一盒火柴来。

火筒

吹起一灶
烟火

在火筒的劲吹之下，
红红的火光渐渐明
亮，火苗越来越大，
以至熊熊燃烧。

都说水火无情。可是，村庄的生活一天都离不开它们。没有火，瓦屋面上就没有了袅袅炊烟；没有水，大地干裂，草木枯焦，飞禽走兽无迹，人将饥渴而逃。所以说，水与火，更是人们的好伙伴，有了它们，大地和村庄才有了生气与活力。

一段竹竿，经过村人一番简单的加工，既可助灶里的柴火燃得更旺，也能携水而行以解干渴。如此简单又适用的竹器，便是火筒与水筒。

旧时的村庄，灶火以烧柴为主。一般人家，都砌有两个砖灶：灶屋里的正灶，用于日常烧水泡茶，煮饭煮菜，烤火取暖；另一个大灶则用来煮潲蒸酒，多砌在厅屋里，也有的砌在屋旁的简易棚下，或者专门的杂屋里。柴火易得，来自周边山岭，或为枯死的树木，或为活树的枯枝，或为干枯的落叶。当然也有不少湿柴，比如砍割的荆棘、茅草、野树、野竹、枞树枝、杉树枝、油茶树枝之类。这些柴火，长短、大小、干湿不一，有的易燃，点火就着，火势熊熊；有的难燃，满屋烟尘。因此，灶边总会放一只火筒，随时取用，吹火助燃。

火筒也叫吹火筒，长一尺有余。锯取小竹竿一段，下端留竹节，节中央用烧红的铁钉或火钳钻一如豆小孔；上端则锯掉竹节，并以木棒捣穿里面的竹节，倒出碎渣，即告制成。火筒用竹不能太大，否则嘴巴含不住，口径寸许为宜。吹火时，双手握火筒，上端含入嘴中，下端伸进灶里，挨近冒烟的着火点，呼呼鼓气而吹。

我小时候往灶里吹火筒，常吹得两个腮帮鼓胀如泡如球，吹久了便觉得脸颊酸痛。浓浓的烟尘也常熏得我眼泪直流。不过，在火筒的劲吹之下，红红的火光渐渐明亮，火苗越来越大，以至熊熊燃烧。灶里的烟尘也就由浓而淡，慢慢消散。

在灶屋里，火筒通常放在靠墙的宽板长凳上。一家人围灶而坐，烧柴掌火的人，往往反手从屁股后面拿了火筒，俯首侧身就吹。吹后，又反手放回。这只火筒，你也吹，我也吹，上端湿漉漉的常沾了口水。若是一人刚从嘴里取下，给另一人吹，接过火筒的，也不过手掌一抹，便含进嘴里，并不觉得有什么不洁。

常年与烟火亲密接触，被一双双粗糙的手摩挲，火筒已失去了原来的翠绿色泽，上身红亮光滑，底部焦痕深重。这是烟火人间给它铭刻的岁月徽章。

与火筒的细长身材不同，水筒虎背熊腰，粗壮多了。水筒是裁取大南竹的主干制成，长二尺许，

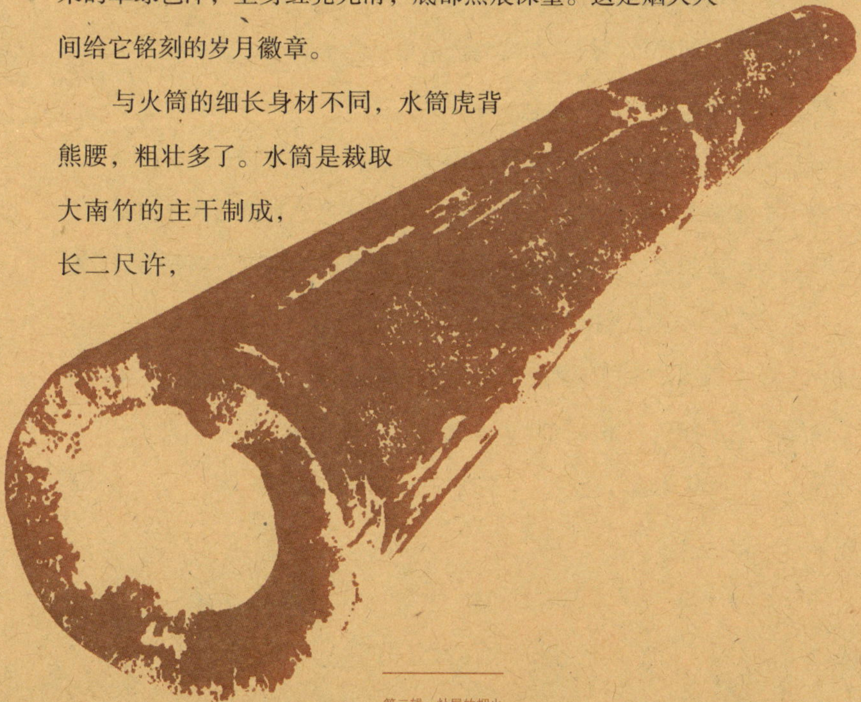

两端都保留竹节。上端竹节一侧凿有一个拇指粗的方孔，并贯穿里面的竹节，底部的竹节则保持完好。且上端竹节凿孔处，在制作时留有小半圈竹管槽，外伸如舌，略作修饰打磨，用来接水喝水。舌上钻一孔，套一截小绳，绳端绑一木塞或竹塞，刚好与方孔相合。

水筒多在夏秋间使用，等同于水壶。那个时代，村里也有极少的人家有旧的军用水壶，金属的，圆润略扁，上口细圆如颈，塞一截短短的圆木塞子，套着军绿色的宽带子，多是退伍军人从部队带回的。这样的水壶，曾让我好生羡慕。不过，对于我们家，对于村里绝大多数家庭而言，到田间、土里、山上干活，或走长路，往往事先从家里装一水筒茶，或者到井里灌一筒水。干渴之时，扒出塞子，抱着水筒畅饮一番。何况那时村庄周边的流泉也多，水筒里的茶水喝光了，可就近找一处泉眼或水井，打一筒水来。

水筒有着良好的保质功能，即便盛夏酷暑，装在水筒里的隔夜茶也不会发馊变坏。小时候在夏夜里，趁着月色，我常与伙伴们提着水筒，到江边的那口老井打水给家人喝。那井水特别冷，喝起来通体舒泰，止渴下火，尤为村人喜爱。

将水筒按进水里，黑色的井面上月影荡漾，如同碎银。井水咕嘟咕嘟灌进水筒里，挤出一个个大气泡，晶莹剔透，瞬间即破。于今忆及，此情此状犹历历在目，倍感亲切，诗意盎然。

木甑

蒸出疏松
好吃的
甑蒸饭

甑蒸饭有嚼劲，爽口，遇上青辣椒炒蛋、腌盾辣椒炒干泥鳅之类的好菜，更容易让人食欲大开……

二十多年来，每当想起那次津津有味吃着腌盾辣椒炒蛋拌木甑蒸的白米饭，一碗接一碗，不忍搁筷，心里就暗暗地有一种深深的愧疚感。

如今的故乡，大概只有红白两喜办酒席的时候，才能吃到疏松的甑蒸饭。平素的日子，村人的家里不再使用木甑蒸饭了吧？不会了，肯定不会了。都有了电饭煲、高压锅，一日三餐已不再烧柴、烧炭，谁家还会用那样一个过时的老器物？即便是没有扔掉，十有八九蒙尘开裂，不能用了。

可在旧时，木甑是家家户户必不可少的东西。

那时的故乡人家，做饭不外乎这三种方式：鼎罐煮饭，大水锅里放一只铝皮脸盆蒸饭，木甑蒸饭。前两种简单，淘米加水、上盖掌火即可。木甑蒸饭则过程复杂而长，蒸出的米饭粒粒可数，疏松不粘，软硬适度，很好吃，三伏天隔夜也不易馊。

木甑状若圆管，上端大，下端略小，杉木做成。其上口外侧，对称有一对手掌大的方形木块凸起的耳子，用来端甑。木甑大小有别，家用蒸饭的，一个成人能环臂而抱；做酒席用的，又大一些；最大的莫过于榨油坊里用来蒸油茶籽粉的，比簸箕还大，能站得进几个人；最矮小的，也在榨油坊，踩茶枯饼用，大小与一块茶枯饼相当，高尺许。

与木甑相配的，是甑箅。甑箅由青篾丝条编织而成，圆凸状，恰如反扣的锅底。蒸饭的时候，先将清洗干净的甑箅放入木甑，按压下去，与甑壁挤紧，凸面朝上。甑箅粗糙，上面通常垫一块白纱布，也可不垫。

在我们家，母亲做甑蒸饭，通常在夏秋间。正灶上架一口大水锅，舀大半锅清水，灶膛烧柴或烧炭。一天所需的几升米量好，用脸盆淘洗干净，倒入锅中。大火煮米至半熟，取了捞箕捞米，装入搁置在脸盆上的筲箕，滗干。锅内留少许米，继续熬煮成很浓稠的稀饭，就是我们土话所说的甘沫（读音）。稀饭盛在瓦钵或脸盆里，可供一家人随时拿碗舀食，热凉皆宜。稀饭经不得饿，在本村是不当正餐的。一年里，村人也只有这段日子，才在一日三

餐之余喝点稀饭。

上甑蒸饭则要重新刷锅加水，待木甑里有热气冒出，方才端了筲箕搁在甑口，用短柄铜饭勺将半熟的米饭轻轻扒进木甑，扒拉平整，盖上木锅盖。灶火熊熊，水沸作响。渐渐地，热气自木盖四周窜出，由淡而浓，饭香弥漫。良久，揭开木盖，扯一双筷子，深深插入饭中，凭着手感就能判断一甑饭是否已经熟透；或者挑出几粒米饭，尝一尝，看是否还需再蒸一时半会儿。一木甑饭蒸好，锅里的水也差不多快要熬干了。

米油全到了稀饭里，甑蒸饭疏松得粒粒可数，据说没有鼎罐煮饭有营养。甑蒸饭有嚼劲，爽口，遇上青辣椒炒蛋、腌盾辣椒炒干泥鳅之类的好菜，更容易让人食欲大开，会令家里的谷廒空得更快。小时候，我二姐有一个古怪脾气，若遭了母亲的责骂，她在吃饭的时候，便坐在木甑边上，一碗接一碗使劲吃，吃饱了还吃，故意给母亲添堵。

木甑里的剩饭，做炒饭也挺好吃的。有时我放学回家，没菜，母亲就炒油盐饭给我吃。在菜锅里放一勺猪油，放点盐，装两碗剩饭，一炒，毕毕剥剥，喷香，又不粘锅。剩饭铺在团箕里，放太阳底下晒干，粒粒坚硬如砂。以后在锅里炒至焦黄，蹦脆又香，亦是夏秋小吃。

中秋节，村人家家户户捣糍粑。那一天，从早到晚，村里捣糍粑的青石臼总是停歇不下来，得排队等待。这个时候，我们家里的木甑，也总是在锅里候着，甑里的糯米饭热了又凉了，凉了又加热。一直要等到排上队了，才端了甑去，捣成一团箕半月状的糖糍粑和满月状的白板糍粑。记得有些年，当我随着母亲端了糍粑回家时，一轮圆圆的皎月已升上天空。

临近过年的那一两个月，村里的榨油坊变得热闹起来，空气中远远就能闻到新茶油的浓郁芳香。上中学后，每年家里打茶油，我就跟随父亲，将油茶籽挑到榨油坊，在低矮漆黑的烘房烘烤干燥，在水轱辘驱动的大碾盘上碾成粉末。打油不需要我们上场，有专门打油的人，都是中年壮汉。我们负责烧柴火蒸茶籽粉，那大灶大锅之上的大

木甑，能装谷箩满满几担。滚烫的茶籽粉蒸熟，油光发亮，热气腾腾。打油人各自在地模子铺上事先扎好的稻草衣，叠放两个寒光闪闪的钢圈，拿了小木甑放进钢圈内。此时，专司从大木甑里铲茶籽粉的人，端了热气直冒的满满一小木盆，倒入打油人面前的小木甑。打油人双手握着甑口壁，上下快速捣几下，移开。一双光脚板立时踩了上去，转动着，将稻草衣包裹起油气直冒的茶籽粉，踩成茶枯饼。这样的时刻，我总是惊异于他们的光脚，竟然如此不怕烫！

我读高中时，父亲已是七十多岁的老人。他平素少有病痛，一旦病起来却很吓人。有一次，父亲病危，奄奄一息，母亲已经给他穿上黑色的寿衣寿裤寿鞋。村里一些亲属也来了，已是中午时分，已有人帮着生了炭火，蒸木甑饭，炒菜，在屋旁的禾场上摆开一席桌凳。有人提议，我作为家里唯一的男儿，应该赶紧去给我舅舅报信。舅舅家离我家十几里山路，我已饿极，肚子咕咕叫，磨蹭着想吃了中午饭再走。

感觉过了许久，饭才熟。炒的是一大碗红盾辣椒炒蛋，红红黄黄的，色香诱人。我盛了热饭，吃着很久没有吃过的好菜，一碗接一碗，不忍罢筷。

好在父亲最终转危为安！

只是，每次想到这个场面，我总是心生愧疚。我暗暗问自己：我是否太自私了？我是个尽了孝道的人子吗？

木筒

在旧时，木甑是家家户户必不可少的东西。

筲箕

饭粒盛在其
中洁白如玉

筲箕形同筛子，像一面去了肉的反转龟壳，多用细小的青篾丝条编织而成。

在故乡，木甑蒸出来的米饭，干爽偏硬，粒粒可数。除了齿缺年迈的长者，村人都爱吃。甑蒸饭隔夜也不易坏，即便是在三伏天。用它做油盐炒饭，或者蛋炒饭，不粘连，不粘锅，装在碗里蓬蓬松松，香气扑鼻，好得很！将所剩的甑蒸饭摊开在团筛里，置于太阳底下晒干，炒来吃，色泽焦黄，又脆又香。

甑蒸饭好吃，让人胃口大开，却比鼎罐煮饭更费米，对家庭开销来说不太合算。而且蒸好一甑饭，费时，费柴，费力，还需要好几样专用器物的配合。其中竹器就有三样缺一不可：筲箕（shāojī）、捞箕、甑箅。可见其繁复程度，是鼎罐煮饭不可同日而语的。

我们家平日里煮饭，多是用鼎罐。鼎罐是铁质的，浑身已被柴火烧得乌黑。每餐煮饭时，母亲从楼上米瓮里量了米，挑选出谷粒和沙子，淘洗一下，用手掌从盆子里捞出来，放入鼎罐，而后加水，盖上铁盖子，点燃柴火。煮好的鼎罐饭，洁白、软糯、香气浓郁。不过，有时没掌握好柴火的大小，也会烧糊，烧出一层黑色的锅巴。

而甑蒸饭，就不存在烧糊成锅巴的事情了。记得母亲做甑蒸饭时，她会在灶台上摆一个木碗盆，盆口搁一只洗干净的筲箕。筲箕形同筛子，像一面去了肉的反转龟壳，多用细小的青篾丝条编织而成。只是它比筛子更大，更结实，更精致，也无须铁丝做的提耳。当大铁锅里的米沸腾了许久，水也成了白色的米汤，母亲拿筷子挑几粒出来尝尝，如熟过了米心，不磕牙，就取了捞箕捞出米饭，倒入筲箕滗干汤水。剩下的少量饭粒，则继续熬煮成稀饭。

捞箕由两部分组成，一根半个手掌宽的竹片手柄，长过一尺，前端伸进漏斗状的箕窝。箕窝用白篾丝编织，不甚致密，便于快速漏水，其上口大过装菜的瓷盘。捞箕的手柄上端，通常钻一小孔，穿铁丝或小绳子，以便悬挂。

母亲从大锅里捞米饭也颇有特点，我常瞪着眼看得出神。她右手紧握捞箕手柄，沿着锅壁往下一捞，提出水面悬着，箕窝里便是满满的米饭，热气直冒，白色的米汤顿时“哗哗”漏下，如同瓢泼骤雨。她稍稍颠簸几下捞箕，“哗哗”之声渐小。再左手握拳敲打敲打手柄，箕窝里的米饭便颤抖起来，利于剩余汤汁漏下。待滴落的汤汁终成零星之状，方才倒入筲箕，重复又一轮循环。

在我旧日的村庄，稀饭叫甘沫，往往熬得十分浓稠，能用筷子挑着吃。熬好的稀饭用大瓦钵盛着，供家人随时舀食。大锅子则洗净后重新加水，放入木甑，甑里塞压一块甑箅。

甑箅像覆盖的捞箕窝，像清朝官员头上的顶戴，也是用小篾丝编织，一圈一圈，下大上小，如同地形图里的等高线。木甑上口大，下端小，蒸饭时将甑箅凸面朝上压下去，紧卡在木甑壁的下端。

蒸饭时，锅里的水不能太浅，需没过木甑底寸许。也不能太深，超过了甑箅。待水沸，甑里热气直冒。母亲这才端了满筲箕半熟的米饭，夹在腰间，筲箕口挨着木甑边，拿铜饭勺铲松散，慢慢扒进去，在甑口盖上木锅盖。

之后的过程，便是一心一意烧柴火。锅里的水沸得咕咕直响，热气渐渐从甑口的木盖下泄出来，向四周扩散，随之是一股米饭的清香。有时，母亲会揭开锅盖，拿一双筷子插插，查看拔出来的筷子上黏附的米饭是否熟透。有时，锅里的水干下去了，还得舀一勺半勺水添上。当母亲最终双手用力，将木甑从锅里端出来，一甑诱人的甑蒸饭才算大功告成。

吃甑蒸饭，即便一块咸萝卜，一调羹红红的腌辣椒，也能呼噜呼噜吃下几碗。若是煎几条咸鱼，炒个辣椒肉片，或者腌辣椒炒泥鳅、炒蛋，更要比平时多吃上一两碗。鼓腹之乐，很是享受！

在村里，筲箕还常用来撮谷，捣米粑、捣糍粑时，用来装浸泡好的粘米或糯米。我上小学三年级那年，村里突然流行请筲箕仙姑问卜。在八仙桌上铺一层米粉，一只筲箕覆在上面，由一名童男用手指托着开口的两侧，前端正中绑一根筷子。占卜者焚纸燃香，念动口诀，筲箕便自动在桌上行走，筷子画出弯弯扭扭的线条或符号。我也曾围观参与，觉得十分神秘。只是流行的风潮一过，从此就销声匿迹了。

捞箕则常用来捞青萍。那时田间水塘，常生长青萍，圆圆的，如豆粒大小，密密麻麻铺满水面。村里的妇孺，在夏日里，常提着竹篮，拿一只捞箕，在尚未结穗的禾苗间捞青萍，用来煮潲喂猪。

碗橇

红漆雕花的
“百宝柜”

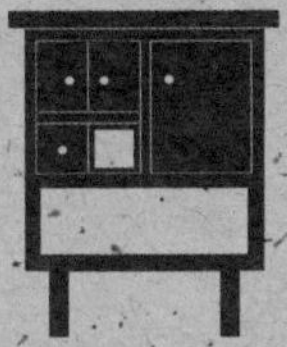

以后的十几二十年，我的父母亲一直与这两个老橇为伴，度过了他们的晚年。月月年年烟熏火燎，墙壁黑了，楼板黑了，碗橇也形容黯淡。

在故乡，碗柜叫碗欃（chán），也叫欃。

为这个字，纠结了许久。这件高大的木器家家都有，谁也离不了它。可是村人读音却恶促，好像有深仇大恨似的，叫“chan”，去声。同很多土话一样，这物件也是有声无字。查手头的字典辞典，一时并没找到确切的。问人，多是摇头。就姑且用这个“欃”字以代，至少偏旁形声还颇为相近。

在家中，欃是主要的大件木器。它就靠墙摆放在灶屋里，一日三餐都要同它打交道。欃有两种样式，一是高脚欃，再就是水缸欃。前者高大，后者矮小。20 世纪 80 年代以后，村里新建了瓦房的人家，通常同时有这两种欃。因为那时，原先的瓦水缸已被水泥抹面的砖砌水缸取代，与之相配的水缸欃也就应运而生。

我在读初中之前，家人一直住在老厅屋一角的两间逼仄青砖瓦房，光线昏暗。从太阳底下走进灶屋，眼前顿时一片漆黑，要缓上一阵，眼睛方才适应过来。那时我家仅有高脚欃，摆在墙角，大白天也黑乎乎的，看不真切。要晚上点了煤油灯或开了电灯，欃门才反射出微弱暗红的光芒来。这欃据说是花了四十元买来的，那时候是我家最值钱的一件东西。不过，我对这欃的最初记忆，仅停留在大冬天拉开欃门，偷吃盘子里成了冻的大肥肉，实在是香！再就是欃门上常有大蟑螂扑扑地飞。

1982 年冬，我们家在村庄南端建了新红砖瓦房，宽敞又明亮，高脚欃也搬了过来。这个时候，我方才得见它的真容，竟然是如此漂亮！

怪不得我的父母亲，每天都用清水将它擦拭得干干净净，红光发亮。

高脚橱很高，我的父母往橱顶板上搁置大汤罐之类的东西，需站在长凳上，踮脚伸手才够得到。它由两部分组合而成，下面是橱台，上面是橱身。橱台类似宽面矮长桌，四腿粗大，面板的一端中间开了大方孔，用来搁置铁锅。橱身两端向下伸出一两尺长的“凹”形木腿，搁在橱台上，通过木闩相连。橱身是高脚橱的主体，根据不同的功用，又分隔出四类空间形态。其左上部是双开门的橱柜，里面用横板隔成等高的两层，用来放油罐、盐罐、剩菜、剩饭诸物；左下部的柜子有木格窗状的推拉小门，洗好的饭碗菜碗，碗口朝下，叠放在栅栏搁板上；右上方则是单开门竖柜，柜门高且宽，里面也是隔成上下两层，不过下层要高许多，能放进铜茶壶；右下方是两只同样大小的长方形抽屉，家里的锤子、剪刀、钱凿、钉子、线团等杂物，往往顺手丢在里面。三扇枣红色橱门漆有花枝图案，并且都钉了铜钱和铜片拉手，两只抽屉则钉了铜钱和铜拉环。

有一年，我家的瓦水缸给弄破了，就请人砌了一个长方体的砖水缸，内外都抹了水泥。又请木匠做了一个水缸橱，漆了红油漆和花鸟图案，搁在水缸上面。水缸橱实际上就是高脚橱上部橱身的缩小版，少了抽屉和单开门竖柜。家有两个橱，就方便多了。不常用的大碗、小碗、钵子、调羹，以及干菜干货，就放在水缸橱里。两个橱挨着立在一起，其间只留了几寸宽的缝隙，用来竖插接手板，整个儿看，足足占了一面进卧房的隔墙。

每日里，拿碗端壶，找东找西，橱门要被一家人开开关关无数次。橱门榫子叽叽嘎嘎磨得直响，铜片拉手和铜拉环，也被摩挲得金黄发亮。橱里常有蟑螂出没，拍死几个，过后又有，让人无奈。不过，被蟑螂和虫子啃噬过的老枫树叶茶，倒是一味止泻的良方。尤其是在橱角落放了多年，已生了虫屎的枫树叶，黑乎乎的，虽然看起来恶心，效果却出奇地好。我们偶尔拉稀或腹胀，就从橱箱里找一撮这样的老枫树叶茶，泡入开水，色泽深红，趁热喝下。

以后的十几二十年，我的父母亲一直与这两个老橱为伴，度过了他们的晚年。月月年年烟熏火燎，墙壁黑了，楼板黑了，碗橱也形容黯淡。在他们去世的时候，按照村里的风俗，棺材两端要各钉一枚铜钱，我一时找不到，就先后把橱门和橱抽屉的铜钱取了下来，让他们带去了。隔几年，武广高速铁路线经过故乡，我家的这半栋瓦房成了村中率先拆除的。两个老橱早已不合时宜，又笨重，置于废墟之中，在几番风吹雨打中渐没了踪影。

如今的故乡新村，新建的楼房跟城市的别墅没有什么区别，多数是三四层，单家独院，装修时尚，橱已被新式的橱柜所取代。

不过，有一句与橱相关的骂人话倒是传承了下来：“你这人，就会橱脚下挖泥鳅！”意即兄弟姐妹亲人之间相互算计只会内斗。

这，又何必呢？

在家中，櫈是主要的大件木器。
它就靠墙摆放在灶屋里，一日三
餐都要同它打交道。

接手板

一种别样的饭桌

在冬春天气寒冷的日子，一日三餐依然要在灶屋插上接手板。这样，边烤火，边吃喝，边闲谈，更觉温暖。

在很长的岁月里，村人一日三餐吃饭喝茶，并非围桌而坐，而是把碗筷调羹摆放在一块悬空的长方木板上。事实上，这块木板正起着饭桌的功能，并有一个专属名字，叫接手板。

接手板起源于何时，我无从考究。不过，据我推测，它的出现当与湘南传统民居的逼仄以及那时人们的生活方式密切相关。

旧时青砖黑瓦的房屋，典型的样式是“四缝三间”。中间为厅，两侧是屋，屋又一隔为二，由一门连通，前为灶屋，后为卧房，各一丈见方，于是就有了四个大小相仿的主房，叫“四缝”。相比而言，厅比主房宽，且进深长。这样，在厅的后面又隔出左右两个一样大的耳房，土话叫“到促”（读音），仅容开门并铺下一床。通常，一栋“四缝三间”住两户人家，厅为公用，灶屋、卧室、到促各一。宽板楼梯在卧室开门一侧，通楼上。

灶屋是一家人日常生活最重要的场所，生火取暖，做饭煮菜，会客待友，一日三餐，全在这里。这一丈见方的地面，砖砌的灶盘和方形大灶，就足足占了四分之一还多。灶上一大一小两个灶孔，常年搁着乌黑的鼎罐和铁锅。围灶靠墙，是两条呈曲尺状摆放的宽板长凳，一端腿短，交汇于墙角灶盘，另一端腿长，伸出灶盘之外。人坐凳上，与灶壁之间仅容屈膝。灶门口对着木窗，为砖灶的正面。其背面紧靠一张灶桌，长条状，高出灶台尺许，形似旧时简易课桌。水缸和高大的碗櫈，则沿隔墙摆到了卧室门口。此外，还有诸如接手板、水桶、潲水缸、木架子等等杂七杂八又必不可少的器物，及成捆的柴火。这样，灶屋就更显逼仄，人的活动空间十分有限，进屋而坐，成了必然选择。

在灶屋的诸多器物中，接手板与灶桌可谓一对老搭档，共同担负起饭桌的功能。

接手板是由几块杉木板子刨平相拼而成，长方形，宽二尺许，长四尺许，面漆红漆。平时，它竖靠门后墙上，或者侧身竖插在水缸与碗櫆之间的空隙里。这样，不占地。

因为要承受接手板及其传导而来的碗筷饭菜的重量，灶桌的制作颇为特殊。面板和四条腿用结实的香樟木做成，厚实，笨重，以保证自身足够稳定。切菜时，砧板也是搁其上面。在与正灶背面紧挨着的一侧，灶桌面板下方横着一根手杆粗的方木条，两者之间形成一条约三指宽的长缝，专门用来插接手板，平素在切菜的一端插了菜刀、刷菜锅的筅帚、洗碗渣（剪成巴掌长的干丝瓜瓤）。灶桌中间还有一层隔板，是放洗碗盆和脸盆的地方。

一日三餐，吃饭喝茶的时候，端了接手板，红漆正面朝上，前端横插进灶桌的长缝半尺许。一松手，接手板后沉前跷，抵住桌面板底，略带倾斜，稳稳地悬空在灶台之上。有时，为了让接手板尽量水平，也可在其前端与灶桌面板之间塞进一块小木片。之后摆上饭菜碗筷，就成一席。吃喝完毕，收拾好狼藉的杯盘碗筷，用抹布擦拭干净油污，将接手板抽出来，重新放回原来的地方。

在我家，下大雨的日子，接手板也常用来挡雨水。那时我家的老瓦房，漏雨很是寻常，外面下大雨，里面就多处滴滴答答漏不停，我们常急匆匆找了盆盆罐罐接漏。而且我家卧房临石板巷子开了一扇侧门，雨水也就顺着门缝不断撇进来，没办法，只得用接手板挡在门外。

从我出生到少年时代，我家住在五户人家共同居住的老厅屋逼仄的一角，一直是用接手板当饭桌。后来家里建了新瓦房，才有了独家使用的厅屋，添置了一张时兴的四方饭桌，那时叫北京饭桌，估计是从城里传来的样式，上了红漆，比传统的八仙桌要轻巧得多。夏日里，我们一家常在厅屋的饭桌上吃饭喝茶。有月光的晚上，甚至把饭桌和长凳背到屋外自家禾场上，一家人坐禾场上吃喝，碗筷叮当，说些闲话。此时凉风习习，树影婆娑，田野空旷，蛙鸣虫吟，流萤点点，溪水流淌有声，想来真是快意。

不过，在冬春天气寒冷的日子，一日三餐依然要在灶屋插上接手板。这样，边烤火，边吃喝，边闲谈，更觉温暖。

碗盆

叮叮悦耳
洗碗声

旧时的故乡，家家户户都有一个木碗盆，圆圆的，比米筛还大……碗盆厚实沉重，新做的往往还在外面上了老红油漆，看起来喜庆。

顾名思义，碗盆就是用来洗碗的木盆。

旧时的故乡，家家户户都有一个木碗盆，圆圆的，比米筛还大，有六七寸深，盆底盆腰围了两道铁箍子，上沿外侧有两只对称凸出的耳子，刚好供两只手抓握端起来。碗盆厚实沉重，新做的往往还在外面上了老红油漆，看起来喜庆。

我家的碗盆常年搁在灶桌的隔板上，也不知经历了多少年月，红漆斑驳，看起来有些老旧了。每餐吃了饭，母亲便叮叮当当一通忙碌，把菜碗、饭碗、筷子、调羹统统收拾放进碗盆里。那时也没有什么洗洁剂，洗刷全凭清水和一截干丝瓜瓤。这丝瓜瓤，我们叫洗碗渣，初用时浅黄蓬松，轻巧又富有弹性，粗糙的纤维里面能藏得住水，像一只圆柱海绵。用久了，就全然成了软塌塌油腻腻的烂渣渣。

我们姐弟日渐长大，洗碗这类轻活也就轮流着做。兴致好的时候，我们先舀了温水，用洗碗渣把碗一个一个擦洗干净，再把横七竖八的筷子收拾得头尾分明，整整齐齐，在两只手掌之间反复搓，搓得渍水飞溅，嚯嚯直响。然后从水缸舀几勺冷水，冲洗一遍，把菜碗饭碗分别叠着扣放在碗櫈的方格板上，筷子插入悬挂在碗櫈边的瓦筒里。饭粒、菜渣、油脂沉沉浮浮的一大盆浑浊洗碗水，则倒入潲桶或潲缸，用来做潲水。

即便如此，平时吃饭喝茶的时候，碗里碗边难免还是有一层油腻。母亲每隔些日子，就会提一个篮筐，将所有的碗筷调羹弄到溪圳边，用木柴灰一一拭擦，漂洗得光光亮亮，干干净净。这也是村人的通常做法。

夏秋红辣椒繁多的季节，木碗盆时常派上另一个用场。村人嗜辣，家家户户都会腌上几大瓮红红的盾辣椒，能吃上一整年。腌盾辣椒先得把红辣椒盾碎，这就需要盾刀和碗盆。盾刀如掌似铲，刀口朝下，长柄朝上，盾剁之前磨得利刃光亮。木碗盆则清洗后，在阳光下晒干。一篮筐红辣椒去蒂，一番挑选和水洗后，滗干水分，即可倒入碗盆里盾剁。

盾辣椒虽不是一件很大的力气活，却也费劲，且需要有耐心。我年少的时候，母亲有时也安排我干这个活。我或站或坐，时而一手握住刀柄，时而双手握着，用力向着盆内的辣椒速速盾剁，嚯嚯有声。我也渐渐摸索出规律来：起先满盆乱盾一通，基本上看不到单个完整的辣椒；然后在盆中央密集盾剁，逐渐向四周扩展，并将边缘的辣椒扒拉到中间来盾，这样能避免刀锋盾入盆壁；之后再横着直着，一路路盾过去，一路路盾过来，反反复复，就能将满盆的红辣椒盾剁得如婴儿的指甲盖，细碎又均匀，皮红籽黄，色泽鲜艳。这时，加盐拌和，就可装入瓮中。不过，盾过辣椒的碗盆底板，清洗之后，全是密密的新鲜刀痕。

到了冬天，白萝卜个大又嫩，腌制盾碎的水萝卜正逢其时，这碗盆底的密集刀痕又得增添几轮。水萝卜盾剁得像小指头大的颗粒，洁白晶莹，水灵灵的，撒上盐，腌在瓦瓮，数天后即可食用。腌好的水萝卜微酸，十分开胃。水萝卜炒干鱼虾泥鳅、炒田螺，和上红红的腌辣椒，放了姜葱等调料，色彩明艳，香喷喷的，堪称佳肴。遇上母亲做这样的菜，我的饭量就会大增。过年的日子，水萝卜炒猪大肠小肠，无不可爱。

那个简朴的年代，我们一年里能吃上肉的日子不多。因此过年杀家猪，就成了一件大事。杀猪时，屠户用木碗盆接猪血。随着锋利的杀猪刀从猪脖子里拔出，一大股猪血哗哗射入碗盆里，满盆猩红，泛着血沫。不多久，就凝结成大半盆血旺子。生的血旺子划切成块，倒入烧水锅里煮熟，捞入碗盆，就成了紫红色的熟血旺子。血旺子切片氽汤，是我们全家人都爱吃的美味。

过年那段日子，碗盆还常被母亲用来洗肉洗鱼，用来烫宰杀的鸡鸭，看着真是开心。

茶叶篓

淡淡茶香
让人回味

茶叶篓空了，又会加满茶叶。年复一年，它悬挂在木梁垂下来的钉钩上……参与并俯视着平淡之家的庸常生活。

那只挂在灶屋钉钩上的茶叶篓，常年烟熏火燎，形容乌黑。母亲爱喝茶，尤其爱呼噜呼噜喝滚烫的浓茶，天天喝，喝了一辈子。她泡茶用的是一把铜茶壶，壶颈上镌刻着我父亲的名字黄观成，据说是花了重价请铜匠手工打造的。那是一把精致的铜壶，壶身圆润，提手如拱，壶嘴曲线流畅，壶盖上顶着一粒錾花的铜珠，整个儿金光灿烂，看起来赏心悦目。这是我少小时候，家里极值钱的一件器物。

与铜茶壶配套的，是茶叶篓。其状如同一个方中带圆的小墩子，用一指宽的薄白篾编织而成，上端有颈，颈上罩有篾盖，像一顶小方帽，成人张开五指能将它摘下。篓身两侧有向上竖拱的竹片提手，用于悬挂。

顾名思义，茶叶篓就是用来装茶叶的小篓子。母亲的茶叶都是自采自制，一年四季随着植物的生长，各有不同。比如春天枫树长出翠嫩的新叶，母亲就会提了菜篮，到村后的山上摘几篮，回家后经过一番炒揉和晾晒，制作成枫树叶茶。枫树叶茶越久越醇厚，陈年的枫树叶茶，泡起来茶水橙红发黑，香气浓郁，还是治疗腹泻的良方，尤其是生了虫屎的老枫树叶茶，效果更佳。而在夏季，母亲会从田埂江边，割上多种草叶，混杂在一起，清洗晒干，就能当茶叶。这种茶叶，看似粗糙，却是解暑的必备，母亲称作解毒茶，也叫凉茶，据说常喝它，身上连痱子都少有。到了秋末冬初，野地山林之间，到处是金黄色的野菊花，母亲也会摘了很多来，晒干后当茶叶。野菊花茶微苦，茶汤

浅黄清亮，十分可爱，能清热解火，还有明目的功效。母亲说，多亏了这些野菊花茶，让她的眼睛看东西不那么模糊。

不过，母亲最爱喝的茶叶，是正茶，也叫寿茶，是从茶叶树上采摘的茶叶制作而成。在我们村庄，并没有大片的茶叶树，只是在旱土里，零星生长着。这些茶叶树，没有油茶树长得高大，样子却十分相似，结的茶果如拇指般大的圆珠，里面多是一颗黑亮滚圆的籽粒。母亲采摘正茶，更多的时候是结伴去邻村西冲，那里有一座茶叶山。

看母亲制作正茶，

也觉得很有趣味。制茶需大晴天，母亲将清早摘来的新鲜茶叶洗净后，倒入灶火上的大铁锅翻炒，不一会儿，锅内热气直冒，散发一股淡淡的清香。茶叶脱水后，倒入簸箕，母亲一双手不停用力揉搓，直搓得所有茶叶都卷曲起来，挤压出淡绿的汁液。之后，端到太阳底下晾晒。晒干的新茶叶，墨绿若黛，如针似缕，母亲将茶叶篓装满，剩余的另用薄膜袋或编织袋装好保存。

每天早上起床后，母亲便会挑水生火，泡一壶新鲜的热茶。她要将铜茶壶里隔夜的剩茶倒掉，里里外外涮洗干净。水沸之时，母亲先舀小半勺倒入壶内，提着壶再晃荡冲洗一遍，再取下茶叶篓，抓一撮茶叶放入壶中，舀水灌满，盖上壶盖。

喝早茶成了我们家的习惯，伴茶的东西多是四时的物产：炒豆子、炒花生、煨烫皮、焖红薯、红薯皮……当然，还少不了一碗腌咸菜，诸如：腌萝卜条、腌大头萝卜、腌风菜、腌藠头、腌茄子皮、腌冬瓜、腌豆角、腌扁豆……这些腌菜都会拌和剁辣椒，有时还拌上黄豆酱，红红辣辣的，或清脆，或绵软，香喷喷，口味绝佳。这样的早茶，其实也是本乡风俗。

那时乡村生活虽然简陋，乡亲却十分好客。有客人来了，有村邻相访，泡一壶新鲜滚茶，摆上简单的食品，相劝殷勤。

茶叶篓空了，又会加满茶叶。年复一年，它悬挂在木梁垂下来的钉钩上，在炉灶的上方，接受烟火的熏烤，参与并俯视着平淡之家的庸常生活。

圆盘

承载儿时的欢乐

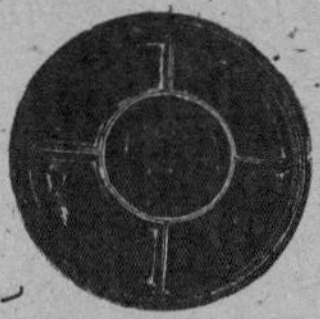

一年中，圆盘里佐茶的东西随着季节的更替而变换，多是自产的物品……

倘若将果盒比作衣着端庄、轻易不露尊容的贵人，那么，圆盘就是朴素又寻常的农妇。它是居家过日子的必备品，是昔日的故乡司空见惯的盛器。

圆盘造型简单，大小跟一个成熟的大葵花盘不相上下，深若一个指节。其周边略为外斜，上口比盘底要大少许。通身漆上深红，这也是乡村老木器的经典颜色。

圆盘总是与铜茶壶互为搭档。村夫嗜酒，村妇嗜茶，我的父母堪称这样的典型。每日里，母亲起床的第一件事，就是烧水泡茶。铜茶壶平素放在碗橇的一格竖柜里，圆盘也是放在这里。母亲拉开橇门，取出铜茶壶，倒掉隔夜的茶水茶叶，一番清洗，涮好壶，放入自采自制的茶叶，搁在灶台上。待鼎罐里水沸了，取了小竹勺，一勺一勺舀水加满茶壶，盖上壶盖。喝早茶的时候，母亲通常会拿出那个红漆斑驳的圆盘，煨烤几块黄澄澄的烫皮装上，再揭开瓦瓮掏半大碗萝卜条之类的腌菜，作为茶点。灶桌插上接手板，摆上圆盘、腌菜、茶碗、筷子。一家人围灶而坐，或喝，或嚼，嚯嚯有声，其乐融融。

一年中，圆盘里佐茶的东西随着季节的更替而变换，多是自产的物品：煨烫皮，炒瓜子，炒花生，炒蚕豆、雪豆、绿豆、黄豆，红薯干……过年的那段日子，圆盘里就丰盛多了，新茶油炸的油糍粑、兰花根、套环、红薯丁、花片等年货，甚至还有冬瓜糖、纸包糖、红糖酥丸子、饼干，令人胃口大开。只是这样的时间，在漫长的一年里，总是十分短暂。

平常的日子，家里偶然间来了客人，母亲总是笑脸相迎，立马烧水泡茶，架上铁锅，炒花生，煨烫皮，装盘擦桌，热情相待。而后，在父亲陪着客人饮茶的同时，母亲开始张罗饭菜，尽己所能。

乡间有给小孩兜盘子的习俗，记忆犹新。

我小时候跟随母亲去舅舅家走亲戚，刚进家门，舅妈就会笑呵呵地端了一圆盘花生糖果之类的东西，一大把一大把抓了，将我的

衣裤口袋

全部兜满，鼓鼓囊囊，令我十分开心。几天后返回，临出门时，舅妈又乐呵呵端了一圆盘东西，再次把我身上的口袋兜满。一路上，我不时掏出口袋里的东西，边走边吃。上坡下坡，穿村过桥，十几里山路因此并不觉得很远，而且连蹦带跑，还特别有劲。

另一种兜盘子则是因了小孩之间打架拌嘴。输了的一方，常常哭哭啼啼闹上门，耍起了无赖。没办法，另一方的母亲为了息事宁人，赶紧端了圆盘，装一些吃的东西，兜进正哭闹着的孩子口袋，一面骂着自己的孩子，一面好言好语连哄带劝。输者兜了盘子，哭声自然渐小，半推半就之间，也就扭扭捏捏走了。

童年里我曾是村里有名的捣蛋大王，打架斗殴是家常便饭，输得少，赢得多。这样，我的母亲就常常赔着笑脸，给我的那些同伴

圆盘

圆盘造型简单，大小跟一个成熟的大葵花盘不相上下，深若一个指节。

兜盘子。过后，母亲总会把我逮住，一顿柴火棍上身。

不过，我那时也不是吃素的。假如我打输了，我会从地上捡一块大砖头，号啕大哭，来到对方的家门口，口口声声喊着要砸烂他家的瓦水缸和铁锅子。这可不得了！对方的母亲见状，赶紧给我说好话，赔不是，兜盘子，慢慢从我手上拿下那块大砖头，扔了。我自然也是见好就收。

那些被我威胁要砸烂的水缸和铁锅，实际上我一个都不曾碰过。圆盘里的东西，倒是兜过不少。于今忆及，不禁莞尔一笑。

木圆盘也是一家人举行某些仪式的必备用具。我和姐姐们过生日，大年初一早上敬神，母亲会在木圆盘里装上果品，盖一块红布，待她烧纸焚香向祖先祝祷之后，揭了红布，让我们摸摸，或搭在我们肩膀，就是俗称的挂红。之后，我们才吃东西喝茶，大快朵颐。

我家搬进新瓦房后，曾买了一个搪瓷圆盘，有着鲜艳的花朵，轻巧又十分漂亮。那只老旧的木圆盘，渐渐淡出了生活的视野。

第三辑

厅屋的时光

厅屋是瓦檐下最宽敞明亮的地方，也是一处庄严的所在，方正的神台上，供奉着祖先的牌位，四时八节，母亲在此化纸焚香，虔诚祝祷。遇着红白两喜重大的日子，八仙桌上摆放着果盒诸物，众人围坐挂红传杯，更具仪式感。而在平素，剁猪草、煮潲、砻谷、做木工、架罩盆出酒……生活的细节，一一在此呈现。

木工箱

旧时木匠的
百 宝 箱

木匠的工具很多，
短的工具……都放
进木工箱里。

木工箱的落寞，意味着一个乡村木器时代的终结。

这是一个除旧迎新的时代，是一个批量工业品无孔不入的时代，便是深山更深处，也同样无可幸免。何况我的家乡八公分村，原来瓦檐青砖的旧村庄因修建高速铁路线而拆迁。新村的房屋全是平顶小楼，多数三四层，有的五六层，屋内外装修漂亮，有自来水，有网络，有煤气罐，有绿化，有广场，有广场舞，有私家车，全然与城市住宅小区无异。

处在这样的时代交替节点，随着我们上一代人的先后故去，传统的手工艺也带进了坟墓。故乡的豆腐坊没了，磨坊没了，榨油坊没了，篾匠没了，剃头匠没了，劁鸡劁猪匠没了，择日选地的地仙没了，能打砖做瓦烧窑的工匠没了，草药郎中没了，屠户没了，甚至连丧仪上吹喇叭的也只剩下七十多岁的国治老哥了……

村里的木匠也老了。

在村人的眼中，村里目前健在、能真正称得上木匠的，只有两个人：孝健、孝端。他们并非兄弟，只是辈分相同，都已经年逾七旬。两人师承各别，孝健师承我的伯父仕成，孝端师承村里的德成。学成一个好的木匠，是需要天赋、苦工和爱好的。我的伯父并没有将手艺传给我的父亲和我的两个堂兄。德成膝下无儿，但也没将手艺传给本村的上门女婿。并非老木匠不肯传承，而是自家的亲人根本不是那块料。同样，孝健一直想把手艺传给他的大儿子，结果半途而废。孝端也是如此。

两个已故老木匠的手艺各有侧重：我的伯父擅长造屋、造凉亭和日常家具；德成长于榨油坊里的木工和千年屋（棺材）。小时候，我们到村前潘家坳凉亭那边的山上捡柴，常仰头看那写在凉亭大梁上的名字，里面显眼的位置就有我伯父，我因此觉得很骄傲，似乎比同伴高人一等。很多年来，在村里，请孝健打家具的多，而千年屋差不多都是孝端在做。

村里想跟着木匠做徒弟的人也极少，隆良跟了孝端数年，贱仁跟了孝健数年，都出了师。但正如村里人所言，这两个徒弟都没学全学精，跟他们的师傅相比还是半桶水，甚至不到。

在我的童年和青少年时期，常看见他们两组师徒，各在村里人家的厅屋里做木工活。孝健原先居住的地方与我家老宅是隔巷近邻，他的老婆是我母亲做的媒人，还是我母亲堂姐的女儿，因此我们两家有了一层亲戚关系，数十年来一直以亲戚走动。后来孝健的徒弟贱仁，又是我母亲做的媒，女方也是我母亲那边亲戚的女儿。我一直是按辈分叫孝健哥哥，按亲戚关系叫贱仁姐夫。

我们家做木器，自然请的是孝健和贱仁。有时活少，比如打一担水桶，做几条凳子，就请孝健一个人。

我那时爱看做木工。这也差不多是村人的爱好，每当厅屋里做木工，总会吸引着不少大人孩子围观。木匠的工具很多，短的工具，比如短刨子、归尺、折叠尺、墨斗、墨笔、各种圆的扁的方的凿子、铁锤、刮刀、磨刀石、蚂蟥钳……都放进木工箱里。木工箱实际就是一个小挑箱，里面分成几层，有能取出的方框，用来分门别类放置工具。箱体外套有棕绳，外出做木工活时，木匠的担子上一端便是木工箱。

另一端是绑扎好的长工具，比如：长刨子、长锯短锯、斧头、车钻之类。也还有一种简易的木工箱，则像一只提篮，不过是木板做成的而已。只是这种木工箱，能放置的工具要少很多。

当然，做木工时还少不了一条长长的木工凳。木工凳面板较宽，尤其厚实，差不多有半尺，因而很沉很稳。凳的一端，通常会钉上两把蚂蟥钳，如同双腿张开跪着的蛇蛙，更像趴着吸血的大蚂蟥，木枋木板从腿间塞进去，能固定了，利于推刨子。斧子放在木凳下，刃口锋利，寒光闪亮，令人望而生畏。

一根根圆木，经由弹墨线、上归尺、斧砍、锯锯、推刨、凿孔、钻眼等一系列有条不紊的工序，在木匠的手下，成方，成弧，成圆；成板，成枋，成榫……最后组合成一件件崭新的木器，或桶，或凳，或桌，或椅，或盆，或甑，或箱，或架，或櫰，或柜，或棺……令人称奇。那时的木匠师傅，真是让人羡慕又尊敬的手艺人。

只是他们不曾料到，这个社会变化得如此之快之大。他们一辈子苦心经营的精湛手艺，竟然在新时代的潮流面前不堪一击，无所适从。旧的木器日渐老去，腐朽。手工家具已被批量生产的工业品所取代。村庄不再需要木匠，木匠在村庄里已无用武之地。

很多年前，孝健、贱仁、隆良，就不再干木工活了。那些工具，或在他们的木工箱里尘封，或在墙角生锈。只有孝端，偶尔还应邀做一口千年屋，用来埋葬老时代日渐稀少的旧人。

平光老哥断言说：“孝健、孝端一死，木匠手艺就在村里绝了！”

呜呼！潮流滚滚，又能如何？

八仙桌

一桌规矩，四方礼仪

如今我想，为什么旧时的村人在日常生活中显得那么有礼节，这与自古以来八仙桌上的教化是直接相关的。

方方正正，古朴、端庄、稳重，就像村里厚道之人，这传统的八仙桌一眼看去，就让人觉得踏实、可靠。

许多年前，在我的家乡八公分村，村人的日常三餐，多是以横着悬插在灶桌上的接手板代替饭桌。吃罢，再拔下接手板，靠墙放在门后，或者侧着竖插在水缸与碗橇之间的缝隙。这样，既节省空间，又围灶而坐，冷天尤其暖和。当然，究其原因，主要还是旧时青砖黑瓦的老屋过于狭窄，多数人家人口多，居住拥挤所致。

我家在老宅那两间小屋居住的那些年，曾有一张旧方桌，面板和腿脚都很单薄，且表面粗糙有毛刺，与村里的八仙桌迥异。那张桌子平常在老厅屋一角堆放杂物，并不用来吃饭。一年里，只有极少的一次两次，家里宴贵客，比如安排戏班子吃饭，请村里最有学问的人，才用得上。不过，其时方桌只能摆放在铺了L形两张板床的卧房里，两面摆上长凳，另两面则以床边代替凳子，局促得连进去都不便，却也没法。

村里有人家摆开八仙桌宴客，那必定是有了诸如祝寿、娶亲嫁女、丧葬等大事。

八仙桌只有少数人家才有，因此办这些宴席的时候，主家便会安排专门人员，满村子去借。通常的情况是，向一户人家借了一张八仙桌，顺带要借四条配套的长凳，一桌碗筷调羹，一把酒壶。干这事，实在是一件苦力活。八仙桌沉重，背在肩背上，勾头缩脖走路，像一只缓慢的老龟。酒席做完了，还得将这些东西物归原主。

摆席的场所，因酒宴的性质和规模而异。祝寿、娶亲等红喜宴，旧时席面一般不会牵扯太宽，多是在自家所居住的大厅屋摆开几席。丧宴，则必定是摆在村旁的黄氏宗祠。那是一栋有上中下三厅和两个天井的清代建筑，规模宏大。村人盛传，民国年间，著名留学生、时任军政部兵工署巩县兵工厂厂长的黄璧将军回村葬父，宴请全村人及邻村长老，流水席开上百桌，山珍海味无数，堪称奢华。其时我的父亲十七岁，在这场丧宴上提着酒壶专门筛酒。这样一场盛宴，在之后的数十年间，我的父亲时常提起。

酒席场中，规矩自然多了起来。村中有句俗语："席上教子。"记得小时候我跟着父亲已能上桌，在一个老厅屋里坐上酒席时，腿脚尖起来才勉强够到地面。一席之中，所有的人都在向我循循教导规矩：父子不对席；上席为大，不能坐；下席次之，也不能坐；右边再次之，依然不能坐；左边的下首位置最小，才是你该坐的地方，要坐有坐相；夹菜的时候，要等上席的人喊夹了，你才能夹，要让他们先夹，且你只能夹自己碗边这边，不能夹别人那边，更不得满碗开"钻山机"；一夹菜不能夹太多了，要少夹一点，用调羹接着，要斯文一点吃；菜来了，要接菜；酒浅了，要筛酒；要主动给老人装饭；要比别人先吃完，吃完的时候，要略为举着空碗和筷子，向大家笑着打一声招呼"老人家你们慢恰（方言：吃）啊"；吃完了，也不要先走，要随时给老人装饭筛茶……

起初，在这样的场合吃饭，我很拘束。这是村里每个人成长必经的历程，我也谨遵教导而行。渐渐地，随着年龄和见识的增长，我在酒席场中的表现为大人们所称赞，被誉为是斯文人。如今我想，为什么旧时的村人在日常生活中显得那么有礼节，这与自古以来八仙桌上的教化是直接相关的。

素常的日子，那些暗漆斑驳的八仙桌并不为家庭吃饭所用，而是闲置在厅屋的某个角落落满灰尘。也有的时候，会偶尔被人背一张两张出来，以作他用。比如：村里来了放露天电影的，背一张八仙桌放在禾场上，上面搁置放映机；来了耍狮子的，八仙桌成了表演人体倒立、单腿单手脑门举重的道具；冬天来演出的戏班子，八仙桌又成了宗祠戏台幕后吹拉弹唱的地方……

生产队解散，村里的新瓦房一年年多起来，规模远超青砖黑瓦的老宅子。新式的家具也蔚然成风。这时，做八仙桌的人家已越来越少，一种称作“北京饭桌”的四方桌子流行开来。这种“北京饭桌”轻巧，比八仙桌要矮，做工简单，漆上红漆或者木纹漆，样子简洁也漂亮。并且所配的，可以是长板凳，也可以是独凳，更为灵活。我家搬进新瓦房后，也做了一张这样的红漆饭桌，放在厅屋里，夏秋间自家在此吃饭。春节客人多，也可抬进灶屋或客房，摆上一席。

倒是许多年后，因残损破旧，村中原先的老八仙桌已经很少，甚至影响到宗祠里丧宴的举办。村里便统一置办了几十桌新的八仙桌和长凳，全部上了红漆，沿用至今。

果盒

精致而庄重的礼器

八仙桌中央若是摆上了果盒，一种庄严的仪式感顿时油然而生。

八仙桌中央若是摆上了果盒，一种庄严的仪式感顿时油然而生。

果盒的形状很是古拙，粗看像远古的方鼎。它大致可分成三层：六角形的底座圆润又光滑，由六条兽脚形腿支撑，每条腿均雕刻流畅的云纹；中间一层如颈，向内收缩在底座中央，六面镂成十字中空的小方板，高不及寸；上部盒身是主体，随着高度的抬升由仄而宽，也是规则的六面造型，各面刻有树枝花果等图案，凹凸有致，栩栩如生。六边形顶面大过底座，其上均匀分布四个大小一致的圆形浅盘，仅容放下一枚鸡蛋，漆成朱红。除此之外，整个果盒通体漆成老红，显得严肃又庄重。

这样的果盒，是用上好的整块香樟木精心雕刻而成。香樟是村人心目中的吉祥树，四季常青，有万寿无疆之意。

不过，用香樟这样的硬木雕刻果盒，不是一般的木匠所能为，不仅工艺复杂，更要有着很高的绘画和审美艺术功底。因此，从我童年时代起，所见村中的果盒，多是各家传承下来的旧物，盒体的老红远看如黑。据说，在我们村庄，当时就没有木匠能雕刻出那样精致的果盒来。

果盒并不为一般家庭所有。我家就没有，村中绝大多数家庭也没有。只有那些殷实的大家庭，才会有这么一件不常使用的礼器。村里人家，如果遇上要使用果盒，多是向他们几家借来，用后及时归还。也曾有几年，村里的房族思想严重，红白两喜都是各房族各自操持，房族与房族之间不相往来，为此，各房族按人丁摊派，都添置必要的响器、礼器诸物，就包括果盒。不过，新雕刻的果盒，虽然大致与旧果盒相仿，但做工和造型已相去甚远。

果盒这件礼器，村人平素并不使用。只有遇上诸如小孩满周岁、老人祝寿、娶亲嫁女、喜添人丁、贵客临门、大病初愈、丧葬归来等重要日子，需要挂红传杯以祈神佑，方才郑重其事将其端出。

旧时的故乡，传承着挂红传杯的古老礼俗。挂红，即给受庆人肩披红布；传杯，即向其祝酒四杯，祝词四句，均为吉言。主持这一仪式的人，自然是家族尊长，或者村中礼生。

当此之时，在厅屋神台前摆开八仙桌，桌中央摆上事先已准备好

的果盒。若是人多，就排开两三张桌子，各摆一个果盒。果盒的四个浅盘，分别放上染红的瓜子、花生、红枣、红色圆糖酥。这四样东西之上，再放两只煮熟的红蛋，然后以红布覆盖。瓜子代表天，花生代表地，象征以天地为尊。红色代表喜庆、吉祥。果盒的周围，摆上几只圆盘，各装了瓜子、花生、糖糖饼饼诸般茶点。酒杯洁净，需完好无损。

众人围桌而坐，尊长和受庆人坐上席。神台上红烛高照，香烟缭绕，地下纸钱已焚，门外爆竹声声，人人脸上都不由地有了喜悦祥和之色。吉时已到，持酒壶的人，站在桌旁，从受庆人面前的酒杯开始，依次筛上第一轮酒。尊长举杯，面向受庆人祝酒：“一杯，大吉大利！”众人同贺，举杯共饮。然后是双杯、三杯、四杯，各祝词一句。四杯毕，尊长从果盒上揭下红布，搭在受庆者肩上，再吉言一番，礼成。之后，撤下果盒和酒杯，换上茶碗，众人吃茶点，喝茶聊天，以待正宴。

数十年间，在我们自家的厅屋里，父母曾为我的十周岁生日，为我上中专启程的日子，为我姐姐们出嫁，在神台前的八仙桌上摆上果盒，郑重其事地给我们挂红传杯，给我们以美好的祝福。

人事代谢，岁月流远，虽然诸多往昔习以为常的礼俗已然不再，不过，果盒这件庄重的礼器，至今依然在村人的一些重要仪式上隆重登场。

果盒

果盒的形状很是古拙，粗看像远古的方鼎。

抬盒

体面又风光的排场

我曾看过村里保存完好的老抬盒，挡板与盒箱漆朱描金，或透雕，或浮雕，各种花枝鸟兽图案十分繁复，精美异常，堪称上乘的工艺品。

村里的红白两喜，若是兴了抬盒，那是很体面很风光的事情。

儿时的村庄，进入冬闲时期，娶亲嫁女的好事便多了起来。偶尔的日子，我们就能看到，在村前的石板路上行进一列喜气洋洋的迎亲队伍。队伍往往拉得很长，中间有抬着抬盒的，有抬着高衣柜的，有挑着挑箱的，有挑着箩筐的。一身漂亮装扮脸带羞涩的新娘子，以及那些崭新丰厚的嫁妆，总会吸引众多村人驻足观看和赞叹，眼神里是满满的羡慕。这样的乡间景象，在许多年里曾反复上演，区别仅仅是队伍里不一样的脸面。

不过，话又说回来，并非每户人家娶亲嫁女都能用上抬盒。家境寒微的，人丁稀少的，即便有喜事，也多是仪式简单低调，不会这样兴师动众。只有那些家道兴旺，尤其是外家人（祖母、母亲、新娘子的娘家人）经济富裕家族强盛，才热衷于此，一路显摆，收获无限风光和荣耀。

抬盒的形制大体差不多：三四尺高，上仄下宽，前后两端是挡板，下面底板上搁一个大方框，一根碗口粗的大竹杠能从上部盒箱纵向贯穿，以便两人一前一后抬起来。不同在于，新做的抬盒手工简单粗糙，远没有旧时老抬盒造型漂亮雕工精巧。我曾看过村里保存完好的老抬盒，挡板与盒箱漆朱描金，或透雕，或浮雕，各种花枝鸟兽图案十分繁复，精美异常，堪称上乘的工艺品。

抬盒本身很重，使用的时候，其顶面通常还会搭一个装物品的方框，这样的话，上下两框装满后就更重了。因此，抬抬盒的人多是年轻力壮的后生。若是路途远，还要安排换肩的人，轮流着抬。一抬抬盒称作一抬。在一列队伍里，抬盒的数量依据礼品和人员的多寡而定，三抬以上的少见，多是一抬或两抬。沉重的抬盒在竹杠上一沉一浮，走在路上，很是抢人眼目。

摆抬盒很有讲究，礼品的摆放因喜事性质不同而有别。在我的家乡，昔日在四种情况下会使用抬盒：娶亲嫁女、给老人祝寿、送葬及春社扫墓。

新郎去迎娶女方的时候，抬盒的上框里要摆放送给新娘子的三套崭新衣裤鞋袜及敬祖先的纸香红烛，下框是阳五牲，即一只活鸡、一只活鸭、一只活鹅、一条草鱼、一个九斤重的猪肘子。阳五牲一律涂抹红染，以示喜庆。女方回礼，抬盒上框放上簇新的被褥铺陈，下框是送给新郎的三套衣裤鞋袜，及鞋垫、鞋底、糍粑、红蛋、红枣、纸香红烛诸物。

祝寿，则抬盒上框装的是置办给老人的衣裤、帽子、鞋袜及纸钱、香、寿烛，下框是糍粑和四碗菜。这四碗菜通常是草鱼一条、膀臀（方言，即一块两三斤重的四方形油炸猪肉）一个、粉丝一包、腐竹一包。

那时乡间流行捣糍粑，半月状的是包了红糖的糖糍粑，圆月状的是白板糍粑，这些红喜事的糍粑上都点了梅花状的红染，很是漂亮。办喜事的人家，会将亲戚作为贺礼送来的糍粑用竹篮筐提着，满村庄

去散发。散发糍粑的范围，依照所收到的糍粑数量多寡而定。糍粑少，就只散给近亲属，每户散发成双的吉利数，比如四块，或者六块；多，则散得面宽，比如散发本房族；也有满村挨家挨户都散发的，但这种情况很少，因为我们这里毕竟是个上百户人家的大村。接到这样的糍粑，母亲会说些感激和祝福的话，我自然更是非常开心。

办丧事时，外家人抬来的抬盒，上框放的是挽联布及纸钱香烛，下框摆阴五牲，即熟制的鸡、鸭、鹅、鱼、膀臂各一，用于祭奠。葬礼毕，送外家人回程时，主家要将抬盒上框换成阳五牲，下框则是厨房里预备好的一席没动过的熟菜，通常是十大碗。主家及礼客生一众人等，吹着喇叭，放着鞭炮，送至村口。

按照乡俗，老人去世的前三年，需挂三次社坟和三次清明坟。以后，每年只挂清明坟。挂社坟，在春分时节，俗称春社。第一次给新坟扫墓挂社坟，讲礼节的外家人，已经成家了的子女，会用抬盒抬了阴五牲及斋粑、纸钱香烛来祭祀。下山返回的路上，抬盒里的斋粑要逢人就散发，散发得越多越快，预示着家庭越兴旺发达。

抬盒

挡板与盒箱漆朱描金，或透雕，或浮雕，各种花枝鸟兽图案十分繁复，精美异常。

婴儿轿

属于婴儿的

小小世界

不少婴儿轿，还是祖传下来的，已是一两代人坐过的旧物，漆皮剥落，容颜黯淡……

一个孩子，从出生到长大成人，要经历无数的疾病和不测，真是不易！

一个母亲，孕育一个个孩子，更是一场场心力交瘁的赌博。赌赢了，顺利生下来；赌输了，有时不但小的没了，甚至连自己的命也搭了进去。在我童年的故乡，这样的状况不乏其例。

那个时代，一个女人一旦出嫁，差不多有十几二十年的光景，都在不断地怀孕和生育。只是不少孩子或先天不足，或后天夭折，没了。即便如此，每户家庭，子女少则三四个，多则七八个，十分寻常。我的母亲就曾孕育过十一个孩子，到最后只剩下我们姐弟四人，大姐与我的年龄相差十七岁。

在穷乡僻壤，一个母亲哪怕她的孩子还是婴儿，她也没有在家专职照看孩子的权利。她要操持一家人的一日三餐，要洗衣，要挑水，要上山搂茶树叶搂枞毛，要扯猪草，要割红薯藤，要挖土，要种菜，要摘菜，要剁猪草，要煮潲，要喂猪，要播种，要扯秧，要插田，要割禾，要晒谷车谷，要赶圩卖花生豆子……生产生活中的大小事务，

点点滴
滴，都离不开她，都需要她亲
力亲为。她不但是一个育婴的母亲，更
是家里的主要劳动力。因此，一把婴儿轿，
曾是多少母亲梦寐以求的愿望。

俗话说："七坐八爬。"婴儿过了半岁，身
子骨渐渐硬朗，头颈能竖立起来了，体重愈沉
了，咿咿呀呀的话多了，也更加活泼好动
了。活泼好动的婴儿，是母亲的
开心宝贝，也是她

日常做事干活的羁绊，放心不下的担忧。要是身边有一把婴儿轿，将孩子放轿子里一坐，任其玩耍，就能腾出一双需要劳作的手来。

婴儿轿形同方正的小囚笼，由厚实的木板和木框围合而成。下面是空的，四周的木框做成栅栏状，上面的木板有一个大圆孔，能容下婴儿身子自由活动。圆孔前端的木板中央，通常凿一略凹的浅盘，碗口大小，喂饭的时候，放一小团饭粒，可让其边玩耍，边练习取食。轿子里有一块固定的坐板，婴儿坐着时，脚板能蹬地，双臂在面板之上。在坐板与面板之间，斜撑着一根小的圆木棒，婴儿的两腿各在一边，既可限制乱动，也能防备从轿子里栽下去。

故乡的婴儿轿，结构简单，用材粗犷，不易倾倒。漆上红漆，喜庆更添三分。即便如此，大多数的家庭连这样的轿子也没有，足见当时生活之贫。而不少婴儿轿，还是祖传下来的，已是一两代人坐过的旧物，漆皮剥落，容颜黯淡，显出沧桑的模样。

我家邻居的婴儿轿，多是放在厅屋里，夏秋间，也常提到门口的石板巷子。婴儿坐在轿子里，或笑，或啼，或举手，或投足，或东张西望，或咿咿呀呀，全然像一条好动的虫子，一刻也停不下来。做母亲的，给一个拨浪鼓，或一个木碗，让其拿着，敲打有声。只是片刻之后，这玩具就失去了新鲜感，或在嘴里咬得口水直流，或已扔在地上。有时婴儿安静了下来，或者嗯嗯几声，做母亲的赶紧跑过来，抱起来一看，裤子上、坐板上、地上，已经尿湿。甚至两瓣小屁股之间，稀稀稠稠的，一塌糊涂，气味浓郁。做母亲的，赶紧停下手中活，换下孩子脏湿的衣物鞋袜，擦洗一番，揽入怀中喂奶，哄其安睡。

有的时候，到田里土里干活，一些不辞辛苦的母亲，也将轿子带了去，让孩子坐在田边或土埂上，在自己的目视范围之内。晴天则在轿子旁边插一根木头，上面顶着斗篷或绑扎雨伞，以挡日遮阴。

村庄更多的婴儿，则无法享受轿子的好处。他们的母亲，通常以簸箕代替轿子，铺垫上破旧衣服，让孩子坐在里面自娱自乐，自哭自闹。

我不知，我的母亲是否曾经有过这样的婴儿轿，我和三个姐姐是否坐过这样的轿子。作为母亲最小的孩子，当我有记忆的时候，家里似乎并没有这样的老轿子。

不过，我很早就做了舅舅，比起我的大外甥，我只年长四岁。大姐家与我们家仅一江之隔，那时姐夫在铁路上工作，大姐就经常带着大外甥回来，由我们家人一同照看。那个时候，姐夫从湘西工作的地方，买来了一把用竹子制作的婴儿轿，还能背在肩膀上。自然，这把轿子也就频繁出现在我们家中。

大姐先后生了两男两女四个孩子，我也陪伴这把竹轿子由新变旧，度过了漫长的童年和少年时光。

砻

呈现金黄
稻谷的
内在美

两手握着砻手，躬身曲背，不停推拉着上砻盘旋转，谷粒也随之磨破，谷壳与米粒相分离，纷纷洒落，在地面上堆积成金黄的一圈。

村庄有了碾米机，砻（lóng）也就渐渐淡出了村人的生活。

在我的童年时期，村里有两种米：白米和糙米。白米色泽如雪，光滑漂亮；糙米浑身土黄，暗淡粗糙。前者是碾米机碾的，后者便是砻出来的。那时虽说大家都知道糙米比白米更有营养，因为包裹米粒的那一层薄表皮（方言叫幼皮）还在，但家家户户还是更喜欢白米。不单是白米看起来更可爱、更时尚，重要的是白米蒸饭煮饭容易熟，口感也要好许多。只有那些生活尤为贫困的人家，舍不得碾米的钱，还坚持砻糙米。

我家也曾有一台砻，那是在我出生之前的1960年造的。那时生产队集体食堂解体，各家重新砌灶台过小日子。造砻的多是本乡的手艺人，日后我曾目睹了同住一个大厅屋的隔壁邻居家新砻的制造过程。

砻的原理与手磨相同，也分为上下两个磨盘。不同的是，手磨是用麻石打凿的，而砻却是由木头、竹篾、黄泥多种材料共同制成，也高大得多。

细究起来，砻的构造也比较复杂。其底座是一个十字形的四腿木架，用材粗大；架上是下磨盘，木架与盘身外围的篾编圆筒固定在一起，篾筒里面夯填密实劲道的黄泥，中央竖立一根刀柄粗的硬木砻芯，磨盘的表面，是放射状镶嵌在黄泥里的硬木片，长短不一，露出泥表些许，是为砻齿；上磨盘有下盘两倍高，大小一致，外面同样是篾编的圆筒，筒身中部贯穿一根硬方木，方木两端钻有圆孔。上盘同样夯填黄泥，盘底密布砻齿，与下盘不同之处在于，黄泥所填的高度比长方木略低，且呈向心倾斜状，中央是一个方形的小孔，这样看起来，筒身里面大部分是空的，用来装谷。上下两盘叠合在一起，砻芯与长方木的芯孔正好相配。此外，一根曲尺形的硬木做成的砻手必不可少，用时将其前端套进上盘长方木两端的任一圆孔，就可推动砻盘旋转砻谷。

做砻对木材的要求很高，底座、长方木必须用椆树或槠树，砻手多用油茶树，砻芯更是要特别坚硬耐磨的椤木石楠树，我们俗称雀梨树。雀梨树是一种野生的高大常青乔木，树身长有针状利刺，籽粒如豆，经霜后紫黑，能食，为我们童年时代所喜爱。

我家的砻放在一间专门的小耳房里。曾有多年，父亲就是在这里

砻谷。砻谷是一件力气活，双腿一前一后站着，两手握着砻手，躬身曲背，不停推拉着上砻盘旋转，谷粒也随之磨破，谷壳与米粒相分离，纷纷洒落，在地面上堆积成金黄的一圈。

砻好的谷，壳与米相混在一起。若砻得多，则用风车车米；若少，母亲就用簸箕簸。谷壳粗糙，那时家里也是积攒起来，冬天下雪结冰的日子，撒在路上，走上去嚯嚯有声，不滑；春夏间种菜种红薯秧，撒在土坑里，能透气透水；平素的日子，熏蚊虫，暖酒缸，都少不了它。

糙米做饭费时难熟。用鼎罐煮饭之前，需将糙米浸泡多时。做甑蒸饭，则往往是先一天夜里就要一直泡着，蒸时并不熬煮，而是直接捞出来在木甑里上米，淋水，村人叫打汤。之后，每隔一段时间，就要揭开木盖，拿筷子挑一两粒米饭出来，按压在桌面上揉开，如果米心还是粉状，又舀水均匀淋湿，再蒸。如此反复，直到熟透。

糙米饭粗糙，不软糯，口感不好。在没有碾米机之前，常有村人将砻好的糙米，端到碓屋里，倒入石臼捣一阵。这样，那层薄薄的米皮去掉之后，就白亮了许多。这种米，村人叫熟米，蒸煮出来的饭，叫熟米饭。

自从村庄通了电，有了碾米机，做砻谋生的手艺人也就失了业。我家的那一台老砻，在闲置多年之后，因为屋瓦漏雨，而雨水恰好淋在砻身里，那些原本坚硬如铁的黄泥慢慢溶解，最终散了架，丢在了时光深处。

我家的碧放在一间专门的小耳房里。曾有多年，父亲就是在这里碧谷。

罩盆

酿出芳香

醇厚的

红薯酒

蒸馏红薯烧酒，村人叫出酒。出酒所需的几件器物，村人叫出酒的法器，包括：过缸、罩盆以及连接二者的竹筒。

倘若将脚盆倒扣过来，底板朝上，其状就与罩盆近似了。不同的是，罩盆更高，也更重，上面的圆面板中央横贯一根手臂粗的方木作为提手，且盆壁的一处偏上位置留有一个碗口粗的圆孔。

村里男人善饮，所饮的是自家酿的红薯烧酒。旧时的村庄，一年所吃的主粮，一是稻米，二是红薯。分田到户之后，曾有许多年，稻谷和红薯连年丰收，即便我们这样的五口之家，每年挖十几担红薯也是常有的事。红薯除了供人吃和喂猪之外，另一个用途就是酿酒，因此，那十几二十年的光景，可以说是村庄家酿红薯烧酒的鼎盛时期。

酿红薯烧酒的过程，工序繁多，时间跨度也长，涉及的各种器物亦多。

起先自然是洗红薯。秋末冬初挖来的红薯经过一番挑选，将那些挖烂的，表皮有很多虫眼麻子的，一律拿出来，所剩的全是皮白个大品相好的，装满三两担谷箩。这么多红薯，假如一个个清洗，那是费时又费水。村人多是挑到溪圳、池塘、水井及江坝这些地方，每次将大半筐的红薯浸泡在水里，或搅，或踩，或搓，黄浊的泥水被水流自然扩散冲走，这样洗起来就快多了。

洗干净的红薯挑回家，就得盾刀盾碎。盾红薯就在箩筐里直接进行，红薯坚硬，要盾成指头大小确实不易，几担红薯盾下来，一个人难以吃得消，通常是一家人轮流着盾。我也曾盾过，要不了多久，就盾得手臂发麻，握长柄的手掌磨得发红发痛起了水泡。这活自然以我

父亲为主，他也乐于干。从他笑眯眯的眼神里，我们就能感觉得到，这可是关涉他未来杯中喜爱之物啊！

这个时候，我的母亲已在畹灶窝生了柴火，那口平素用来煮潲的大铁锅也洗涮干净了，加了大半锅井水。盾碎的红薯，倒入大锅中，盖上锅盖，煮熟。之后，再一桶一桶舀出来，倒入已经清洗干净的盆盆桶桶里冷却，这就是红薯糟。几锅下来，所盾的红薯全部煮熟。冷却后的红薯糟，母亲添加事先用高粱和酒药自制的酒胚子（俗称酒娘），拌和均匀后，装入广口大缸大瓮，捂盖严实，任其发酵。

若干日子后，几个大缸大瓮已有隐隐的酒味透出来。揭开盖子，里面已像黑酱一般，不时冒泡。凭经验，父母知道，红薯酒糟已发酵好，得赶紧出酒了。

蒸馏红薯烧酒，村人叫出酒。出酒所需的几件器物，村人叫出酒的法器，包括：过缸、罩盆以及连接二者的竹筒。在村里，尽管家家户户都会出酒，但出酒的法器并不每家都有。或者说，大多数人家出酒时，都要借用别人家的法器。我家曾有许多年，也是靠借。

出酒所需的天数，依据红薯酒糟的多寡而定。酒要一锅一锅地出，少则一天，多则两三天。我家一般是连出两天，装满几个酒坛子，能供父亲有节制地饮用一年。

我们家在老瓦房居住的那些年，平素煮潲的畹灶窝是砌在大厅屋的一角，因此出酒也是在厅屋里。出第一锅酒，母亲最为忙碌：刷洗煮过潲的大铁锅，挑来井水倒入锅中，再一桶一桶舀了大缸大瓮里的红薯酒糟将锅子加满，双手提了沉重的罩盆盖上；在畹灶窝旁放一张矮方桌，将过缸稳当当搁在上面，加满冷水；再拿了竹筒，对准罩盆和过缸的圆孔，略带斜度，将二者连接起来；罩盆与铁锅之间，竹筒与罩盆及过缸之间，所有的连接处都要用和好的软黄泥密封严实；过缸底的流酒嘴子包上一片干笋壳，笋壳尖刚好伸到地面上接酒的瓦坛

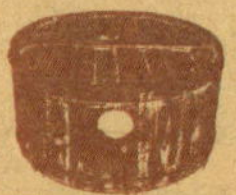

口。所有这些准备工作做好，她才一心一意坐在畹灶窝灶门口烧柴火。

随着满锅的红薯酒糟不断加热，酒蒸汽由罩盆的圆孔通过竹筒进入过缸的夹层。此时，过缸里的冷水渐渐冒出热气，酒蒸汽在夹层里冷却成酒，空气中的酒味也越来越浓。突然，一线清亮的声音响起，晶莹的酒液从过缸酒嘴子流出，顺着笋壳尖落入酒坛。母亲的脸上顿时荡开笑容，她站起身，拿一只白瓷调羹，接一点酒，一抿嘴，连声说："好酒！好酒！"这个时候，我们也常会学着她的模样，接一点酒尝尝。父亲在场时，更是喜形于色。

酒坛渐满，过缸里的水也要换得勤，将热水舀出来，冷水加进去。邻里们趁此机会，提了木盆木桶来，舀这热水浆洗衣物。

当品尝的酒味变得寡淡，一锅酒算是出好了。停烧柴火，拆了竹筒，揭开罩盆，将锅内稀汤糨糊一样的酒糟舀出来，倒入空缸空瓮，是以后喂猪潲的调料。然后，母亲再重复前面的程序，出第二锅酒，第三锅酒……

那两天，从早到晚，母亲十分辛苦。即便如此，她也不忘在灶膛里给我们煨几个大红薯，外皮焦黑，浓香扑鼻。

脸盆架

美好生活的
启蒙

脸盆架靠墙放在厅屋里，紧挨着进灶屋的门口边，放上新脸盆，搁上口杯牙刷，摊开新脸帕，成了家中最亮丽的一景。

20世纪80年代初期，脸盆架作为一件时髦的家具，迅速在故乡的大地风行开来，深受人们喜爱。我们家也买了一个上了红漆的脸盆架，使用多年，至今仍在。它是那个时代美好生活的启蒙，映照着我们青春质朴的容颜。

搬进新瓦房那年，二姐贱花十九岁，三姐春花十六岁，两人已是大姑娘，到了爱装扮的年龄。她们早已不再上学，只有我刚上初中。

新居在村庄的南端，坐西朝东，四面都没有房屋遮挡。门前一溪清流，放眼是广阔的稻田、江流、江对岸小村和远山，视野十分开阔。早晨，红彤彤的朝阳从对面山岭升起，柔和的金光便投射到我们家的瓦顶和屋墙，在厅屋的地面映上大门的框影，框内一片明亮。

每个人的心情都很好，人也似

乎更加勤快。早上起来，挑水、剁猪草、煮潲、上园子里摘菜、扫屋、扫街檐、扫屋旁自家小禾场，一家人各做各事，无须吩咐。屋内外环境干净整洁，令人心旷神怡。

那时已分田到户，山外的圩场也很活跃。农闲的时候，村里的青年男女和壮年人，就成群结队到很远的林区去买杉木背回家。到了赶圩的日子，再背到圩场卖掉，赚取中间的差价。在那个生气勃勃的年代，这是故乡剩余劳动力转化为经济收入的主要方式。我的两个姐姐也经常干这件苦力活，手中的余钱便渐渐多了起来。

她俩同睡一间小卧房，尽管睡的依然是两条长凳上铺搭木板的老式床，房内不经意间却有了新亮色：白色的蚊帐上挂一条带花边的漂亮帐檐，帐门拢在两个带红色流苏的铜挂钩上，粉墙张贴买来的风景画，窗台上则放着巴掌心大的小圆镜和新梳子。

一些时兴的日用品，也开始走进我们家。往常洗衣服被子，姐姐用的是敲碎的油茶枯饼粉末，黑乎乎的，像沙粒，能搓出泡沫来。现在，她们偶尔也从江对岸的供销社买来肥皂和洗衣粉。晚上走夜路，两节电池的新手电筒取代了烟秆火把。新的铝皮脸盆也买了来，白亮亮的，既可洗脸、洗菜、洗衣服，又能放在大铁锅里蒸饭。比起搪瓷脸盆，这种铝皮脸盆轻巧抗摔又耐用，不易破损，真是一个好东西！

个人卫生也讲究起来了。多年来，我们全家人洗脸共用一个大瓦钵，脸帕也是同一块，轮流着洗，长年累月难得更换，油腻腻，黑乎乎，如同旧抹布。现在，我二姐提出洗脸帕要分开，父母共一块，我

们三姐弟共一块，各洗各的。我们三人还有了各自的牙刷，牙膏也用上了。早上端了搪瓷口杯站在小溪边刷牙，嚯嚯作响，满嘴都是白沫。父母则依然是老习惯，他们漱口，只将嘴巴努进脸盆吸两三口水，仰着脖子呵呵几声，吐掉，就算了事。

有一天，二姐说，她想用自己背树挣来的钱买一个脸盆架，为这事她已经盘算很久了。

那时，村里不少人家已经有了脸盆架。红红的架框，上部嵌一面小方镜，有放肥皂、香皂的小搁板，样子十分漂亮。尤其是架上放了新脸盆，顶端横木上摊开新的印花脸帕，看起来真是令人羡慕！

我们家的脸盆架是从邻村一个木匠那里定做的，他专门做家具在周边的村庄和圩场卖。连同上漆，送货上门，这脸盆架花费了六七元钱。比起请本村木匠来家里制作，要划算得多。这也是我们家搬进新瓦房以来，添置的第一件最时尚的新家具。为此，一家人都非常高兴。

脸盆架靠墙放在厅屋里，紧挨着进灶屋的门口边，放上新脸盆，搁上口杯牙刷，摊开新脸帕，成了家中最亮丽的一景。

每天早上，我们打开门窗，白亮亮的晨光涌进来。站在红彤彤的脸盆架前洗脸，梳头，照镜子，美美地自我欣赏一番，心里总是甜甜的。

脸盆架

这也是我们家搬进新瓦房以来，
添置的第一件最时尚的新家具。

竹篙

敲一串
开心的日子

太阳大风也大的日子，一篙衣物被子很快就晒干了，收下来温温热热的，有一股新鲜的太阳味道。

竹篙几乎是砍下来后，去除枝叶，不做任何加工的乡村器物，大小长短都能各司其职，用途可谓广矣！

南竹砍下来，整个一根做成竹篙，自然是既粗且长。这样的大竹篙，在旧时的故乡十分常见。那个时候，我们晾晒衣服被子，很少用绳索和衣架。村人通常的做法，或者在当阳的屋墙两端各钉一根手指粗的铁抠钉，有的是打木楔子，套上几股半臂长的棕绳套子，中间悬以长竹篙。又或者在宅旁空地、池塘岸边，挖洞树立三两根比胳膊还粗、比成人还高的木杈，杈间各架一长篙。也有的木杈是插在专门的青石墩的圆孔里，可根据竹篙的长短移动石墩，更加灵活。洗好的衣物，拧干水，摊开在竹篙上即可。太阳大风也大的日子，一篙衣物被子很快就晒干了，收下来温温热热的，有一股新鲜的太阳味道。

我家房屋的瓦檐下，也悬着几根高高在上的大竹篙，是用来挂红薯藤的。在深秋挖红薯的季节，割来的红薯藤猪一时吃不完。父亲就搬来高挑的枋子楼梯斜靠墙上，一人爬上去。我和姐姐在下面，手持一根削尖了尾巴的细长竹篙，插了一扎一扎的红薯藤举上去。父亲站在楼梯上接了，将成扎的红薯藤分开成两半，跨骑在大竹篙上，密密集集地挤满。这些新鲜的红薯藤，过些日子就干枯了，形容乌黑又蓬松，成了麻雀的安乐窝。在严冬和春寒料峭的日子，鲜绿的猪草难寻，父亲就不时从自家瓦檐下挑下几扎干红薯藤来，而后用铡刀铡碎，经过一番浸泡，煮成猪潲。有意思的是，取干红薯藤，同样离不开一根长竹篙。人站在地上，举篙仰头一挑，一扎干红薯藤就凌空掉下来了，犹如长袖飘飘的天女下凡。

那时村前的鱼塘很多，塘宽且深，常年碧波荡漾。偶尔的日子，池塘的水面上，或远或近，会浮着一片白色的东西，眼尖的人一看，就知道那是死去的大鱼，或是草鱼，或是鲢鱼。不一会儿，塘岸上就跑来了几个手拿大小长短不一的长竹篙的人，篙尾巴都在努力向着那死鱼靠近，拍水，扒动。死鱼在竹篙的引领下，荡着水波，渐渐朝岸边靠拢，最终成了某家菜碗里的佳肴。也有时是臭不可闻的鱼，爆了肚肠，捡到的人犹疑片刻，最终又扔回池塘。

不过，捞鱼最开心的日子，当是下大雨涨大洪水的时候。当村前的江上黄汤滚滚，几近溢出江岸，村里的成人和少年，这时忙着取了长竹篙，在篙尾绑扎弓成半月的捞网。整装完毕，一个个头戴斗篷，身披蓑衣或雨布，高卷裤腿，赤着双脚，腰间绑一只鱼篓，肩扛长篙捞网，络绎走向江畔。那些身影，在雨中走走停停，长篙捞网不时伸入江中，拖上岸边，俯身捡拾网里的收获。在这样的天气，一江两岸，来来往往的捞鱼人很多，从早上到黄昏，大家乐此不疲，收获颇丰。曾有多年，我也是一名风雨中年轻的江上渔者。

打雪杆，又别有一番趣味。现在想来，童年的冬天，才是真正的冬天，冷也有个冷样子。所谓天寒地冻，寒风呼啸，滴水成冰，冷得刺骨，都是儿时景象，于今已无。那时的雪下得也才像个雪样子，铺天盖地，一脚下去，没入腿肚。风帽、围巾、手套，全副武装，还是冷得直掉鼻涕，耳朵如割。当然，那雪杆更像个雪杆的样子，家家户户的瓦檐上，一根根如臂似剑，滚圆晶莹，大有直刺地面而来之势。我们岂能错过这般好玩的东西？抱来一根根大竹篙，对着粗壮的雪杆，敲，打。哗啦，哗啦，雪杆掉在雪地上，断成几截。哗啦，哗啦，瓦片也掉了下来，碎成几块，随即便有高声的叫骂从屋窗里冲出来。我们这些顽皮的村童就赶紧扔掉竹篙，捡几根雪杆，鼠窜而逃。

这些都是大竹篙留下的美好记忆。小竹篙也不赖。比方说村里那几个赶鸭人，他们每家都养了数十上百只水鸭，村人叫养棚鸭。水稻抽穗到成熟的这段时期，他们的鸭子不得在稻田里牧放。每天早上，赶鸭人双手握着一根留着尾梢的修长竹篙，左摇右摆，打着吆喝，驱赶鸭群沿着田间小路，浩浩荡荡，直望江边进发。到了傍晚，这浑身湿漉漉的大队伍，在竹篙的警戒下，踏着整齐的步伐，摇摇晃晃，朝村巷走来，留一路乱糟糟的脚印、鸭毛和嘈杂的嘎嘎叫唤。

家家户户的卧房里，自然也离不开小竹篙，或是摊衣篙，或是帐篙。我家的摊衣篙悬挂在靠床的墙面，墙钉上的苎麻绳套着竹篙两端。我们晚上睡觉时脱下的衣服，顺手搭在篙子上。早晨起床时，又从篙子上取了衣服穿上。那时候，一家人的衣服常年都是那么几件，摊衣篙起到如今衣柜和衣架的功能。多年的衣物摩擦，我家的摊衣篙已然油光红亮。

那时村人的蚊帐，有的是染成深蓝色的粗布帐子，有的是白色的棉纱布帐子。我们家的蚊帐，是我上初中时，搬了新瓦房后，母亲才置办的，是白棉纱布。在盛夏多蚊虫的日子，母亲找出白蚊帐让我们挂上。帐顶两侧的长布洞里，各穿一根帐篙。帐篙两端绑上苎麻线，张拉着悬吊在木板床上面的木梁钉子上。如此，当我夜里爬上床，拿蒲扇驱走帐里的蚊子，轻轻合上帐门，不久便能酣然入睡。

香筒

插几缕
袅袅的轻烟

香烟在香筒里缭绕，
升腾，沟通天地人
间，连接阴阳两界，
传递着人心的虔诚。

截取一段或短或长的南竹尾巴，经过一番或简单或细致的加工，就得到了日常不可或缺的简单竹器，比如：香筒、筅帚和驱鸡竿。

旧时的故乡对祖先神灵十分恭敬。逢年过节，初一、十五，观音菩萨生日，灶王爷升天，自家有了喜庆之事，或者遭遇了灾难不祥……凡此种种，作为一家之主的年长者，便会化纸焚香，一番低头默祷，或感念祖先恩德，或祈请神灵保佑。耳濡目染之下，一家子嗣从小也懂得对天道、人伦、自然、生命心存敬畏，内心向善。

在我们家，父母亲插香，或插于神台前的地下，或插于厅屋大门口的砖缝，但更多的是插于香筒之中。香筒制作简便，取一根口径寸许的竹竿，下端留节锯齐，上端在两竹节间锯一个大缺口，并保留一块二指宽、二三寸高的竹筒壁，用于钉钉子悬挂。香筒一般钉于三个地方：正大门外面的一侧门框，灶屋靠正灶的一面墙上，神台正下方的位置，分别代表敬天地、敬灶王、敬祖先。香烟在香筒里缭绕，升腾，沟通天地人间，连接阴阳两界，传递着人心的虔诚。

自小耳濡目染，许多年来，我也常在母亲赞许的目光里，双手持香，向着神台、正灶、大门口的天地作揖致敬，一脸庄重。而后，轻轻插入香筒。望着那袅袅青烟，心始释然。

当香筒里插满了长短不一、燃成黑头的小香棍，母亲会全部拔出来，或者在焚纸时一并烧化，或者留作正灶的引火柴。空了的香筒又会在未来的日子里，再度盛满来自我们心底的恭敬。

同香筒一样，筅帚也是保留一个竹节，另一个竹节锯掉。它比香筒要长，制作起来细致多了。做筅帚需新鲜的南竹节，先用篾刀沿竹筒周边均匀劈开至竹节附近，而后每片竹筒壁又剖成均匀的数层，再劈成无数根竖向的细丝，比香棍还小，散开来，外绿里白，像一朵开放的礼花。村人吃饭塞牙，常折一根救急。

我们家的筅帚都是从圩场买来的，是母亲刷菜锅的必备。煮菜之前，灶口上架着的黑乎乎的菜锅，母亲先舀一勺水倒上，拿了筅帚“哗啦哗啦”刷几圈，刷去黏附的陈垢。这油腻腻的洗锅水，倒入潲水缸，用来煮潲。日复一日与菜锅打交道，筅帚下端的细丝上黏满了油脂，隔些日子就得用柴灰搓洗一番，方才干净。

母亲做烫皮时，也离不开一只筅帚，柴火上烧红的菜锅，需拿筅帚在油碗里蘸上茶油，速速在锅底刷上一圈，噼里啪啦，油星飞溅，青烟直冒。而后，母亲赶紧舀一勺米浆浇进去，双手垫着防烫布迅速端起两只锅耳，一晃一旋，放下，一块又圆又白的大烫皮顿时呈现在锅中，香气扑鼻。稍停片刻，母亲尖着双手从锅底将烫皮揭下来，摊开在竹制盛器里。紧接着，又是拿筅帚刷油，周而复始。

其他许多事情，诸如洗刷筲箕、箩筐，洗刷从木甑拿出来的粘着饭粒的甑箅，清洗剁了屁股后的田螺，若用手直接擦洗，易割手扎肉，也多是用筅帚。

筅帚用过之后，有的放置灶台，有的插于灶桌的长缝。更多的人家，是在墙上或者碗橱的一端钉一根木条，与墙壁间留着缝隙，专门

用来插放筅帚，与菜刀为伴。

香筒、筅帚、驱鸡竿，此三者中，驱鸡竿最长。它是一根长四五尺的南竹尾巴，手拿的一端小，另一端剖开成竖长的几块。

那时，村庄里差不多家家户户养鸡，养鸭、养鹅、养狗的人家也不少。尤其是鸡和狗，特爱窜门，动不动就来到厅屋，偷吃桶里晾着的猪潲。因此，家家户户一两根驱鸡竿是少不了的。驱鸡竿并不一定要打鸡打狗，当然这类情况也在所难免。多数情形之下，村人只是拿着驱鸡竿摇晃几下，或者拍打几下凳脚和墙壁，噼噼啪啪作响，将它们吓跑。

我们家新瓦房的旁边，是自家的一块禾场。夏秋收割的日子，禾场上晒满稻谷，不时落下一群麻雀，频频啄食，令人防不胜防。母亲时不时出门看看，在墙上挥打着驱鸡竿，一面大声吆喝：“硕兮！硕兮！”

顿时，宛如一阵疾风，鸟群向着天空急急地飞走了。

相片框

留着遥远的
青春模样

那是一个漆了老红色的相片框，我几岁的时候，家里就已经有了。

没想到那个旧的相片框竟然还在！

我已经很多年没有看到它了，原以为已经丢失，却老是想不起丢哪去了。那框里的相片，我如今只大略记得两三张，别的已想不起来。尽管很多年前，我们家的相片本来就极少，再说那相片框也并不大。

那是一个漆了老红色的相片框，我几岁的时候，家里就已经有了。那时，我家住在大厅屋紧挨着神台的一角，是老厅屋里五户人家中最偏最暗的位置。这栋老旧的大屋，过去我父母就说，怕有上百年了吧？黑是它的经典颜色。墙是黑的，瓦是黑的，门是黑的，楼板是黑的，鼎罐锅子是黑的，烟尘是黑的，整个屋子感觉全是黑的，简直就是一个黑洞。唯一的亮色在我们家门口的厅屋墙壁上，那里密集贴了几排我每学期从学校领回来的奖状。奖状上面的铁钉悬挂着这个红相片框，朝下略为俯倾着。

相片框里有几张相片，我只认得有两张是大姐的。其时大姐已经出嫁，不过这相片依然留在我们家。大姐的相片有巴掌大，一张全身，一张半身。半身的那张最大，又是彩色的，应该拍摄于夏天，穿一件宽领子带圆点的新衬衫，短头发，脸面红润，光洁饱满，漂亮又精神！我对大姐的这张相片印象最深，至今不忘。

在以后的许多年，我们家没有再增添过相片，这相片框也一直就这样悬挂着。

我上初中的那年，家里新建了瓦房，这个相片框也摘了过来。有几年，这相片框是挂在二姐和三姐的卧房里。后来又挂在厅屋的北墙上，下面是我们夏秋间吃饭的四方饭桌和长凳，伸手就够得到。

我上高中的时候，框里的相片有了新变动。其时，我二姐已找了对象，二姐夫送给她一张彩色全身相片，被她放进了相框里，替换掉几张发黄模糊甚至已经剥落得面目全非的外人相片。二姐夫的相片显得有点滑稽可笑，他个子很高，脸长，嘴唇厚，身穿照相馆的黑色道具制服，头上戴一顶黑色的平顶帽，那帽子显然太小，似乎只是放在头顶，额头上面还露出一截黑发脑袋，一手垂着，一手扶着木柱，表情严肃，像一个匪军。这相片曾让我们姐弟笑话多年，每次谈起，二姐都要笑到肚痛岔气。

我在高中毕业之前，除了一张全班同学合影及毕业证寸照外，印象中没再照过相。而我的二姐和三姐，直到出嫁，似乎也不曾有过相片。原因当然很明显，一是家中经济拮据，再是她们舍不得花费那样一笔称得上奢侈的费用。尽管那个时候，偶尔会有专职照相的外乡人来村里照相送相片。

中专两年，我在学校的相片多了起来。以后参加工作，娶妻生女，照的相就更多。我也有了自己的照相机，外出旅游或回老家，想照相，随时买了胶卷就行。相册一个接一个装满。

不过，老家的那个旧相片框，我一直没怎么动它，就那样在厅屋里悬挂着，陪伴着我的年迈父母。

父母去世后，那个旧相片框不知什么时候竟不见了，我也没太在意。再又过了些年，原来的新瓦房早已成了旧瓦房，并在修高速铁路时拆掉了。

前些天，我打电话跟二姐聊到这个老相片框的事。她说还记得很清楚，早先除了大姐的相片，还有大姐读卫校时的同学相片，后来被她换成了二姐夫的。说到二姐夫的相片，二姐在电话里哈哈大笑："国旺戴着那平顶帽子，像鼎罐盖一样，哈哈哈哈……"笑了很久，咳嗽了几声，二姐说，那框里还有我一张戴平帽子穿解放军衣服的相片，黑白的，样子很神气，只是脸有些虚胖，应该是我上初中时照的。这令我十分惊异，我都想不起来，自己竟然还有这样一张相片。不过年少时，我对解放军倒是十分崇敬。

我打电话给大姐，大姐说那相片框还是她要妈妈给做的。"我看到别人家里挂着相片框，也想（挂）一个。有次我们家做木匠活，妈妈就要木匠师傅做了一个，还上了红漆。"她说，"我那张全身相，是十七岁在地区卫校读书时照的，半身相是过二十岁生日照的，后来仁民拿到武汉扩大上了彩色。"仁民是我的大姐夫，是我们村对门江一个小村的人，那时退伍后在铁路上工作。

"那个相片框还在我家里呢！"大姐说出这句话时，我简直不敢相信！

"在你那里？"

"是啊。爹妈不在，我怕弄丢了，就取走了。相片我都没动。"

真是太好了！下次回故乡，我要去好好看看它！

相片框

老家的那个旧相片框，我一直没怎么动它，就那样在厅屋里悬挂着，陪伴着我的年迈父母。

千年屋

永久栖居的住所

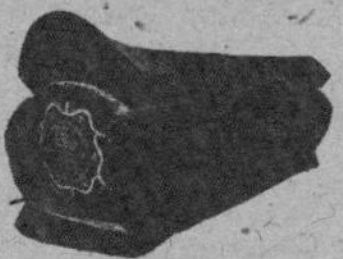

到了一定年纪的时候，他们就开始为自己筹办另一栋将来居住得更长久的木屋——千年屋。

乡间的瓦屋，村人居住一辈子，也不过百十年。只是，到了一定年纪的时候，他们就开始为自己筹办另一栋将来居住得更长久的木屋——千年屋。

千年屋是棺材的别称，也叫千年老屋、老屋、大东西。素常的日子，村人言及此物，多用别称，尤其是年老之人。或许是其正名多含不吉，易勾起联想，令人恐惧之故吧。我在童年时期，偶听父母说到这几个别称，还不甚明白其含义，以为真是一栋上千年的老宅子，或者别的什么很大很大的东西。

在旧时的故乡，并非每个人生下来以后，将来都会有一栋千年屋。儿时夭折之人，以一床旧草席卷裹，托村中命硬的鳏夫，抱至山林，寻一处偏僻之所草草掩埋。年轻人亡故，草席已不能将其头脚同时隐藏，就临时找几块薄板，钉成一个容身之箱，村人叫函子。抬函子的是两个人，棕绳捆绑，穿一竹杠，就如同抬一块石条，晃晃荡荡，回归山野，藏之泥土。真正有资格用得上千年屋的，得成家生子，而立之后。

村人乐天安命，言及生死，并不回避。过了四十不惑之年，很多夫妻就开始为自己筹办两口千年屋，以预备将来后事。之所以如此，一是人固一死，谁也无法逃脱；二是所需钱资不菲，趁着壮年备办，不给子女日后增添麻烦；三就是生死难料，早备早安心，免得临用之时让家人慌乱。

那时做千年屋，多是购买上好的杉木筒子，木匠也是邀请到家里来，好酒好菜伺候。做千年屋的场地，就在自家居住的大厅屋里。要是没有厅屋，就放在宗祠的大厅里做。我小时候经常看到村里的木匠做千年屋，那些粗大圆长的杉木筒子，在斧锯刨凿之下，渐渐变换了模样，卯榫接合成形状狰狞的底板、侧板、端板、盖板，白惨惨的，令人心怵。做好的千年屋，男性的雄壮，女性的略显短小。上了黑亮亮的油漆后，抬到某间杂屋或公屋偏僻一角，搁置在两条长凳上，或架在木梁之上，覆以旧席，隔灰挡尘，避人眼目。

也有的人家，千年屋从外面购置而来，多为白板。如此，盖板上，两端板，都钉了红布条。否则，过村穿户被认为不吉祥，是要挨骂甚至挨打的。

我很小的时候，父母已经为他们自己办好了千年屋。早先是放在房族的碓屋木梁上。后来，我们搬到新瓦房居住，父亲就邀了几个人力，将两口千年屋移到了我们原先居住的老宅子的卧房里，靠墙搁在长凳上。那时父亲已年过七旬，每隔些日子，他会开了门来看看，看这两口千年屋是否有裂开的新痕迹。村里的说法，千年屋裂开了，意味着那屋主离开阳间的日子为期不远。他常满脸笑容回来跟母亲谈起，说连一丝缝都没有，黑黑亮亮的。显然，他对那千年屋很是满意。

有一天夜里，一家人在梦中被人急促敲门惊醒。来人是附近臼林村的社德，他是我们村的外甥，又是同姓同宗，他的外婆家与我家老宅只隔着一条石板巷子。只是他外婆膝下无子，早已亡故。社德是来借我父亲的那口千年屋的，其父当晚突逝，连千年屋都还没有。他家

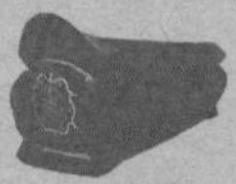

境贫困，其状可哀。父亲禁不住他一番恳请，答应了。数年后，社德购买木料，请木匠做了一口千年屋，打桐油，上黑漆，经父亲验视之后，还了回来。

老人去世入殓，千年屋通常会在厅屋里停放数日，叫停柩。有的则因没选择到出殡合适的日子，停放得就更久。儿时，我家所居住的大厅屋老宅，一共有五户人家，有时老人去世了，黑亮的千年屋停放厅屋中央，我进屋出门都要从旁边经过，很是惊惧。尤其是在傍晚，倘若我的父母家人还没收工回来，我徘徊在大厅屋门外，断然不敢独自进屋。

出殡的当天凌晨，千年屋被八大金刚抬着，在鞭炮喇叭及孝子孝孙的引领下，缓缓移至村前的朝门口。在那里，千年屋被手臂粗的棕绳、四个方木墩状的尕呆（方言），呈纵向紧紧绑扎固定在两根有如电线杆粗长的杉木抬杠之间。抬杠两端再反复套上手指粗的棕绳，各穿两条竹杠，供八个青壮年人肩抬，故称八大金刚。

早上酒宴之后，丧仪已毕，吉时已到。三声炮响，鞭炮齐鸣，鼓乐震天，哭声一片。八大金刚抬着沉重的千年屋，三进两退，抬着摆丧，慢慢走出村口，走向通往山岭的小路。千年屋上，纸扎的大白鹅一步一点头，依依不舍。前后两端，孝子孝孙，各方吊客，邻里乡亲，络绎相引相送，其情伤悲。

多年之后，我一路跪拜，将母亲安葬在村对面我们自家的油茶岭上。隔四年，父亲和他的千年屋也做了母亲的紧邻，从此永相偎依。

神台

家族血脉的源流

多年之后，我先后将母亲和父亲的遗像挂在了新瓦房神台中央，于香烟缭绕中，他们成了我最亲近的家神。

有了神台，逝去的祖先和亲人的魂魄，才有了皈依之所。

旧时青砖黑瓦的老宅，正对大门的厅屋后墙的正中央，必定有一个神台。神台是一个向内凹陷尺许的方木框，框眉有“余庆堂”之类的匾额，框侧两边悬挂木板对联，联句多为七字，诸如“德泽由来推第一，家声自古羡无双”，都是吉祥溢美之词，对仗工整。框内的外边缘，镶嵌拱门状镂空木雕，刻有祥云、花枝、神兽、仙鹤等祥瑞图案，精巧繁复。框内端放着祖先牌位，也是精雕细琢。框底下面，是向外凸出的悬空供案，宽尺许，两端斜翘。所有这些组成神台的木质部件，均以红黑漆打底，文字图案一律烫金。尽管年岁久远，斑驳黯淡，却依然透露出往昔的富丽堂皇，神圣庄严。

在我的儿童时代，我家所居住的大厅屋，分为上下两厅，中间隔着一个长方形的大天井。下厅两户，上厅三户，共用着一个神台。我家住上厅，正好在面向神台右手边的最里间，与之最近。

那时候，五户人家在上下两厅都砌了煮潲的大灶，每日里烟熏火燎，神台上落满了灰尘，但这并不影响各家在此敬神。逢年过节，家有喜庆，或遇困厄，甚至杀猪宰鸭，每每此时，各家之主便在神台前烧香焚纸，低头作揖，在供案上摆上一碗贡品，口中念念有词，祈请祖先享用，保佑家庭兴旺平安。

在我们家，母亲最是虔诚之人。一律敬神事务，她都要亲力亲为。母亲敬神前要洗手，整理衣裳头发。她常站在神台之前，低头颔首，双手将碗里的贡献自额前举过头顶。她要默念片刻，才收回手，端着碗进屋。此时，她表情轻松，略含笑意，似乎我的祖先们很满意母亲的贡品，已答应全力护佑在我们左右。

我有时好奇地问母亲："怎么神台上没看到祖先坐在那里呢?""怎么碗里的东西没吃掉呢?"母亲立时现出责备的神色，告诫我别乱说。"祖先们都坐在神台上，你看不见他们，他们能看见你。他们是吃那些贡品的精气。”我就仿佛看见，那碗里肉食的袅袅之气，正吸入祖先的口腹之中。

一村之中，神台也长幼有序。村里辈分最大的神台，是在村人称作“大厅屋”的祖厅里。据传，这是本村数百年前开村祖先最早建的厅屋之一。我有记忆时，那“大厅屋”并不是本村规模最大的，且已十分简陋，一如三面围合的破旧瓦棚，连前墙前门都没有。倒是这“大厅屋”地势略高，神台正对着一条笔直宽阔的青石板巷子，两侧青砖瓦房毗连拱卫，很有气势。每年春节前后，外村人来舞狮子，必定一路响器鞭炮，先引至这里拜祖敬神。本村人组织的狮子队开张，香火龙扫宅倒灯，也是如此。

村人的习俗，老人去世安葬之后，为长的儿子需抱着亡亲的牌位，一路轻声呼唤着，自坟头迎接回家。然后在仪式中，将牌位供上神台，是为上神台。自此，祖先中新添了家神。

生产队解散之后，村中新建单家独户的瓦房日渐增多。原先几家一同居住的大厅屋老宅，已少有人住。新瓦房的形制大体相同，中间

神台

有了神台，逝去的祖先和亲人的
魂魄，才有了皈依之所。

为厅屋，两侧是灶屋和卧房。厅屋后墙也都镶嵌了杉木神台。只是这神台早没有先前旧宅那般繁复精巧的工艺，差不多就是一个简易木框。有的甚至木框都不是，乃是砖砌的方框，抹上石灰粉壁。

不过，我家新瓦房的神台仍然是木框。框内常年贴着一张颜色渐淡的大红纸，上面请村里老学究用毛笔字在缝中竖写着“本音江夏堂上黄氏门中历代考妣宗亲神位”字样，是为家神牌位，一年四季享受我们虔诚敬献的香火贡品。

时移世易，村中的风俗也在变化。原先迎接老人上神台的木牌位，逐渐被放大的遗像所取代。多年之后，我先后将母亲和父亲的遗像挂在了新瓦房神台中央，于香烟缭绕中，他们成了我最亲近的家神。

第四辑

幽深的巷子

长长的青石板巷子，连通家家户户，也连通村里村外。每天早起之人，肩一根扁担，挑两木桶井水，急匆匆的脚步总是率先打破巷子的宁静。鸡鸣犬吠，村庄渐渐活跃起来，蓝蓝的炊烟从木窗和瓦面游出，勾连在巷子里，升腾在屋顶的上空。洗衣的人，放鸭的人，提着潲桶喂猪的人，带着弹弓上学的孩子……巷子里人来人往。

杤子
楼梯

高处风光，
别有境界

许多时候，梯子放好，父亲就爬了上去，下面是母亲、姐姐和我。

如果说板子楼梯总是数十年如一日，长期固定在卧房的楼梯口不动，是固守派，那么，枋子楼梯轻便灵活、移动自如，则是自由派了。

枋子楼梯多是杉木做成。两根胳膊粗、高矮大小相仿的圆木，去了皮，每隔一尺余许，两两相对凿一个小方孔，以长约二尺的短方木亦即俗称的枋子相连接，就成了枋子楼梯。相比而言，枋子楼梯的高度并不像板子楼梯那样，受房屋层高的限制。某种程度上，它的高度取决于杉木自身。杉木高，则枋子楼梯高；杉木矮，则枋子楼梯矮。当然，高者，其材质也会更粗、更重。通常来说，枋子楼梯比板子楼梯要高，因此，村人也叫高楼梯。

昔日的乡间，站在长凳上仍然伸手不及的地方，无论是取物、挂物及其他种种要做的事情，都得用到枋子楼梯。我家也有一架很高的枋子楼梯，平素它就斜放在厅屋的墙角，有时也立在大门口外屋角的瓦檐下。用时，家人将其横放下来，近处手提了去，远处肩扛着去。然后在目标位置将其竖立斜放，下端撑地，上端或靠墙，或靠木梁，或靠瓦檐，或靠独立的大树……

那时，秋收之后的稻草，通常一小捆一小捆扎了穗颈部，下部散开成圆锥状，立在放干了水的稻田里晒干。空旷的田野上，此时放眼望去，全是这样焦黄如阵的稻草。晒干透了，村人往往全家出动，一担担挑回自家的猪栏牛舍，密密地叠放在阁楼上。也有的人家，就近在江岸或自家屋旁的大树干上，搭一个稻草垛，宛如孕妇的大肚，巨大无比的蜂窝。

做这件事情，一架杤子楼梯是必不可少的。许多时候，梯子放好，父亲就爬了上去，下面是母亲、姐姐和我。我们手持削尖了尾巴的长竹竿，插了一扎扎稻草，用力举起来，递上去。父亲伸手接了，叠铺在阁楼上，或围绕着树干自下而上一圈圈搭成稻草垛子。

这些稻草，在一年之中会不时用到。垫猪栏牛舍又是其主要用项。每隔些日子，栏舍里原先铺垫的稻草，已被猪牛的粪便浸泡得乌黑发臭，蚊蝇纷飞，这也是用来肥田肥土上好的有机肥料，村人叫猪栏淤和牛栏淤。选一个不下雨的日子，村人拆了自家的栏舍门，用齿锄将这些烂成黑淤泥的稻草连粪带便全部拖出来，堆放在外面的墙边空地，或直接挑往田土。然后再搬来杤子楼梯，从栏舍的阁楼或树垛上扔下一些稻草，重新垫上。

我们睡的床铺，也多是铺垫稻草，或者用稻草编织的秆铺。需要更换的时候，也是爬上梯子去取了稻草来。

挖红薯的日子，割来的红薯藤一时猪吃不了，村人就晾晒成干薯藤，以备寒冬猪草不够之需。红薯藤通常挂在高及瓦檐的长竹篙上，也需要家人合作，下面的人用尖竹竿递上一扎扎的红薯藤，站在梯子顶端的人则将每一扎红薯藤分开成两半，密密地跨骑在长竹篙上。

深绿的红薯藤丝丝缕缕地垂挂着，日晒风吹，不多久就成了枯藤干叶，成了麻雀的藏身之处。就常有好事者，夜晚扛一架杤子楼梯，打着手电，在村巷里走走停停，爬上爬下，能捉一大串麻雀，成了第二天的菜肴。

建房传瓦，上房捡漏，更是离不开枋子楼梯。记得我家新房子建成盖瓦的时候，前后两边的外墙上，斜搭着几架高梯子，有的还是用两架枋子楼梯叠接绑扎而成。梯子上每隔几步站一个人，码放在地面的瓦，由这些人手手相递，传至坡屋顶，给泥瓦工匠们覆盖。居住多年的瓦房容易漏雨，每到下大雨刮大风的日子，这里漏，那里漏，锅碗瓢盆接不胜接，雨水甚至顺着屋内的墙壁流下来。在我少年时期，我家的新瓦房就经常漏雨。没有办法，父母只得在天晴的时候，备办酒菜，搭了枋子楼梯，邀请一两个泥瓦工匠，将屋瓦破漏之处重新翻盖一下，有时还得买一点瓦添加上去。

我家新瓦房前的溪边曾栽有一排高杨，干粗若腿，春夏间，树下栽种的丝瓜，沿着树干树枝恣意攀爬，藤叶繁茂，花瓜罗列。取食之时，我常站在地上持长竹竿仰面敲击，或搭一架枋子楼梯爬上去采摘。当此之际，高处风光，别有境界。

枋子楼梯

昔日的乡间，站在长凳上仍然伸手不及的地方，无论是取物、挂物及其他种种要做的事情，都得用到杤子楼梯。

扁担

挑起生活的责任

扁担用久了，与肩部接触的地方油光发亮，色泽也由绿转黄，最后变得橙红而老旧。

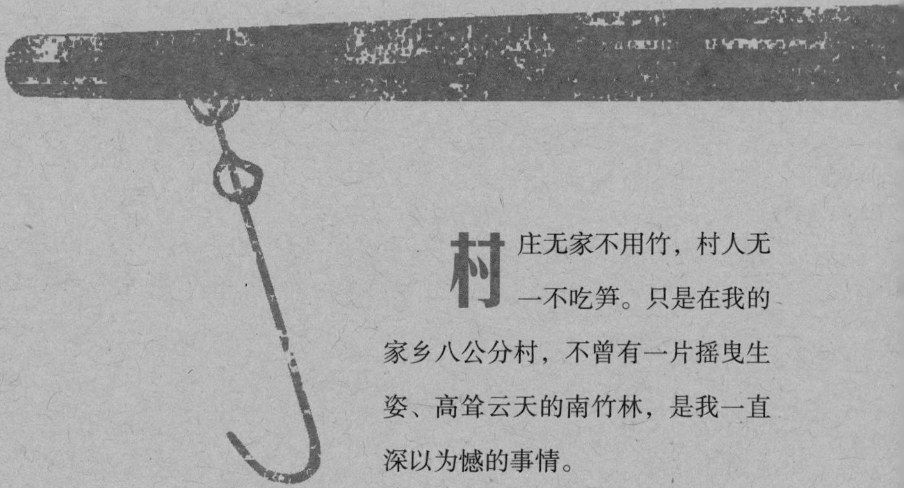

村庄无家不用竹，村人无一不吃笋。只是在我的家乡八公分村，不曾有一片摇曳生姿、高耸云天的南竹林，是我一直深以为憾的事情。

并非这一方乡土不适宜南竹的生长。江岸溪边，山林野外，各种野竹恣意生长，十分茂盛。每年出春笋，家家户户的大人孩子，常常每天肩扛手提一篮筐满满的竹笋从周边的山野下来。这些笋子都有手指粗，尺许长。不同的时间段，不同的地点，笋的品种有别，形态、色泽明显不同。我们通常能叫出名字的有早笋、红花笋、阿打秧、尖尾巴笋、麻子笋诸种。吃笋子，晒干笋子，是这个时节家乡的日常景象。

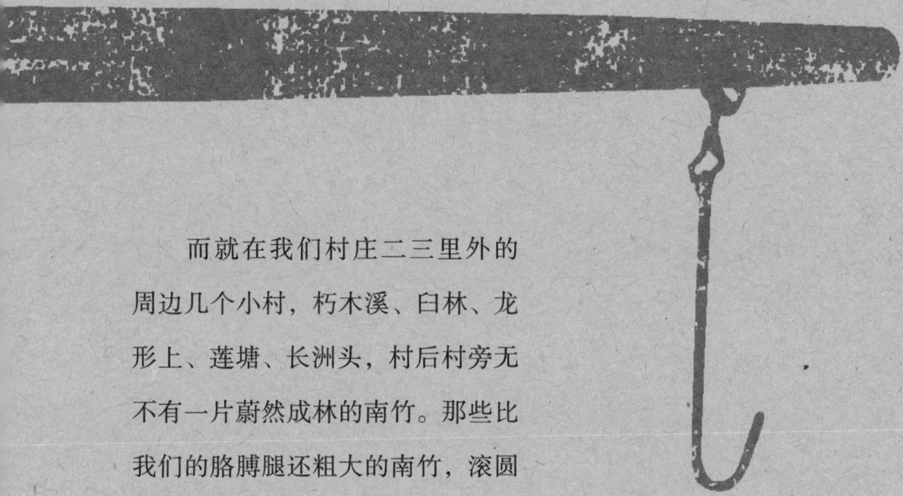

而就在我们村庄二三里外的周边几个小村，朽木溪、臼林、龙形上、莲塘、长洲头，村后村旁无不有一片蔚然成林的南竹。那些比我们的胳膊腿还粗大的南竹，滚圆笔直，碧绿光滑，竹节无数，一杆杆，密密麻麻，直冲云霄，绿叶如云似盖，实在美得秀丽，美得壮观！那里面的大笋，更是长得像硕大的水牛角，黑亮亮，尖突突，到处都是，曾勾起我们几多眼馋。有的时候，我们一帮小伙伴成群结队而去，乘人不备，齐冲进去，一顿狂扳猛踹，抱起就逃。

或许，正是我们村庄太大，顽劣之童太多，才导致了南竹无法在本村繁衍。后来，年岁渐长，发现

本乡美丽的南竹林，多在小村之野，大村鲜有。可见人之于竹，影响大焉！

南竹生笋，笋又成竹，循环往复。一批一批的老竹砍伐了，在篾匠的巧手之下，做成箩、筐、篓、筛、笼、勺、筒、升、篙、椅、床……种种日常竹器。自然，也包括无家不有的扁担。

旧时的故乡，每户人家都会有几条扁担。扁担的数量与人口的多少成正比，家庭大，扁担也就多。扁担形如细长的柳叶，中间宽，两端略尖。新买的扁担，呈现绿竹的本色，不少村人常用铁丝烧红，在其两端朝上的一面烫出名字和记号，以示区别。扁担用久了，与肩部接触的地方油光发亮，色泽也由绿转黄，最后变得橙红而老旧。

扁担的两端可套棕绳或麻绳，也有的不套。不套者，用来挑谷箩、米箩、炭箩、油篓这类本身带有长绳索的器物。套者，又叫钩挂扁担，也叫钩担，乃因所套绳索下端系了一副铁钩子，用于挑竹筛、竹篮、水桶、潲桶、淤桶……因铁钩子常年与所挑器物摩擦，钩内磨得异常光亮。

山村之人，从小就会挑担。扯猪草，割叶，捡柴，挑水，杀禾，挖红薯，摘油茶，都要用到扁担。至于成年劳动力，每天干活不是挑箩筐、筛子、淤桶，就是扛齿锄、板锄、犁耙，一年四季，无非就是围绕着田土山岭打转转，谋生计。

挑担子也有技巧。我小时候刚学挑担那会儿，经常到井边挑水，沿着青石板路，上台阶，穿巷子，进屋，一路都不会换肩。沉重的担子总是压着一边肩膀，痛得难受，而另一边不习惯挑。如此，很是吃力，每走一小段路就得放下来歇歇。更有甚者，挑担时，我两手不会压扁担，常将伸张的双臂从身后反转着搭在扁担上，勾头奋脑，跌跌撞撞，样子十分狼狈。两只木桶里的水，晃荡不停，溅一路水渍，等到了灶屋的水缸边，已所剩不多。村人将这样子挑担，叫作挑猴子担，是常要受到取笑和奚落的。

不过，担子挑多了，经验就渐渐摸索出来了。扁担不能选硬翘翘的，得富有弹性。挑担的绳索不能过长，过长则所挑之物容易触底，上坡上台阶时几乎会搁在地面上，很麻烦；也不能过短，过短则沉，更费力。走长路要常交替换肩，换肩时，脚步暂停，双掌朝上用力一托扁担，身子一侧扭，就能轻松换过来，继续前行。走的步伐不能太

硬，硬则沉，沉则吃力。需走快步，脚下生风，这样，两端的担子一弹一跳，弹性十足，挑起来就轻松多了。当然，所有这些技巧的前提是，所挑之物不能贪多过沉，需量体裁衣。母亲常说：“轻快轻快，挑轻一点才走得快。多挑几趟，人不吃亏，挑得还多。”确是经验之谈。

挑担走长路也是培养耐力和韧性的过程。我年少时从田里挑谷子回家，或者自山岭挑油茶胚到晒坪，路途很长，担子很重，感觉无比艰难，腰酸腿痛。即便如此，我总是默默忍受，用目光在前路给自己设定一个又一个短期目标，心里想，只要到了下一个目标，就放下来歇歇。可是过了这个目标，又咬咬牙，给自己鼓劲，到下一个再歇。这样一而再再而三，一路坚持下来，最终抵达，常令自己都感到惊异。于今想来，人生路上取得成果者，又何尝不是如此？

一条扁担能用上多年。用习惯了，用久了，人与扁担之间就相互熟悉了对方的脾性，成了伙伴，于晴雨风雪之中，年复一年，共同挑起生活的责任。

水桶

新的一天从
挑水开始

这个时候，远近的巷子里，已经有了急切的脚步声，踩得石板咚咚响，那是起得更早的人，在挑井水。

对于村里人来说，新的一天，总是从挑水开始的。

种田做事的人家，历来睡得早，起得也早。鸡叫了两三遍，村旁耸天古枫树的大喜鹊窝就像开了锅，嘎嘎嘎嘎的叫唤声从瓦屋上空越过，仿佛渐行渐远的一江流水，显然是去觅早食了。狗也在石板巷子里轻跑着，从野地里拉屎回来。做家长的父母还能睡得着吗？那么多事情等着要做：水缸空了，早猪潲要煮了，园土里的菜要摘，孩子上学要吃得早……尽管木窗外的天光还模糊发黑，父母窸窸窣窣穿衣穿裤的声音响起来了。这个时候，远近的巷子里，已经有了急切的脚步声，踩得石板咚咚响，那是起得更早的人，在挑井水。

村里有两处水井，一处在江边，一处在村前月塘边的老柏树下，都是如瞳孔般黑而透亮的好泉。江边的泉水远一点，更凉。早晨挑水的人，到老柏树下更多一些。

我上小学那阵，家里挑水的重活多是母亲干。那是两只大木水桶，桶腰桶底都上了一指宽的乌黑铁箍，上面是耳郭状的桶桥，整个比我大半个身子还高，怕有两三个我的腰身粗。这样的大水桶，就是提一只空的都费劲。每天我和姐姐起床时，父亲坐在厅屋一角的大灶旁烧火煮溯，灶门口火舌熊熊，卷起黑色烟尘。母亲挑好了水，瓦水缸装得满满的。水桶和钩挂扁担已收拾妥当，靠墙放在水缸旁边的门背后，地上湿漉漉的一片渍水。

有时傍晚母亲也要挑水，尤其是我病了要喊魂的日子。她急急地把水缸挑得满满当当，然后提着灯盏，把我拉到水缸边站着，俯下头看着水中我自己的影子。她向着水中长一声短一声呼喊我的小名：“清和嗷——你快跟妈妈来啊——！鸡进窝了——鸭进栏了——你哪里吓着哪里来啊——！”如此反复，神情悲戚。

我是什么时候开始学挑水，已没有印象了。不过，我常看到同龄伙伴们挑水走路的狼狈样：扁担两端的棕绳绕圈缩短如蜂窝，铁钩子几乎挨着扁担挂着水桶，两条胳膊伸展开，从身后搭在扁担上压着，如同受刑，紧勾着头，走起路来踉踉跄跄，小半桶水越晃越高，水花朵朵飞溅出来，在石板路上淋出两根大麻花。这样子挑水，村人叫挑猴子担，常会惹得众人哈哈大笑，当作把戏来看。每个村童的成长，这是必经的一个环节，我也不例外。

长年累月日日浸泡，水桶的杉木板子易发黑腐朽，铁圈桶箍也生了一层厚厚的黑锈，漏底或者桶身开裂就在所难免。这也催生了一门老行当——整桶。游村串巷的整桶人，挑着锯子、斧子、刨子一类的简单工具，边走边放开喉咙大喊：“整桶——！”有水桶要修理的人家，自然会闻声拦下整桶匠。那些换下来的锈巴巴的桶箍，立马成了孩子们手中乐不可支的滚铁环。

也有的人家，会专门请了村里的木匠师傅打一对新水桶。新做的杉木水桶白白亮亮，里里外外需要打上一层桐油，并在烈日下曝晒多日，之后才洗涮干净了，用来挑水。在水井边，新水桶总是那样晃眼，令众多灰褐色的旧水桶相形见绌，就如同凤凰落进了鸡群。

生产队解散之后，圩场活跃起来。每逢赶圩的日子，背杉树卖的，挑花生、豆子、辣椒等四时农产品卖的，村前山路上的行人，一大早就络绎不绝。潘家坳凉亭是必经之地，又是长长的上坡之后再长长下坡的转折点，往返走到这里的人，多选择停停脚，歇一口气。在酷热的夏秋季节，村里就有头脑灵光的妇女，逢圩日从家里挑来两三担水桶的凉茶在凉亭边卖，一大碗卖一分两分钱。我所亲见的，起初是同伴云德的妈妈响容婶婶卖茶，后来卖茶的人就多了起来，有三四个，有的人还用水桶装着自制的凉粉卖。

村里建新瓦房的人家也越来越多。那时建房，需先打砖烧窑。打砖多选择盛夏，在村后山边的黄土坡挖一个圆形的大泥池，叫砖氹。黄泥土是干的，需人力从村前的池塘里，用大木水桶一担一担挑水上去，灌湿了，以便只穿了一条短裤的泥水匠驱着健壮的大水牛转圈踩踏，把一大池黄土踩成油光劲道的砖泥。这种情况下挑水，频繁上坡下坡，劳动强度大，多是雇请身强体壮的成年劳动力帮工。

灌菜园也是夏秋间经常要做的活。久晴少雨，菜园里土地开裂成手指宽的缝隙，辣椒、茄子、丝瓜藤等一应菜蔬都晒得蔫耷耷的，仿佛害了重症的病人。有些已经掉叶死叶，看着让人心疼。每天上午下午，都有各家的大人和孩子，挑了大桶小桶，拿一只瓜勺，到水圳里舀水挑水，极力把菜园的泥土灌湿灌透。

我读中专的那两年，每逢寒暑假，在家里我总是包着挑井水，早也挑，晚也挑，乐此不疲。那个时候，我家早已住在村南的新瓦房。从我家里到老柏树下的水井也近，到江对岸小村油市塘的水井也不远，沿着田间石板路，过一条石桥，再走一段江边路就到了。有时我到老柏树下挑水，更多时候，我爱走远一点，过江去挑。那口水井叫珍珠潭，水很清冽。而更吸引我去的，是一个美丽的身影。

她曾是我小学的同班同学，中途停学几年。我高中毕业考上中专后，她也初中毕业上了幼师。假期里，提着篮子扯猪草和挑水，差不多是她每日的功课。有时，她会过江来，在我们村前的水圳边扯猪草。远远地望见她，我便会心生激动。早晨和傍晚，她必定挑着木桶来珍珠潭挑水。很多时候，我们都能碰上，笑笑，说几句话。她眼皮眨得很快，有着一种娇羞的妩媚。

这样的时刻，我的心里总是无比愉悦。

水桶

对于村里人来说，新的一天，总是从挑水开始的。

竹笼

笼中鸡犬
之声相闻

无论如何，我还是怀念那牛犁田、猪在舍、鸭鹅游水、鸡犬相闻的乡村生活。

无论如何，我还是怀念那牛犁田、猪在舍、鸭鹅游水、鸡犬相闻的乡村生活。

那是一个充满活力和生命气息的时代。家家户户都饲养家禽家畜，人与动物和谐相处，共同演绎桃源般简单纯朴的乡村岁月。那些专为禽畜编织或购买的竹笼，也是大小有别，形态各异。

对于耕牛来说，外出时主要是防范它的嘴巴惹事。田间的禾苗，园土的菜叶薯藤，都是它的至爱。放牧的村童，或者犁田的农夫，一路驱赶走过，稍不留神，它的头一歪，弹出如刀的舌头，就飞快卷割起来，嚯嚯大嚼，津津有味。因此，在田土间耕牛每天必经的小路两旁，这些农作物总会被咬得残缺不全。牛惹下的事，后果自然由人来承担，或挨骂，或赔偿。当然，更多的时候，往往也无旁人看见。不过推己及人，总是于心有愧。牛笼头也就应运而生。

牛笼头像一截去瓤后的西瓜壳，又像一个圆筒状的大口罩，密布着拇指大的网眼，多用竹篾或藤条制作，在开口处扎有绳子。用时将其套在牛嘴上，绳子绑于颈后，牛嘴就如同戴上了金箍，无法张开。如此，即便青嫩的庄稼近在咫尺，它也只能干瞪眼，晃荡着叮叮作响的牛铃，踟蹰而过。

猪嘴则安分多了。猪崽自从离开母猪，来到一个陌生的栏舍，它的一辈子就很少走出去了。栏舍是它吃喝拉撒睡的地方，尽管臭烘烘，蚊蝇纷飞，也乐得安然自在。它每天以吃潲睡觉为天职，顿顿吃得饱胀，回回睡得踏实。主人家也乐见它吃好睡好，长得肥肥壮壮。

猪崽离开母猪，乘坐的往往是猪笼。猪笼底方身圆，鼓胀如腹，比谷箩还大，上面留有一个脸盆大的圆口，全用宽厚的青篾片编织，周身是大大小小的网眼，套有两股长棕绳。一只猪笼能装两三头满了两月龄待卖的猪崽。那时村里有一些养母猪的人家，在卖猪崽的日子，有的猪崽被村里人就近买了去，更多的则是用猪笼挑到圩场去卖。

而村里人家杀了肥猪之后，隔不上几日，又会在赶圩的日子，买一头猪崽回来。在人流络绎的回村路上，就经常能看到这样的景象：村人肩上的担子，一头是一只猪笼，里面关着一只俯首垂耳站立的猪崽，为防止它逃出来，笼口上呈十字交叉别着两根手指粗的木棍；另一头是一只谷箩，箩筐里放着几块砖头，重量与猪崽相仿。

也有的猪笼是圆筒状的，长短大小不一，分别适宜猪崽、幼猪和

大猪，一只猪笼只能装一头猪。这样的猪笼在村中不多。估计旧时所说的将人浸猪笼沉塘，大约用的就是这种。

那时养鸭养鹅的人家也不少，或三五只，或七八只，或十来只。也有一两户专门放鸭的，几十上百只，那叫养棚鸭，整天需专人看管，需要专门的鸭舍。鸭鹅多是自家孵化，出生不久的稚鸭稚鹅，浑身毛茸茸的，走路蹒跚，叫声清脆，十分可爱。它们起初是在大厅屋蓄了水的天井和屋旁的水圳、浅溪浮游嬉戏，寻找食物，随着它们越来越强壮，渐渐过渡到野外的水田、池塘和江流上放养。

鸭笼是稚鸭稚鹅的庇护所。它形似猪腰，是一个篾编的平底网状长圆筒，比水桶还大，一端开口，上有长耳形的竹片提手，能扛于肩。稚鸭稚鹅夜里关进鸭笼，堵上圆篾盖，能防止狗、猫、老鼠和黄鼠狼啃咬偷食，又透气。

鸭笼也是放养的载具。稻子出穗之后，鸭鹅是村人重点防范的对象。因偷吃谷粒而打死打伤鸭鹅的事情时有发生，常会引发纠纷。缘于此，在这段特殊时期，一些人家便将鸭鹅圈养起来；要么就是早晨放养时，用鸭笼提着，放之江流，到傍晚再提了空鸭笼去收回来。

相比而言，村庄养得最多的是鸡，几乎无家不有。尤其是秋收之后，村人孵小鸡的热情高涨，一大窝一大窝孵出来，或浅黄，或麻褐，或雪白，或乌黑，或花斑，毛色各异，叽叽喳喳。这个季节，天气暖和，秋高气爽，更重要的是稻田已经收割，空荡荡的田野可以任由鸡鸭鹅觅食。

小时候，跟很多同伴一样，我也是一个牧鸡的小少年，大清早挑着一担鸡笼到村前的田野里，将母鸡和小鸡们放出来。鸡笼的样子像底方身圆的猪笼，只是没有猪笼大，笼口上面有两股纠缠在一起的竹片提手，且有圆形笼盖。在母鸡的带领下，小鸡们自由自在地奔跑游戏，啄食觅虫，叫声细碎。它们偶或扇动几下两个毛茸茸的短翅，有时又一齐躲藏在母鸡羽毛疏松的腹下，拼命往里钻。

稻田遗落的谷粒，日渐丰盈的野草和紫云英，以及众多的昆虫，让鸡们有了充足的食物。它们生长得很快，个体渐大，羽翼渐丰，脱离了母鸡的照料，从鸡冠、尾羽和叫声，已能分辨公母。我所挑的鸡笼，也日日沉重起来。有时一打开鸡笼盖，它们便争相扑打翅膀，飞跳出来。

与鸡群相处久了，它们和我也很亲密。傍晚时分，我挑着空鸡笼来收鸡，一听到我的呼唤声，它们就老远地拼命奔跑而来，聚集在鸡笼旁边。我打开笼盖，它们会一一自动飞跳进去。有时，它们调皮地跳到我身上，站在肩膀或头顶。它们可以任由我抚摸漂亮的羽毛，抚摸火红的鸡冠，摸索长条的嗉囊，里面鼓鼓的，能摸到一大包谷粒。当此之时，它们形态安详，圆圆的眼睛目光明亮，左顾右盼，充满了灵性。

鸡笼挑回家，放在卧房里。夜深人静万籁俱寂之时，随着一声公鸡的嘶鸣，众多的公鸡也跟着啼叫起来，此起彼伏，由近而远，由远而近，遍及整个村庄。

自从青年时代离开故乡，进入城市工作，已经太久太久没有听到公鸡晨鸣，真是怀念那些与鸡同醒的岁月！

竹笼

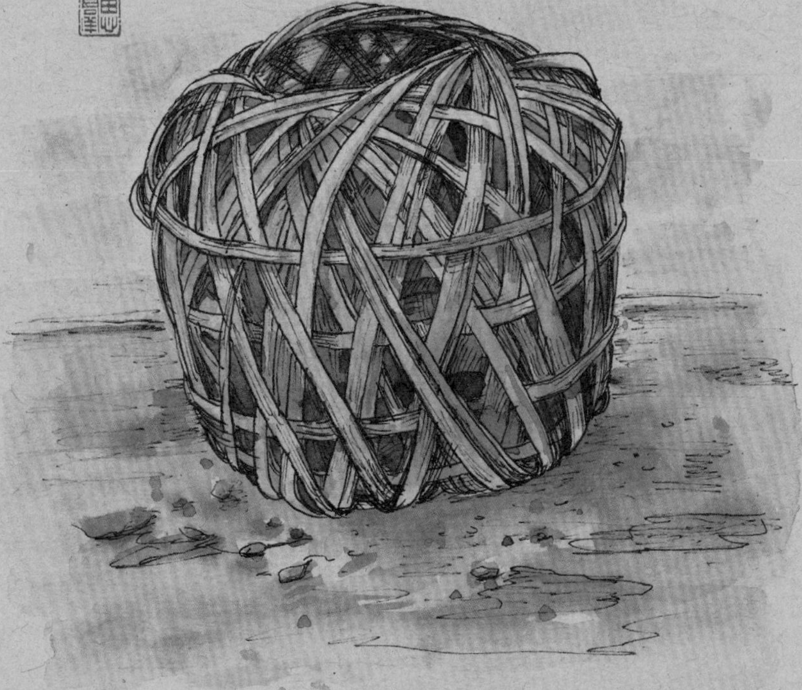

有时一打开鸡笼盖，它们便争相扑打翅膀，飞跳出来。

提桶

婴儿成长的游泳池

孩子一个一个生下来，红提桶一年一年老下去，油漆剥落，露出了木质的本色。

村前的老井边出现了一只崭新红亮的提桶，不用说，这提着提桶来洗衣洗裤的人，肯定是刚从外村嫁来的新娘子。

秋收过后，谷入了廒，红薯进了窖，油茶下了山，空旷的稻田也蓄上了水，旧时的村庄就渐渐进入漫长的冬闲时期。辛苦劳累了大半年的农人，这个时候终于可以放松身心，好好地休憩了。吃着粗淡的茶饭，烤着暖和的烟火，串串门，扯扯闲天，煮潲喂猪，做些缝缝补补，黑瓦檐下的粗糙日子就这样平静地流逝，天亮又天黑。

偶尔也会有一线长队伍，进入村庄的视野，眼尖的人便会惊叫起来，手指点点："快看快看！讨夫娘嫁老公的！"果然，在横贯田野的石板路上，一行人正不紧不慢地走着，就像播放的一场无声电影：有的人空着手，或者拿着长伞；有的人挑着一担新箩筐，筐里是满满的东西；有的两人一组，一前一后用长竹杠抬着红色的高衣柜、四角柜、抬盒，柜子与抬盒的上面还绑了叠好的红被褥，走起路来一沉一浮……从他们的走路姿势和穿着打扮，只能识别男女老少，却看不清面孔，那走在中间穿着红衣裳的，定然是新娘子了。这样的场景，总会招来沿途村庄的很多人驻足远观，直到队伍移出村庄的视界。

有时，这样的喜庆队伍也会从我们村庄出发，热热闹闹，走出村前的朝门口，过了石桥，走上通往外村的石板路。有时，这样的队伍又会从村前过了石桥，径直朝我们村子走来，鞭炮响起，守候在朝门口的村人个个笑逐颜开。羞羞答答的新娘子，那些红高柜、红矮柜、红板箱、红木桶、红提桶、红脚盆、红矮凳、红棉被、红蛋、红枣……种种嫁妆，会吸引众多惊叹的目光一路追随，沿着村里曲折的石板巷子，进了厅屋，直到洞房。

第二天，或者三两天后，新娘子和她的新提桶就会出现在井边。这是一个陌生的环境，如今已是她的家园。她小心翼翼地和同蹲在洗衣井边的村妇们说话，满含羞涩。村妇们显然都很热情，多是问她娘家是哪个村子的，家里还有些什么人之类的谈话。问问答答之间，水井边的四沿，妇人各自的双手并不停歇，或捣，或搓，或漂，或拧……声音繁杂又平和。

以后的日子，新娘子与井边挑水、洗衣、洗菜的人都日益熟悉起来，说话也不再拘谨。除了那只红提桶还标注着她的身份外，她与本村的村妇村姑也没有了什么区别。待生下孩子，原先的新娘子成了母亲，她的那只陪嫁过来的红提桶算是派上了真正的用场：每天给婴儿

洗澡，洗弄脏了的屎尿布片和衣裤。

红提桶实际上就是一个微缩版的婴儿澡盆，圆圆的桶身深约尺许，口径与水桶相仿，外面上了两道铁箍子，其中一块桶身侧板向上延长，高出口沿尺余，就是提手。提手经过了一番修饰，中部握手的部位略仄，曲线流畅，上部雕刻成菱形或花朵。新提桶内外都漆成老红色，看起来十分喜庆，既轻巧，又顺手，是村中孩子成长的早期泳池，饱含了娘家父母对出嫁女儿生儿育女的深情祝福。

孩子一个一个生下来，红提桶一年一年老下去，油漆剥落，露出了木质的本色。这也是每一个农村母亲的本色，从新娘子的华丽，还原成一个朴素的村妇。而旧的提桶，也常被长大的男孩女孩提着，在水田里捉鱼虾，直到某天散了架，弃之一隅，或者化作了灶膛里的柴火。

提桶

红提桶实际上就是一个微缩版的婴儿澡盆。

洗衣杵

敲 一 片

飞溅的水花

一根木杵，长年累月击打衣被线团，也会布满裂纹，细瘦一圈。

一根铁杵，不停地磨啊磨啊，能磨出一根绣花针来。一根木杵，长年累月击打衣被线团，也会布满裂纹，细瘦一圈。

旧时的故乡，森林密布。除了油茶树、枞树、杉树这些经济林外，各种各样的硬木杂树也多得很。尤其是槠树和椆树，以其致密坚硬的质地、笔直的躯干、漂亮的纹理，成为村人做好家具的首选木材。只是它们生长过于缓慢，长成参天大树，需几十上百年。因此，村里的这两种大树轻易不准砍伐。尽管如此，村人的洗衣木杵多数还是槠木和椆木的，或取自幼树，或截于大树枝条。槠木白，椆木红，握在手里沉沉的，耐击打，都好用得很！

家家户户使用洗衣杵的年代，村子里还没有诸如洗衣粉、肥皂、香皂之类的化工品。那时候，宅旁池边常有一种丛生的小灌木，杆呈方形，叶子肥大，我们叫泡泡树，也叫豆腐叶。摘几片叶子，蘸水一搓，一双手掌满是白色的泡沫，去污能力很强。我们常以此洗手洗脚，或者玩耍，也可用来洗衣物。

当然，大人洗衣裤被子一般是不用这泡泡树叶的，他们用的是茶枯粉。我们这里是油茶产区，每年冬天，村里的榨油坊都要打上两三个月的茶油。榨完油的茶枯饼，色泽深紫，坚硬厚实，大如菜锅盖。来年春插之前，村人挑了一担担的茶枯饼，甩在水田里溶解，能做毒杀泥鳅、黄鳝等鱼虫的好肥料。也偶尔有好事者，将一大堆茶枯饼烧烤后，砸成粉末，倒入村前的江水中药鱼。一年里，细水长流般使用茶枯粉的，则是洗衣物。

那时，村里人衣着简单，非黑即蓝，没什么过多的花样。用来换洗的也不多，且补丁踏补丁。平素的日子，无非就是做事出汗，身上的泥污渍水多一点。这样的脏衣裤，用木桶子提了，在水圳边、水井边、池塘边、江溪边或水坝上，选一块干净平整的石板，浸泡了水，摊开，撒一点茶枯粉，搓一搓，刷一刷，再挥着洗衣杵噼里啪啦一顿击打，水花飞溅。然后漂摆干净，拧干，晾在木杈上横搁的长竹竿，任其日晒风吹。

在村庄，用木杵洗衣被的，多是姑娘和妇女。她们凑在一起一面洗刷击打，一面叽叽呱呱说着家长里短。偶有老单身汉也混在其中，这也是不得已而为之。

村人的被子并不常洗。通常一年里难得洗一次两次，甚至三五年没洗过一次的也不稀罕。这些成年累月捂盖身体、四季都不会更换的被套，为汗渍、口水、鼻涕、油脂、体味、灰尘所浸淫，其脏可想而知。洗这样的被子，涂抹一点茶枯粉已无济于事。通常的做法是，先在地上烧一捆干稻草，将黑色的草灰用竹筛装了，以热水淋之，其下用盛了被套的木脚盆接着。这样一盆黑乎乎的草灰水，村人叫碱水，将旧被套浸泡几个时辰，去油污特有效。然后将被套提到江坝上去，用洗衣杵反复击打，反复漂摆，就能洗得干干净净，就近摊开在江洲或江边的草坡上晾晒。

记得小时候父亲常讲到一个笑话，据称是戏台上丑角的段子，说的就是洗脏被子的事情。“喜呵呵，笑呵呵，乾隆手上缝被窝，到了光绪手上还没洗过。今日天气晴和，有人劝起我洗被窝，我在上游洗，下游以为下了药，虾公鱼儿捡到了几谷箩。”每次听到这里，我们一家人常笑得乐不可支。

夏日里搓苎麻线，也要用到草灰和洗衣杵。那时候，村庄有大片苎麻地。苎麻是多年生的丛生植物，每年夏天都要割一茬。然后剥皮、刮皮、晒丝、搓线，这些细活一般都是女人来完成。在我们家，承担这一活计的，就是母亲。母亲搓好了几捆苎麻线，就会放进铁锅里，用草灰水煮一阵，再提到溪圳边用洗衣杵使劲击打，漂洗干净。经过这样处理的苎麻线，晒干后，柔软，白白亮亮。一部分拿到圩场去卖了，一部分则留作家用，缝缝补补，纳鞋底鞋垫，挂家什器物。

潲桶

零存整取的银行

母亲常说，一头猪养大，她要提一年的潲桶，在石板巷子里来来回回走无数遍，风雨无阻。

猪是农家零存整取的银行，潲桶功莫大焉！

养猪的人家就必有潲桶，装潲水，凉潲，喂潲，少说也有两只三只的。我青年时代之前的旧时故乡，差不多家家户户养猪，潲桶便是寻常之物。我儿时的玩伴和同学中，有两人的小名就叫潲桶。

比起水桶来，潲桶要矮小不少。毕竟猪的一日三顿多是手提着潲桶去喂，桶大了装的潲多，提不动，也不方便。潲桶似乎永远都是那样黑而脏，桶身内外都沾满了陈潲的残渣和渍水，就像一只吃了很长日子却不曾清洗的饭碗。

平日里，洗米水，洗碗水，洗锅子的水，还有那些馊了的饭菜，都是倒入潲桶里蓄积。到了第二天早上煮大锅潲，这隔了夜已然发出浓重异味的满满一桶，作为好潲水，最先倒入大铁锅中，之后才添加清水。

一只猪崽长成一头大肥猪，差不多要养一年，有的养得更久。为了装满潲桶，填饱猪的肚子，一家人一年到头都得为它忙碌。某种程度上，让猪及时吃上三顿潲，吃饱，比我们自己是否能吃得饱更为重要。

我的父亲每天起床的第一件事，就是给畹灶窝上空空的大铁锅里加潲水，盖上比簸箕还大的木锅盖，然后坐在灶边矮凳上一心一意烧柴火。他手里拿一个长柄火叉，不时将干茅柴一把一把从灶门口推塞进去。灶膛内大火熊熊，噼噼啪啪，长长的火舌卷着浓黑的烟尘从灶门口舔出来，灼热逼人。母亲此时也没有闲着，在厅屋里扫开一块地，摆上猪草板，提了先一天傍晚洗好的一大篮子猪草，俯首弯腰坐在矮凳上速速剁着。她剁猪草的样子非常娴熟，刀起刀落，嚯嚯有声，猪草剁得细碎又均匀。剁好的猪草，撮箕装了，倒入潲水翻滚的大锅里，用按潲棍扒一扒，按一按，平平整整一大锅，复又盖上锅盖。

潲沫不时从锅盖边溢出来，散着浓郁的青草气味，要随时揭开锅盖用按潲棍按压。有时还要添加几瓜勺米糠，或半大碗粹米，搅匀了同煮。由大火而小火，将一大锅潲煮得烂熟，往往要半早上工夫，烧掉几大捆茅柴。

煮好的热潲，父母先用潲桶舀两三个大半桶，提到厅屋门口，或者巷子通风的地方凉着，这是猪的早潲。锅里剩下的，用来喂中潲和晚潲。潲的热气很快就将鸡和狗吸引来了，围着潲桶边或啄或舔。尤其是那些大狗，乘人不备就会前爪趴上桶边，将头伸进桶子里大口大口饿鬼样吃，有时甚至把桶子扳倒。因此，凉潲时，人与狗之间必然存在一场保卫与偷袭之战，村中常会听到狗被棍棒或潲勺打得哀号不止的惨叫。有一年，我家一条尚幼的小狗，被人用热潲在腰间烫出了一个碗口大的伤，毛脱皮烂，几个月才结痂，留下一个圆镜般的永久疤痕。

我们家的猪栏曾经有两处。在老宅居住的那些年，猪栏与我们家隔着两条石板巷子，在一片猪栏之间。搬家到新瓦房后，单家独户住着，猪栏就砌在了我们屋后一角的空隙地。

多数时候，喂潲是我父母亲干的活，他们喜欢瞧着猪低头摇尾在食槽里哗哗大吃的样子，一勺一勺地添加，神色轻松，眼含笑意。我有时跟着母亲去喂猪，看到她不时伸出手掌，在猪的背脊上抚摸几下。

猪也似乎很享受母亲的抚摸，吃得更欢。偶尔，家里的洗衣刷子坏了，需要重新上猪鬃，母亲在喂猪的时候，就会拔下一小扎长长的鬃毛，那大猪也并不抵抗。

父母对猪的付出，不比对待他们的儿女差。年头到年尾，日复一日，他们扯猪草、割红薯藤、摘菜叶、砍茅柴、搂枞毛、搂茶树叶、剁猪草、煮潲、喂潲、冲洗猪槽、出猪栏淤、铺干稻草……勤勤恳恳，任劳任怨。他们宁愿自己饿着肚子，也要把猪的肚子喂饱。

母亲常说，一头猪养大，她要提一年的潲桶，在石板巷子里来来回回走无数遍，风雨无阻。记得有一年，我们家一头半大的条子猪被人在晚上偷走了，母亲急得号啕大哭，哭了几天。那可是我们全家最大的一笔财产，一家人大半年的辛苦付出啊！

猪养大了，养壮了，母亲十分高兴。到了杀猪那一天，母亲的形色于高兴中也有些黯然。猪也是一条命，母亲有些不舍，却也没办法。“猪生成要挨一刀的，”母亲宽慰着自说自话，“下辈子投胎做个好人！”说时，她已备办了纸钱香烛，默默地走到厅屋的神台前点上，又在猪栏门口点上，神情肃穆，口中念念有词。

空了的猪栏，几天后便会出现一只新猪崽，那是父亲从圩场上买来的，或者是从村里养母猪的人家买的。母亲又日复一日地提着潲桶，从厅屋里出来，走过石板巷，站在猪栏门口喂猪，殷切的目光投注到这只尚怯生的小猪身上。

猪盆

人用瓷碗
猪用盆

猪崽们围盆而聚，共享着美食，摆尾摇耳，津津有味，也有调皮捣蛋的，常跳进盆里抢夺。

人吃饭用碗，猪吃潲用盆。对于养母猪生猪崽的人家来说，有那么一段时间，人碗里吃的，甚至还没有猪盆里的好。

旧时的家乡，很多人家不养牛、不养狗，也不养鹅、鸭，但不养猪的人家却极少。猪是普通家庭最大的财富，靠全家人长年累月不辞辛劳地付出，才换得它的膘肥体壮，在预定的时候，获取一笔预期的收益。一户标准的农家，必定有一间猪栏。

在乡间，猪的名目也多：猪婆、猪公、猪崽、条猪。条猪就是猪崽阉割之后，用来养壮育肥的肉猪，也叫家猪。这是村里养得最多的猪，一般人家一年养一头或两头。多了，栏舍不够，猪草供不上，人也无能为力。

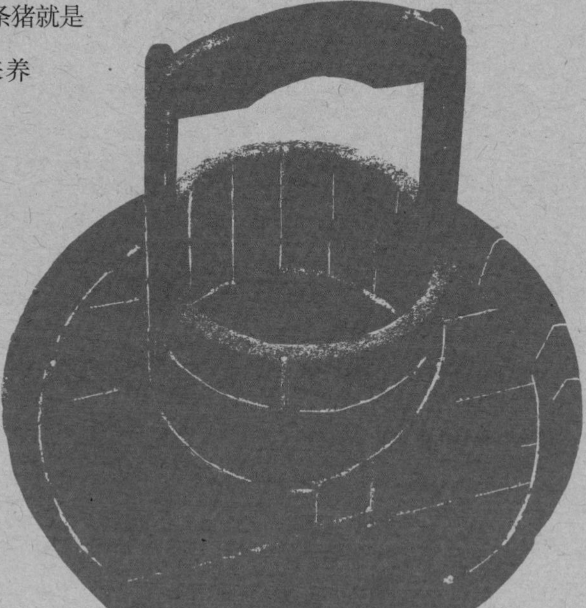

相比而言，数量最少的是猪公。有的年份，附近几个村子才那么一头。猪公身材高

大，步态蹒跚，屁股后面挂着两只碗口粗的硕大睾丸，是它身份的象征。它平素很少出门，一旦在赶猪人的陪伴下，沿着蜿蜒道路过山入村，说明它需要愉快付出的职业生涯到了。

接受猪公付出的，自然是猪婆。早些天，养猪婆的人家，就已发现了端倪。猪婆已变得焦躁难安，它屁股后的性器裂开，露出绯红的肉色，有血水流出。用脚掌贴着它的屁股，便立时安静了下来，站着不动。猪婆发情期到了，正是受孕的好时机。

确定猪婆怀了孕，对于养猪的家庭来说，是喜事。从此，煮潲的时候，米、谷、糠、酒糟之类的营养物质，会更舍得添加进猪潲里。猪婆哗哗地在槽盆里吃着潲，津津有味，食量也一天天增大。猪婆的肚子大了起来，两排乳头已将近触及地面。只是肚子里的东西谁也看不见，是怀了七八只猪崽，还是十几二十只，还是三五只，又或者是一两只？在未开宝之前，主人家总是心怀忐忑。

猪婆如期生产。一只只猪崽，皮毛或黑白间杂，或通身雪白，或漆黑如炭，无不活泼可爱，眼睛清亮。猪婆的奶头胀大，奶水充盈。喂奶的时候，它横躺在猪栏地面上，目光温柔，发出哼哼的愉快呻吟，任宝贝们脚蹬嘴拱，争夺着吸吮奶头。

吃饱喝足之后，猪婆常带着它的儿女们，走出猪栏，在外面的空地上，或墙角边，或瓜架下，逗留，拱嘴，晒太阳。猪崽们奔来跑去，形神欢快，充满了好奇。这是它们一家子此生中最愉快的时光。

一个月后，猪崽和猪婆被人为隔开断奶。猪婆的槽盆里，潲食已

不如之前丰盛而富有营养，又恢复了往常粗糙的草料。猪崽们则开始被用猪盆喂食。

猪盆是专门喂猪崽的木器，外围是高一拳许的大圆盆，里面正中央连接一个竖立的小圆桶，桶的底部四周开有孔洞，桶的上部有提手。喂猪崽潲的时候，将潲倒进圆桶里，潲自孔洞溢出，流散开来。猪崽们围盆而聚，共享着美食，摆尾摇耳，津津有味，也有调皮捣蛋的，常跳进盆里抢夺。

猪崽潲堪称潲中精品，差不多就是浓稠的稀饭，略微添加一点嫩红薯藤叶尖、白菜心之类的青饲料。这样的待遇连猪婆都不能享受，更遑论条猪。后两者只能吃一点猪崽们吃剩的残余。有的日子，甚至养猪人吃的还没有猪崽潲好。让猪崽吃好，长得健康壮实，是他们的心愿。为此，他们愿意对自己苛刻一些，尽量节省一些粮食出来。

猪崽们吃罢潲，通过隔墙一砖宽高的方洞，鱼贯而入，与猪婆相聚在一起，玩耍，嬉戏。猪盆则悬挂在猪栏里的木钩上，以待下一顿使用。猪盆脏了，主人家会经常提出来冲洗干净。

猪崽体重增长很快，喂潲一个月之后，往往已达二三十斤。选一个日子，这一大窝猪崽，或被村人买走，或挑到圩场卖掉。圆圆的猪盆又闲了下来，一直要到下一窝猪崽满月后才派上用场。

只是谁也不曾料到，若干年后，偌大的村庄，年轻人都进城务工去了，田园荒芜，房屋空落，既没人养牛，也没人养猪，甚至连鸡鸭鹅狗都快绝迹了，真不知喜耶，悲耶？

弹弓

敢与村庄
万物为敌

打麻雀自然是弹弓的首选。那时乡间的麻雀成群，天空中常铺天盖地地飞，落下稻田，就如同一块巨大的黑云。

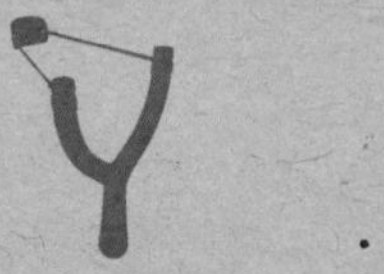

旧时故乡的孩子，大多数玩具都是自制的。简单的如陀螺、鸡毛毽子、田螺壳串、高粱秆子糊两片小纸的风车、跳绳，甚至一个老蚌壳的两块壳子，也能当作钹子来敲打。复杂点的，比如打炸药的铁管枪、木手枪、滚珠车、滚铁环等。有一种玩具，曾经也风行得很，大人孩子都喜欢，制作简单，取材方便，就是弹弓。

弹弓的手柄像一个大“丫”字，我们那时多是到油茶山上，寻一根粗细合适的油茶树枝砍了来，经过柴刀一番修皮削木而成，白白亮亮。油茶树枝坚硬致密，韧性好，又寻常，做弹弓架最好。两根乌黑的扁橡皮条，长短一致，前端用小铁丝或炮丝绑扎在木柄的两丫尖上，后端穿过一块两三个指节长宽的帆布两端扎出的孔洞，与之绑紧相连。帆布粗厚，柔软，与劳动布相仿，正适合包裹石子弹丸。这样，一把弹弓很快就能做好。

一把弹弓的好坏，关键取决于橡皮条。村里常见的橡皮，大多来自破旧的套鞋。那时，家家户户都有套鞋，新的，半新的，旧的，破的，谁家都有好几双。我家的那些套鞋，平素就放在灶屋的宽板长凳下。从凳下翻一只破得不能再穿的，拿了大剪刀，咔嚓咔嚓，剪两条长宽大致一样的就行。但那时，也有一种好橡皮，在村里同伴之间流传。这橡皮不知来自何方，厚长规整，与现在的汽车轮胎皮、摩托车上用来固定后座搭载物的橡皮相似，弹力十足，曾让我羡慕得不行。我们都很想得到这样一副好橡皮，常要用钱物与玩伴交换得来。

打麻雀自然是弹弓的首选。那时乡间的麻雀成群，天空中常铺天盖地地飞，落下稻田，就如同一块巨大的黑云。尤其是稻谷成熟的季节，这样的黑云就更多，刚刚一波从稻田间叽叽喳喳飞上了天空，又一波从远处飞来了，呼啦啦落入田间，然后犹如一阵疾风，突然间又飞上云端。麻雀啄食谷粒，那时被称为是害鸟，与老鼠、苍蝇、蚊子，一同被贴上“四害”的标签。麻雀既然吃我们的粮食，损坏我们的庄稼，那我们用弹弓打它们，似乎也理所当然。村里的男童和少年，常成群结队，手持弹弓，包裹小石子，用力张拉，瞄准了，一松手，石子飞速而去，偶尔也能打中倒霉的麻雀，掉落在地上挣扎。当然了，看到别的鸟儿，也照打不误，如果有大鸟打，更好。

打水面，打浮鱼，打池塘里游动的鹅鸭；打得狗汪汪叫，打得公鸡瘸了腿跑，打得栏里的蠢猪挨刀般嚎叫……比谁的石子打得远，看谁的射得高……诸如此类的恶作剧，异想天开的玩法，都是我们这群调皮捣蛋男孩的不二选择。一把弹弓在手，就敢目空一切，与村庄的万物作对。

当然，好榜样也是有的。村里偶尔会放露天电影，远远近近村庄的男女老少，都会趁着夜色来观看。那时的电影，大多数是黑白战斗片，打鬼子，打匪军，挖地雷，炸碉堡，奇袭。片中常有少年小英雄，手持弹弓，躲在暗处，对准敌人的探照灯、油灯、信号灯，甚至对准敌人的脑袋，狠狠弹击。把敌人的探照灯打灭，打得敌人鬼哭狼嚎，抱头鼠窜，莫名其妙。我们看得哈哈大笑，很是过瘾。

小英雄的壮举，也很快被我们学会。我们常在日里夜里，分成敌我两派，还要从村边的柳树上折了细叶柳条，编成圆圈，戴在头上，侦察兵似的，在石板巷子里，以墙角为掩护，相互持弹弓狠狠攻击，毫不畏惧，直打得双方有人中弹了，头破血流了，被听见哭喊声而匆忙赶来的父母们责骂，敌我双方方才停战，带了弹弓四散而逃。

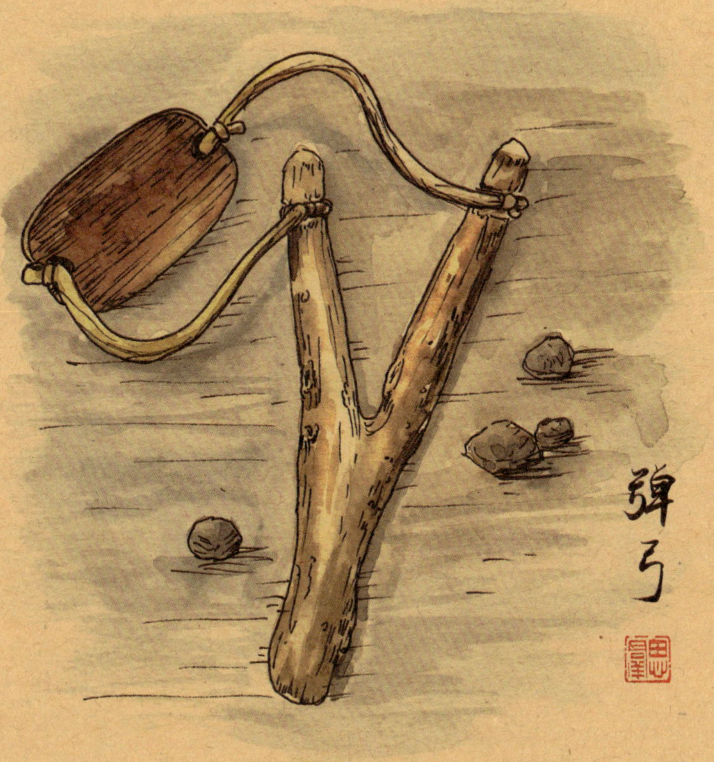
弹弓

一把弹弓在手，就敢目空一切，
与村庄的万物作对。

火桶

装一钵

童年的温暖

三五成群的学童斜挎书包，提着火桶，慢慢吞吞地走，有的火桶里还在冒烟。

火桶派上用场的时候，时令已到严寒的冬天。

儿时的故乡，那个冬天才是真正的冬天，物候变化与节气转换十分吻合。立冬之后，气温下降尤为明显，村庄周边茂密的油茶山上，白色的油茶花怒放，犹如漫天飞雪。在明镜般的水田上空，不时会看到一列或两列雁阵，排着一字或人字，翩翩扇动着翅膀，努力朝南方飞去，飞成黑点，融入远山视野尽头的苍茫之中。往常在瓦檐下穿梭飞行的燕子，此时也是燕去巢空，令人怀念。当大雁和燕子凭着翅膀速速离开了日渐寒冷之地，我们这些只能待在村庄静待寒冬来临的孩子，便被父母勒令着穿上了厚厚的衣裳，戴上了帽子。

晴朗的早晨，大地上的枯黄茅草，都落了一层白霜，走出屋外，能看到自己呼出的白气。那些大大小小的池塘和稻田，这会儿全都结了厚冰，光溜溜的，厚的地方甚至能承受人站在上面。有的浅水鱼塘里，还能看到一条条半个巴掌大的鱼的尸体，白惨惨的，星罗棋布，躺在冰下的塘泥上，全都是给冻死了。走在上学的路上，我们经常捡了石子或木棍砸冰，将一块块镜子般的大冰块从水面捞上来，拿上岸玩耍。大的冰块，我们平放在地，各从口袋里掏出母亲的顶针，放于一角或边缘，俯下身子，对着顶针孔使劲哈气。孔里的冰在我们哈出的热气下，渐渐化成水，顶针也随之往下移。最终，顶针穿过冰块，掉落地上，一个圆溜溜的冰洞眼就成了。我们找了藤条或稻草穿上，将大冰块提着，十分开心，全然不顾两手冻得通红，痛彻指骨。

这样的日子，我们的火桶也就渐渐登场了。尤其是在寒风呼号的连绵阴雨天，或者一场铺天盖地的大雪之后，有火桶的人家，纷纷把火桶找了出来。

这些老旧的火桶，或圆或方，用杉木板制作而成，桶体乌黑，上面一个手提的桶桥，桶底是半空的，有的底板是巴掌宽的一字形木板，有的则呈十字，桶内刚好能装下一只小瓦钵，搁在底板上。

那时家家户户基本都是烧木柴，在寒冬来临之前，每户人家都会储备大量干柴，将灶屋的楼上或柴房塞得满满。隆冬时节，从早起到晚睡，灶里离不开柴火。熊熊的柴火烧起来，一家人围灶而坐，尽管呼啸的寒风不时拍打门板和窗板，从缝隙间丝丝缕缕挤进来，整个灶屋依然十分暖和。泡茶煮饭，柴火就烧得更旺一些，噼噼啪啪，烟尘腾起。一根根干柴烧成绯红的火子，那些胳膊般粗的斧劈柴，烧成的火子更粗大红亮，用火钳夹几个放在火桶中的瓦钵里，就能装满。

在村里，火桶本来是给终日枯坐的年迈老人不时烤烤手取暖的。事实上，多数时候却成了我们上学暖手的

用具甚至玩具。那时，我们学校的教室里没有取暖设施，上课的时候坐着，常冷得手指脚趾僵痛，很多人就一大早提了装有红火子的火桶来上学，还在书包里带了些干茶籽壳。

于是，在寒冬早晨上学的田间小路上，我们每天都能看到并参与这样的景象：三五成群的学童斜挎书包，提着火桶，慢慢吞吞地走，有的火桶里还在冒烟。有的人不时蹲下来，把火桶放地面上，张开双手烤烤，或者尖着嘴巴对着瓦钵里吹风，以便让暗淡下去的火子重新燃得红亮。更有顽皮的人，把火桶挥舞成旋转的飞轮，划出一圈圈烟火。

课堂上，我们的火桶放在自己的课桌底下，不时蹬掉鞋子，双脚架在上面烤烤，或者俯下身子，摊开双手去暖和一下。乡村学校，老师也多是农村人，民办教师多，他们习以为常，只要不把教室搞得乌烟瘴气，搞出大的动静，也并不深以为意，且由我们去。

到了下课，尤其是午休时分，不少人往火桶里添加干茶籽壳，教室里，操场上，到处烟尘滚滚，火光窜动。尖着嘴巴吹风的，旋转火桶撸风的，对着风口借风的，嘻嘻哈哈，笑闹追逐，像一个大杂耍场。

后来，我们学校的条件有所改善，冬天将教室缺损的窗户安上玻璃，或钉上薄膜。每间教室里，还砌了两三个大砖灶，用我们勤工俭学捡油茶籽换得的钱买炭烧。教室里暖和了，我们的火桶也就没有了用武之地，丢在童年深处。

火桶

课堂上，我们的火桶放在自己的课桌底下，不时蹬掉鞋子，双脚架在上面烤烤，或者俯下身子，摊开双手去暖和一下。

课桌

读书识字
自兹而始

在课桌上分界线，几乎都是由男孩子挑起事端。先是用笔在课桌中间画一道线，以后用小刀割成槽子，相互不准越界。

村小的课桌总是伤痕累累。

旧时故乡的村小是一栋两间两层的瓦房，与村边古老的黄氏宗祠仅隔着一条青石板巷子。校舍外面是清水墙，石灰勾缝，火砖铁青。二楼西侧的两个窗檐上，灰砂浆分别浮雕出“自力更生”“艰苦奋斗”八个着了暗红色的大字，说明其建筑年份距离我开蒙的 1976 年还不甚遥远。

教室在一楼，分别是一年级和二年级。到了三年级，我们就要去邻村的羊乌完小读书。二楼是老师的办公室兼卧房。我在村小上学的那两年，就两个民办老师，一个是本村的黄孝清，另一个是附近朽木溪村的刘金人。同我们一样，老师也是早上到校，下午回家。多数时候，他们午间休息步行回家吃饭。

上二楼的木板楼梯在校舍与宗祠之间的巷子里。五六尺宽的青石板巷子上空，搭建了木梁和楼板，与校舍的木楼板平齐，两端有木栏杆，上面盖了瓦。楼梯在靠西的一端，老师上下楼梯时，踩得楼板咚咚响。下课的时候，小小阁楼这里也是我们上上下下追逐玩耍的地方。

学校地势较低，从我家老宅子出来，沿着厅屋大门口的水圳和青石板路，穿过几栋瓦房、一片猪栏与茅厕，就能看到学校的后墙和瓦顶。此时，下一道与石板路分叉的长长青石梯，就到了校舍东侧的青石板路，正对着宗祠的一扇高大侧门。这石梯，名叫百步梯，也是我们下课后经常玩耍的地方。而那条清澈的水圳，则绕过村小后墙和西侧，比一楼还高。我们坐在教室里，歪过头，就能透过两个木格大窗，看到高坎上水圳边的苦楝树和蓖麻树，看到人、牛、鸡、狗在圳边石板路上来来往往，听到鸭子和白鹅在水圳里嘎嘎的叫声和扑打翅膀的声音。若是盛夏，树上的蝉鸣更是不停地灌进教室来。村小的东面，则是池塘、水田和远山，视野开阔。

教室的墙面虽然抹了白石灰，却已色泽黯淡，黑色的脚印和手印，铅笔的划痕，星罗棋布。乌黑的泥地面上，摆了三排课桌。课桌是原木的，老旧发黑，已不知经历多少年月，被多少人使用过。这些四条腿的长课桌表面粗糙，布满划痕，一如年迈老妪的皱脸，上面污渍斑斑。两个学生共一条课桌，桌面下有一层隔板，用来放书包，与之配套的，是一条同样老旧的长凳。

那时一个班里，男女同学的比例大致相差不大。老师安排座位的时候，总是男女搭配着坐。这让我们这些撒野惯了的男孩子起初总是不好意思，忸忸怩怩，相互间吐舌头做鬼脸，装出很无辜很不屑的样子。

在课桌上分界线，几乎都是由男孩子挑起事端。先是用笔在课桌中间画一道线，以后用小刀割成槽子，相互不准越界。有时伏在课桌上，谁的手肘压过了界线，另一方轻则一推，重则一拳打在越界的手肘上。当然，多数时候，打人的总是男孩，哭的是女孩。

夏日里南风盛行，呼啦啦的风从木窗里灌进来，令人瞌睡绵绵。就常有一些平素调皮捣蛋的同学，听着听着，脑袋一歪，趴在课桌上睡着了。有时，为了防范老师，事先将课本打开成人字，竖在桌面上，遮着自己的脸。冷不防老师走过来，一教鞭猛敲在课桌上，吓得打瞌睡的人，一个激灵，醒了过来。张目四望，懵懵懂懂，半边脸上印着课桌印子，嘴角还流着长长的涎水。“刚才讲到哪里了?”老师问。瞌

睡虫翻着白眼，答非所问，常惹得满堂大笑。

可是，到了午睡的时候，这些人反倒精神好得很。

那时吃完中饭后，要在教室里午睡。同桌的两个人，轮流着一人睡课桌，一人睡长凳。便有捣蛋鬼，敲桌凳，讲小话，相互间挤眉弄眼，或者故意放一个响屁，弄得大家难以安睡。

当然，也有酣睡之人，到了下午上课，还躺在课桌上，直到老师进来，方才被摇醒。我那时觉得这也是引起老师关注的一个好方法。有一次，我装作睡得很沉，任同学叫我，也不起来。刘老师进教室上课，推推我，我才假装一副惊讶的样子，在同学们的注视中，从课桌上慢慢爬起来。

每天放学，教室里要打扫卫生。通常是两桌同学干一天，依次轮着来。先将长凳四腿朝天，放在课桌上，再拿了高粱扫帚逐一打扫，并将黑板擦干净。

那两年里，我很喜欢刘老师。他脾气很好，没看到他打过谁。课余，他带着我们种蓖麻，采摘蓖麻籽，说蓖麻籽的油，能用在飞机上，让我们觉得很是神奇。有时，他回家，我们也一路跟着去，而且一同在水田里捉泥鳅。每天放学之前，他总会拿一本厚厚的大书，给我们讲林海雪原的故事。杨子荣、孙达得、座山雕、许大马棒……这一串名字就是那时深深印刻在我脑海中的。我甚至也萌生了长大后要写这样有趣的书的念头。每次，我们正听得津津有味的时候，刘老师的故事停了。“同学们，明天好好听老师讲课，老师再接着讲故事。放学。”他说。我们这才从课桌里拿出旧书包，斜挎在肩膀上，恋恋不舍地回家。

竹椅

盛夏里的一席清凉

到了盛夏酷暑，在厅屋里，或者在石板巷子里乘凉……清凉的竹椅，总是为村人所喜爱。

到了盛夏酷暑，在厅屋里，或者在石板巷子里乘凉，连坐木凳都是温温热热，汗涔涔的。清凉的竹椅，总是为村人所喜爱。

旧时的故乡，竹椅有三种：靠背椅子、睡椅和躺椅。

靠背椅子最普遍，差不多家家户户都有三两把，高矮大小及新旧程度不一。其四条腿及坐面的边框，均为手臂粗的竹管经熏烤工序弯曲连接而成。方形的坐面横铺密实的竹条，手指宽，长短大小一致，青篾一面朝上。在后面边框及两侧边框靠后的位置，各凿有扁形和圆形的孔洞，分别插上竹片和竹竿，组成一个向后仰倾的竖状栅栏式靠背。靠背椅子的名称正是由此而来。整把椅子，无论竹管还是竹片，所有的竹节均已打磨平整，便是贴肉坐靠上去，都十分光滑。那些年岁坐得久的靠背椅子，常与肌肤相触的地方，红光油亮，已然失去了竹子原本的绿色。

在我们家，靠背椅子多放在厅屋里或大门口的檐廊下。父母剁猪草，煮猪潲，剥豆子，缝补衣物，诸如此类，随手提一把来坐。收工回

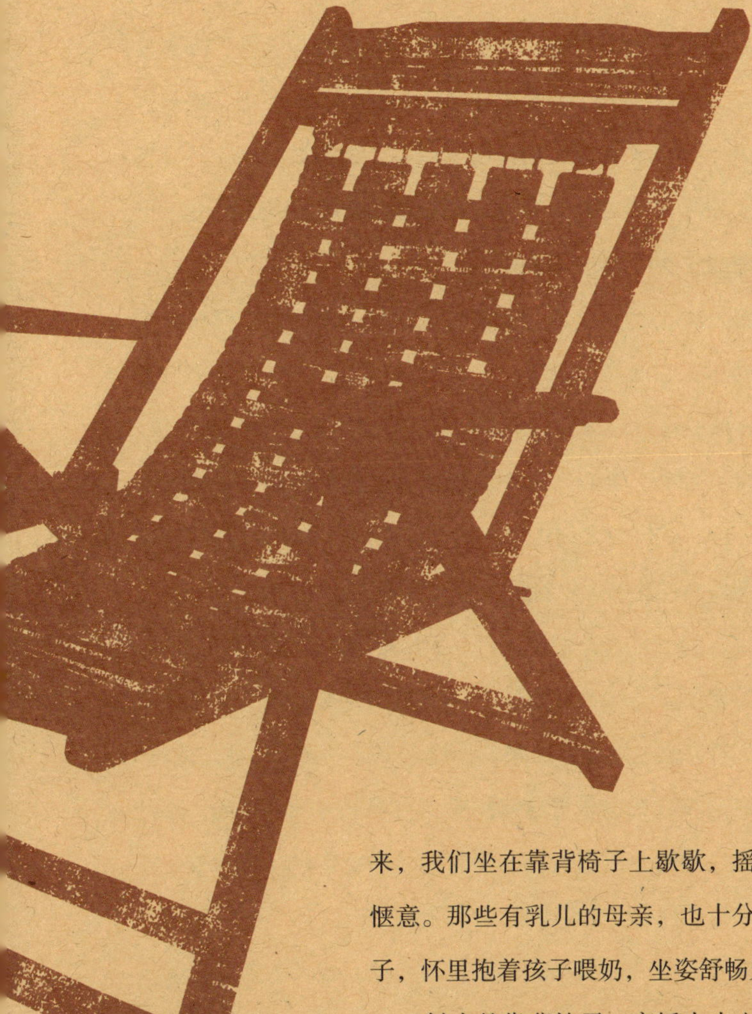

来，我们坐在靠背椅子上歇歇，摇着蒲扇，很是惬意。那些有乳儿的母亲，也十分喜爱坐靠背椅子，怀里抱着孩子喂奶，坐姿舒畅又稳当。

村中的靠背椅子，高矮大小也有所不同。大的如同高木椅，若是与八仙桌一同摆放在厅屋，桌两边各一把，背靠神台，立时就会显出一种庄

严来。我儿时所见的这种大竹椅，多已老旧红亮，我坐上去，脚不及地。那时村人从圩场购买的，多是中小号的靠背椅子，轻巧又提携方便。三伏天挖花生，也常有妇人们提到土里去，戴着草帽坐在烈日下采摘。当然，上了年岁的老人就尤爱这种舒服的坐具，在石板巷子里乘凉，谈天，做些缝补针线之类的手工。

比靠背椅子更舒服的，我以为是睡椅。睡椅的形制比靠背椅子复杂多了，也大得多，它有点像当今广为流行的沙发，只是全部用竹管竹片编织而成。睡椅也是四条腿，坐面长而宽，其上有一圈 U 形扶手，后面同样有斜仰的靠背，靠背顶端织有弧状的篾枕，可容一个成人坐卧。有的睡椅下面，在椅腿之间还有一块能伸缩的竹编长方形踏脚板，眯睡时一双光脚板搁在其上，伸着腿，愈发舒服了。

睡椅可坐，可躺，可睡，并非每户人家都有。我家搬进新瓦房后，独家独户，厅屋宽敞了，后来添置了一张睡椅。盛夏的正午，屋外烈日炎炎，蝉吟长嘶，吃过饭后，父亲在睡椅上小睡一会儿，很是香甜。而在黄昏之后的夏夜，我也常将这睡椅搬到自家屋旁的小禾场，临溪边躺着，看那无边风月，点点流萤，满耳是蛙鸣虫吟，以及那被一阵阵南风送来的江流上游石坝的哗哗落水声，无比惬意！

有睡椅的人家，它肯定是一个抢手货。小孩、成人、老者，无人不爱。只是多数时候，它会让给家中最年长者来休息。曾有很多年，睡椅也是村庄里抬病人上医院的卧具。那时候，村里若是有成人突发急病，这家人便会赶紧找来一张睡椅，两侧绑上粗大的竹杠，竹杠两端扎上扁担，由两名壮汉抬着，匆匆往山外十里远的卫生院赶去。

分田到户之后，躺椅在乡间逐渐流行开来，在那时算是比较时新的器物。躺椅能折叠，方便灵活，不用时折叠起来，靠墙放置一角，又不占地，很为村人喜爱。躺椅带有浓厚的工业化印记，比如它的腿脚连杆，需要众多的长螺杆和螺帽；它的两侧扶手上安装有锯齿状的铁片，用于调节靠背的倾斜幅度；其靠背木框里的长方形垫子，有的是一块光滑带有彩色条纹的塑料布，有的虽然是帘状的竹片或竹块，则分明经过机械的打磨和雕刻，而且这垫子能摘取更换，也可在圩场上单独购买到。虽说这样的躺椅，村里的木匠也能制作，但严格说来，只能算半手工化的产品，这也是乡村传统手工器物将被现代工业化所淘汰的前奏。

能坐躺更多的人，当然非竹床莫属。竹床比卧房里的木板床矮，床面铺满细长的竹条，夏凉冬冷，并不为村人当作正式的床铺使用。买竹床的人家也不是太多，主要是那些住房宽敞、家中小孩又较多的人家。竹床靠墙摆放在厅屋一侧，夏日里孩子们可在上面玩耍和小睡。

夜色降临，星月朗朗，大白昼的暑热已被凉风带走。此时的村人，将靠背椅子、睡椅、躺椅、竹床，连同长凳、矮凳，一股脑都搬出了家门，摆放在门口的巷子、街檐、空坪、禾场、树下，吃着晚饭，聊着闲天，摇着蒲扇，或坐或躺，是一天中最放松闲适的时刻。

第五辑

金黄的禾场

收割之时的晴好夏日，村旁原本空荡的禾场变得忙碌起来。从田野里挑来的稻谷，一堆堆倒在干净的禾场上。主妇们拿了梳板，将谷堆梳理开来，宛如摊开一张张金黄的烫皮。经过一天的曝晒，傍晚时分，禾场又变得异常热闹。收谷的人，或清扫，或撮谷，或摇着风车，或抬着杆秤，一担担谷箩里，装满了丰收的喜悦。而顽皮的孩子，此时也已甩开了棕鞭，追逐着他们的陀螺与欢笑。

○ ○ ○ ○ ○ ○

仙人掌

打出平整的禾场

我所讶异的，是这看似粗笨的器物，竟然有着如此美妙的名字，充满了缥缈的仙气。

一

这名字容易让人联想到那种厚实带刺的绿色植物。但不是。

当初我拿到这样一件木器，父亲说叫仙人掌，我也略有吃惊。不过，我并非联想到了那种耐干旱的沙漠植物。其时，村庄并没有出现过这样的外来物种，我自然也没见过。甚至以我当时所具有的知识，根本就想不到世上还有如此奇怪的植物。我所讶异的，是这看似粗笨的器物，竟然有着如此美妙的名字，充满了缥缈的仙气。

这东西也确实像一只手掌，确切地说，像一只五指并拢、手背肿胀肥厚还连了一小截手臂的尖长手掌，又像放大了若干倍的大厅屋里老奶奶的三寸金莲，还像村对面裁缝铺子里那个放在长桌上的热水熨斗。

我是第一次使用这器物，在那

样一个阳光晴好的初夏。

先一年的冬天，我们家在村庄南端建了新瓦房。内墙稍作石灰粉刷之后，春节前就搬了进去。这个时候，屋内的地面尚未打三合土，屋旁拟打成禾场的小空坪也还是凌乱不堪。最尴尬的是，新瓦房这边，我们家还没有茅厕，每天早上起来，一家人先后匆匆忙忙从村南走到村北，去上自家的老茅厕，往返差不多有两里多路，很是不便。就近在菜园子里建一所新茅厕，也成了当务之急。

这三件事自然提上了家庭的重要议程，父母决定尽快付诸实施。好在屋地面、禾场、茅厕坑所需的三合土是一样的，材料构成是卵石、沙子和石灰。石灰可以到外村的石灰窑买来，卵石、沙子则到村前的江洲去挑。

天气暖和之后，有相当长的一段日子，我们一家人的首要任务就是挑卵石、沙子。江洲在村南的石平桥旁边，距离我们家不太远，沿着一条石板路可直接抵达江岸。这江洲我自然是十分熟悉，每年夏天经常在这里洗澡、掏螃蟹、捉鱼，在上面的草地上打滚玩耍。也常有放牛的人，直接将牛驱赶到江洲上，任其啃嚼，牛铃叮当。

江水清澈，没过脚腕。从江洲的陡坡上，用锄头将卵石、沙子扒拉进竹筛，满满一担，浸泡了江水，挑上岸来，很是沉重费力。放学之余，我也常与家人一起挑。星期天，我则专务此业。

等到打三合土的材料备办妥当，已临近端午节。连日阳光朗照，正适合于我们家的三项工程建设。

最先是打禾场。这屋旁的空地原来是水田，建了瓦房后，剩余一块数米见方、形状不太规整的边角地，东侧临水圳，北侧是塘岸，西侧是高坎。我们挑了碎石烂砖及窑沙填满整平后，父亲沿着禾场坪四周，砌了边缘石和流水口。这些前期工作一做好，接着就铺三合土。我们将卵石、沙子和石灰浆，和水搅拌均匀，在整个禾场坪地上铺上拳头厚的一层，以齿锄大致扒平，并用力捣击夯实。待三合土半干之后，一家人每人拿一只仙人掌，或蹲着，或坐在矮凳上，逐一将整块禾场细细拍打。仙人掌此起彼伏，只听见一片噼里啪啦的响声。白色的石灰浆水在拍打之下，渗出三合土的表面来，在阳光底下迅速收干，光光滑滑，白亮得晃眼。为了表示纪念，我特地敲碎了几只破碗的瓷片，用仙人掌敲入禾场，写下了“一九八三年五月初六造”这一行字。几天后，禾场在烈日下干透，坚硬如铁。

之后，我们家新瓦屋里的地面，菜园里新挖的茅厕坑，都是如法炮制，用仙人掌拍打成致密坚硬的三合土。

仙人掌

这看似粗笨的器物，竟然有着如此美妙的名字，充满了缥缈的仙气。

连枷

挥动旋转的力量

作为一款力量型的连枷，其主要功用并不在于敲打收割来的谷物穗子。打禾场，打晒坪，打火淤，才是它真正的用武之地。

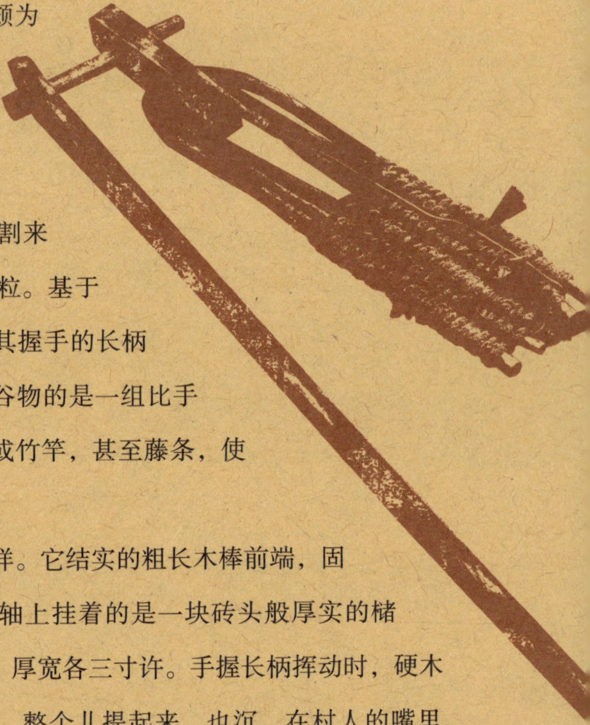

故乡的连枷与别处颇为不同。

在许多地方，连枷作为一件农具，现在仍在使用，主要用于在场上敲打收割来的豆麦高粱和油菜，获取籽粒。基于此，这样的连枷较为轻巧，其握手的长柄或为木棒，或为竹竿，拍打谷物的是一组比手掌还宽、粗细若指的短木棍或竹竿，甚至藤条，使用起来也不是很费力。

故乡的连枷显然不是这样。它结实的粗长木棒前端，固定了一根光滑的短横木轴，轴上挂着的是一块砖头般厚实的楮树、椆树类硬木，长约二尺，厚宽各三寸许。手握长柄挥动时，硬木块向前绕轴旋转，力量凶猛。整个儿提起来，也沉。在村人的嘴里，它有一个很乡土气的俗名：吊哈呆（方言读音）。

旧时，有些谷物的穗子，村人也常用它来敲打。比如说打小麦，那时有一件三棱锥状的专门木架，正面的人字上斜搁一块青石板，另一根圆木作为支撑，打麦时将其放在禾场上，手握麦秆，以穗子击打石板。只是一番击打之后，麦穗里通常还是会有余粒没脱落。这样，打第二遍就需用连枷了。麦穗齐展展铺禾场上，在连枷无数次扬起落下的暴力之中，哪还有余粒不脱之理?

打毛芽也是如此。毛芽是在田间打稻谷时，在打禾机的方桶里与谷粒混杂在一起的稻秆、稻穗、稻叶的残留物，用手梳理出来，装在箩筐里挑回家。毛芽里含有不少谷粒，在禾场上晒干之后，扫成堆，以木杵或连枷击打脱粒。

至于穇子，则必须用连枷了。穇子的穗子有如孩子张开的手掌，籽粒如沙，成熟之后用镰刀割穗头，铺在禾场上暴晒，非连枷不能将其籽粒脱尽。

其实，作为一款力量型的连枷，其主要功用并不在于敲打收割来的谷物穗子。打禾场，打晒坪，打火淤，才是它真正的用武之地。

生产队时期，村庄旁边的禾场很多，或长条，或方正，一大块一大块，以石灰三合土筑成。小时候，禾场也是我们打陀螺、看露天电影的场所。筑禾场，先得将刨平后的地基打压密实。一大群社员，各自俯首曲背，挥动手中的连枷，噼里啪啦，有序击打。继而是铺沙石垫层，同样靠连枷来夯实，打平整。之后才铺石灰三合土，用仙人掌和铁抹子逐一敲打抹平，压浆，光面。这一过程中，连枷相当于时下工程建设常用到的振捣器和压路机。

晒坪是一年一次的临时性晒场，用来晾晒油茶。那时候，村庄周边都是油茶林，霜降前后采摘油茶的季节，多在山下的空地或村边的旱土修筑晒坪，一如禾场的地基，也得用连枷击打平整密实。如此，日后收油茶籽的时候，才不至于混杂太多泥土沙石。

烧火淤曾是旧时农作物生产中的一项传统做法。秋收之后，稻田放水晾干。村人用镰刮将枯焦的禾蔸连泥土逐一挖出来，在稻田里堆积几个大堆子，堆子底下铺满干柴，而后点火焚烧。当此之时，田野之上，到处烽烟升腾。数天之后，烟火熄灭，焦红的土堆冷却了下来。村人将这些堆子扒平，用连枷打碎成粉末，挑来大粪拌和均匀，即为火淤。火淤重新堆积，上面覆盖稻草，以待用时。

随后的日子，稻田被村人用镰刮翻垦，平整成行成垄，密密麻麻开挖小坑。每一个小坑，撒上数粒萝卜籽，盖上一把火淤。旱土开垦后，夫唱妇随，男子在前面撩成长壕，妇女提着一篮筐拌了麦子的火淤跟在后面撒种，前一行撩壕的细土刚好将撒了种的后一行掩盖起来。

一段日子之后，田野上，旱土里，萝卜和麦种都发了芽。绿色由淡而浓，由浅而深，点染着整个寒冷的冬天。

谷箩

挑一担

丰收的喜悦

亲戚间有喜事，用谷箩挑一担满满的稻谷做贺礼，曾在很长的乡村岁月里，被认为是一件很体面的事情。

昔日的故乡，主要以种植稻谷为粮，夏收一季，秋收一季。村人的一日三餐，也多吃的是稻米饭，或鼎罐煮，或木甑蒸。家家户户有几担谷箩米箩，也就是再自然不过的事情，如同水到渠成，春暖花开。

我们村庄没有南竹林，不过偶尔也看到村里的老篾匠从外面扛一根数丈长的南竹回来，苍翠多节，尾巴及地。然后他在自家门前的石板巷子里，拿了篾刀剖竹，劈出白篾和青篾，再析成长长的篾丝，编织诸如斗篷、竹篮、鱼篓等竹器以自用或出售。但村人所用的绝大部分竹器，还是赶圩购买而来。作为农家不可或缺的重要盛器，谷箩和米箩，更是如此。在临近收割稻谷的日子，每次赶圩，都看到有不少村人挑着新买的谷箩和米箩回来。

谷箩和米箩的形状相近，只是前者要大一些，像年长几岁的老兄。用谷箩挑满满一担干稻谷，通常有一百斤以上，米箩一担则七八十斤的样子。二者均为四方略圆的深筐，上口比筐底宽大少许。

新买的谷箩和米箩，需要上新棕绳。新棕绳也多是从圩场一同买来，一只箩上一根，两根同样长的称为一副。我曾看过父亲上棕绳，他将一只箩侧按在地，左手拿棕绳，右手持一半大剪刀。那箩在编织的时候，就会在箩身四侧正中竖向的上口和中间位置预留两个扁孔。只是扁孔过小过紧，非得以剪刀尖嘴撬开其外层的几道篾丝，新的棕绳才能穿过。一根长长的棕绳，在箩身和筐底呈十字交叉穿越，最后打一个封闭结，形成两耳四股。再一只脚踏进箩筐里，双手调整扯动箩绳，至四股棕绳长短一样。绷紧后的箩绳，交会于箩口中心上空齐胸高的一点，成一个标准的四棱锥。穿好棕绳的谷箩和米箩，配一根扁担，就能随时派上用场。

并非只如其名，谷箩挑谷，米箩挑米。这两种箩筐所挑之物并没有严格限制，挑谷、挑米、挑糠、挑花生、挑黄豆、挑红薯、挑油茶籽……甚至挑肉、挑鱼，都可。二者只是大小不同，谷箩装得多，一般是家中成年男子挑；米箩挑得轻一点，多是老人、妇女、未成年的儿女们用。

我很小的时候，对于谷箩最深的记忆是夏天跟着母亲搂枞毛、搂茶树叶。母亲用长竹笆挑一担旧的空谷箩，领着我去村旁的枞树山或油茶山。在山里，母亲选一处荫凉平整的地方，将箩筐放下，让我在旁边玩耍。她则双手握着长竹笆，俯首弯腰，在树底下不停地扒拉着金黄的干枞毛或乌黑的干茶树叶。竹笆像一只巨大的手掌，张着一个个弯曲的指爪，哗啦哗啦，一阵工夫就能扒一大堆。母亲忙碌的时候，我也没闲着，在地上寻找那一丛丛的地石榴。地石榴的枝叶成片匍匐着，开着紫色的小花，长着或青或红或紫或黑的小圆果，像豌豆，像蓝莓，大的胜过手指头。紫黑色的地石榴最甜，软软嫩嫩的，吃得满嘴乌黑，这也是那时乡村孩子爱吃的野果。母亲搂好了树叶，捧进谷箩里，然后折一些小枝条，沿着两只箩口插一圈，再捧放干树叶进去，压密实，形成两个高大的树叶圆柱，最后高高地缚上箩绳。这样一大担干树叶挑回家，能煮两三天猪潲。

以后随着年龄的增长，我也同村里别的少年一样，从挑米箩，过渡到了挑谷箩。在我二十岁中专毕业参加工作之前，几乎村里所有需

要用谷箩和米箩肩挑的东西，我都挑过。其中最艰难的，莫过于霜降时节，将采摘的油茶胚从山上挑下来，送往村前的晒坪。山高路陡，谷箩满满一担，有一百几十斤重。遇上天寒落雨的日子，浑身湿透，脚下滑溜，一步一步挪下山，腰椎痛得几欲断裂。望着那远处的晒坪，愁得要哭，觉得比万里长征还难。尤其是上高中之后，父亲已是七十多岁的老人，二姐也已经出嫁，年少的我作为家里唯一的男孩，成了主要劳动力。那些年份，油茶丰收，能摘几十近百担。这么多油茶胚挑下山，即便有姐夫姐姐帮着，也是十分辛苦。几天下来，我浑身酸痛，几乎站不直腰，走不动路。

相比挑油茶胚，“双抢”（抢收早稻、抢插晚稻）从田里挑谷回家，那要轻松许多。起码走的是平地，路也没那么远。年少时我已有一肚子大力气，家里晒干的稻谷，父母在禾场上用风车车干净后，通常都是我一箩一箩或抱着上楼，或站在楼梯口垂下如臂粗的绳索扯上去，倒入谷廒。碾米的时候，我又如法炮制，从谷廒里撮一担，弄下来，挑到碾米机房去。母亲在后面挑一担空米箩跟着。回来时，我挑米，母亲挑糠。

亲戚间有喜事，用谷箩挑一担满满的稻谷做贺礼，曾在很长的乡村岁月里，被认为是一件很体面的事情。迎娶新娘子的长长队伍里，更是少不了几担新的谷箩和米箩，里面挑着红脚盆、红提桶、红矮凳、新的印花搪瓷脸盆、新衣裤鞋袜、点了梅花红染的糍粑、红蛋、红枣……诸多吉祥喜庆的嫁妆。他们在村间小路上不疾不徐地走着，是一道引人驻足的流动风景。

梳板

梳出无数道
金黄的线条

它是典型的“T”字形结构，四五尺长的木柄前端，顶着一段篾齿梳头，宛如母亲梳妆用的巨大篦子。

从秧谷下塘到颗粒归仓，在一粒稻谷的生命史的两端，都需要用到一件长柄的简单农具，那就是梳板。它是典型的“T”字形结构，四五尺长的木柄前端，顶着一段篾齿梳头，宛如母亲梳妆用的巨大篦子。那一排上下贯穿的长扁梳齿，每根足有二指宽。

现在故乡的青年，估计会制作秧谷的人很少了吧。他们从中学或者大学走出校门，差不多就进入城市谋生存了，农耕已离他们很远。村庄如今尚种稻的人家不足一半，且还只是种一季，守着稻田买米吃成了暂不可逆的趋势。

而在我的青年时代，尤其是在此之前，村人视稻田为命根子，哪怕一块巴掌大的水田，都要适时种上稻子，绝不荒废。制作秧谷，秧谷下塘，都是再寻常不过的事情。

那时的农历三月，似乎比现在要寒冷许多。这个时节，正是家家户户浸稻种的时候。在杂交水稻推广之前，村人都是留上一年自己种的好谷子做稻种，也叫土种子，一亩田大约需三十斤。浸种时，先用冷水浸泡，捞出漂浮在水面的空瘪次品。经一个昼夜，第二天的这个时间，将稻种捞出来，进入下一道程序：破胸。稻种破胸需要用三十（摄氏）度左右的温水浸泡一个小时许，那时村人多是凭着手感经验测试水温。之后，捞出来的稻种装入薄膜袋，放进一只铺垫了稻草的谷箩里，上面同样用稻草捂盖严实。再过一个昼夜，稻壳就裂开了，露出细微的白点，即为秧芽。三四天后，秧芽秧根都齐全了，就得马上下塘。

在制秧谷的同时，村人还忙着放干鱼塘，挖水田，用来作秧塘。秧塘的水需放干，田泥要用锄头翻挖一遍，堆成直行，形同床铺，是为秧厢。一条秧厢宽四五尺许，厢与厢之间留尺余宽的踩脚通道。挖泥堆积起来的秧厢，村人站在里面，双手握着梳板，一面后退，一面将泥面梳理得大致平整。而后，浇淋上挑来的粪便，再梳理一遍，作为底肥。之后换上禾架，跨腿侧立在秧厢边的走道，伸开双手，边走边将秧厢一一抹得平整光滑。禾架的形状也是T形，与梳板相仿，只是其长柄的前端顶着的是一根三四尺长的小方木条，轻巧多了。这些工作做好之后，便将秧谷挑到秧塘边，用菜篮子装上，曲肘提着，沿着厢间通道，向两旁的秧厢均匀播撒，这就是村人所谓的秧谷下塘。

撒种后的秧厢，村人还得俯首曲背，拿泥抹子（一块短而仄的杉木板，上面钉一个手柄）将秧谷稍稍压入泥表，涂抹平整。而后撒上剁碎的紫云英，或者插上弯曲成拱的竹片，搭上薄膜，一厢厢封闭起来。

以后的日子，秧谷在秧厢上茁壮成长，长成绿茸茸的稻秧。薄膜揭开了，竹片拔除了，秧塘里一派盎然生机。秧塘里的水要经常流动，

一边从入水口放进来，一边从出水口流出去，让厢泥始终保持湿润状态，又不至于让水长时间淹着，以利于秧苗生长。当早插的节气来临，秧苗已然健壮修长，秧塘里也放满了水，村前到处都是扯秧、洗秧、挑秧、插秧的繁忙景象。

春暖花开，田野碧绿。蛙鸣蝉嘶，稻穗金黄。一颗颗秧谷的生命史总是如此短暂，却奉献良多。当烈日如火的盛夏来临，广阔的田野上已是一片令人喜悦的丰收景象。

当我们将一担担黄灿灿的稻谷从收割的田间挑回来，倒在禾场上晾晒，育秧时用过的梳板，在闲置数十天之后，又派上了用场。与之相配的，还有刮板。刮板也是长柄的，前端顶着一块状如半月的木板。

禾场上的稻谷倾倒成堆，像摆满的窝窝头。母亲手握刮板，一一扒散开来。而后换了梳板，来来回回梳理，形成一道道或笔直或弯曲或环绕的稻谷线条，棱槽分明，疏密有致，平行地密布在整块禾场上，就如同煎了一面厚薄匀称的金黄色大烫皮。

烈日下，母亲每隔一段时间，就要拖着梳板将禾场上的稻谷梳理一遍，以便让所有谷粒都能晾晒干透。在此期间，她还要提着竹扫帚，手法轻盈地以竹梢尖扫除谷层表面的零碎稻草稻叶，而谷层又不紊乱。这看似简单的工作极讲求力道，非巧手所不能。

等到太阳下山，全家人在禾场上忙着收谷、车谷，刮板代替了梳板，成了我们手中拢谷成堆的主力军。

梳板

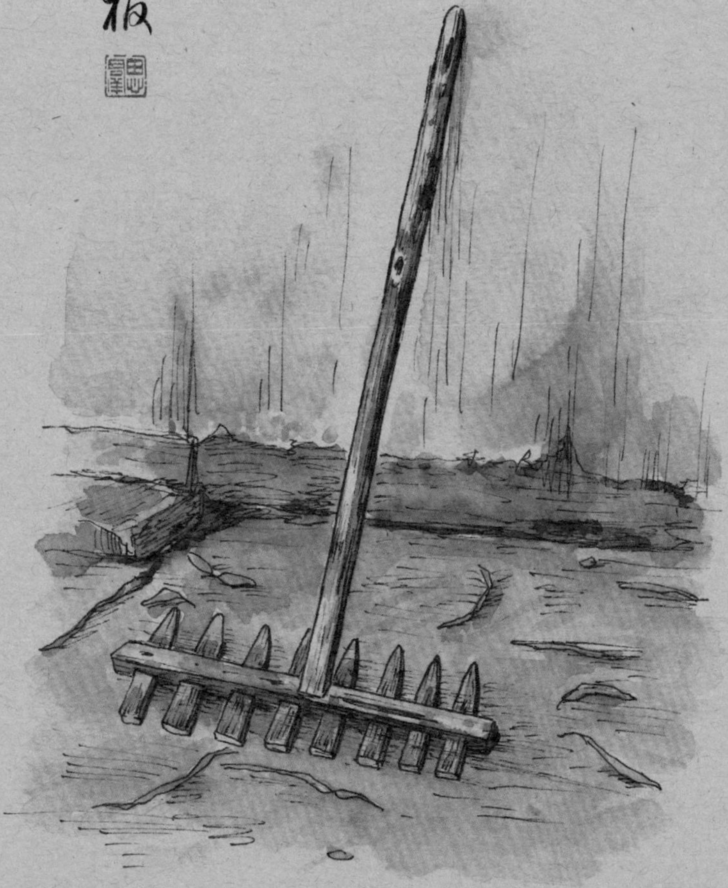

从秧谷下塘到颗粒归仓，在一粒稻谷的生命史的两端，都需要用到一件长柄的简单农具，那就是梳板。

竹扫帚

扫 一 片
洁净的天地

竹扫帚……高大，触地扇面又宽，扫雨水、积雪、沙石全然无畏，所向披靡，是屋外大清扫的好帮手。

南竹苍翠挺拔，枝叶曼妙。雨起风过之时，其摇曳多姿，窃窃私语，更令人迷醉。难怪自古以来就令文人墨客折腰。苏东坡甚至发出了“宁可食无肉，不可居无竹”的喟叹。便是寻常村人，能与一丛或者一大片南竹为邻，也是世间赏心悦目的乐事。从少小时代到如今中年，每次看到南竹林，看到林间的村舍，我就会止不住地幻想，要是我也能居于其间，一径通幽，出则水田漠漠，入则流泉绕户，鸟鸣啾啾，该是多好！

我旧日的村庄没有南竹，它那高高在上的鲜枝绿叶我不曾抚摸过。倒是用它砍伐下来的枯枝条做成的竹扫帚，我常双手以握，扫禾场，扫街檐，再熟悉不过。

在本乡，家用的扫帚通常有两种：一是高粱扫帚，再就是竹扫帚。前者小巧，又不耐水，只适合打扫房间和屋外小块的干爽地面。后者高大，触地扇面又宽，扫雨水、积雪、沙石全然无畏，所向披靡，是屋外大清扫的好帮手。

竹扫帚差不多齐成人胸脯高，形制各有不同。用整条的长竹枝编织时，其手柄为众枝条绑扎而成的集合体，粗糙不平，大过胳膊，握着扫地，很费手力。另有两种竹扫帚则是用较短的竹梢编织，在其上部绑扎之处，砍剁整齐，正中插入一根一握大小、下端削尖的竹竿或木棒作为长手柄。这样的竹扫帚要轻巧一些，用起来也更顺手。

在大集体时代，晒收稻谷、花生、黄豆、油茶籽之类，所用的竹扫帚多是生产队购置。田土山分到户之后，禾场、晒坪也划归了私人，晒收这些农产品所需的竹扫帚就得各家自备。虽说邻里之间，偶或也借来一用，毕竟不是长久之计。

我家建新瓦房的那年，生产队刚解体不久。我们将自家屋旁的一块空地打成了石灰三合土禾场，白亮光滑。屋前临近溪圳的街檐也打了三合土，还在圳边和禾场边栽了杨树、柏树、苦楝和月季。这样，新宅周边的环境就清爽多了，晒谷物也十分方便。

清早起床，晒扫屋里屋外，是我们一家人长期以来的习惯。其时我已上中学，星期天和寒暑假在家，我几乎承包了扫地和挑水这两项家务。禾场、街檐、门前的小路，我都要用竹扫帚打扫得干干净净。尤其是下过大雨之后，禾场上汪着积水，更得用竹扫帚及时清扫进门前的溪圳里。每扫一下，响声唰唰，水花飞溅。

竹扫帚用得最勤的日子，自然是早稻和晚稻收割的那段时间。稻谷从水田里挑来之后，晾晒在禾场上，像摊开一块巨大的金黄色煎饼。这时候，稻谷里还混杂着不少细碎的稻叶、稻穗，需要用竹扫帚一遍遍扫出来。干这活需要一定的技巧，通常是我母亲做。她头戴草帽，脚穿布鞋，

左手抓握木柄中部，右手掌压握顶端，略提着竹扫帚，只让下面的竹梢尖与稻谷接触，边走边轻轻扫动，那些碎叶碎穗便轻扬起来，向着前方积聚而去，而稻谷依然平整，并不起皱成堆。我也曾学着母亲这般清扫，效果却不尽如人意。可见扫帚把（方言：柄）也并不是那么好拿的！经过一天的曝晒，到了傍晚，禾场上的稻谷用竹扫帚扫成大堆，再经风车车干净，即可装箩入廒。

深秋初冬之时，家家户户的竹扫帚又投入了另一场忙碌。那时村庄盛产油茶，从远近各处山岭摘下来的油茶胚，都要挑到自家临时刨土平整而成的晒坪晾晒。经过一段日子，油茶壳开裂干枯，黑亮的油茶籽铺满晒坪，也就该收了。只是茶壳粗糙，茶籽饱满，用竹扫帚扫聚成堆很费劲。而且竹梢与干燥的黄泥巴地面不停地摩擦，也容易折断磨损。

用过多年的竹扫帚，那些细碎的竹梢往往磨得不见了，明显短了一大截，像老公鸡的一只脚爪，凝结着沧桑。

倘若命运许可，真想在迟暮之年，能于竹林间筑一庭院，修一禾场，栖身其间，与手中的竹扫帚一同消磨岁月。

撮筛

收拾稻谷的
好　帮　手

家家户户每隔些日子，就要从谷廒里撮上一担谷去碾米，与撮筛打交道就更频繁。

倘若用篾条编织一个空心四棱柱容器，再拿利刃沿对角线一切为二，便得到了两只三角锥状的竹器。这，差不多就是撮箕的形状。只不过对于撮箕来说，那倾斜的对角线，是一根开口朝下的粗大“U”形竹片骨架，是双手用来抓握之处。

撮箕通常用来收拾颗粒状农作物，诸如晒在禾场上的高粱、黄豆、花生、葵花籽。太阳落山之时，村人先用扫帚扫成一堆，然后低头曲背，拿撮箕抵近堆子，双手将拟收之物扒进撮箕，端起来，“哗啦”一声，倒入旁边的谷箩或米箩。地上最后剩下的零星少许，村人则一手端着撮箕屁股，一手持帚，双手并用，如老鸭啄食，一一扫入箕中，再倒进箩筐。

撮箕有大有小，各有其用。在我的故乡，水稻、花生、油茶，曾是很长岁月里的主要农作物和油料经济林。打稻谷、晒稻谷、晒花生、收油茶籽，所用的撮箕最大，底长约二尺，高、宽各一尺有余。尤其是稻谷，与村人的一日三餐休戚相关。家家户户每隔些日子，就要从谷廒里撮上一担谷去碾米，与撮箕打交道就更频繁。

不过，我以为撮箕用得最勤、撮谷也最辛苦的，还是早稻收割的那段日子。这个时候，正值“双抢”农忙，天气酷热，太阳如火。

在我少年时代，每年割早稻时，我和姐姐就要事先从家里抬着打禾机的大方桶去田间，父母亲则挑谷箩、撮箕，挑打禾机的铁滚子和挡板。黄灿灿的水稻全部割倒之后，我们就装配好打禾机，开始打稻谷。按照分工，通常是父亲在打禾机的后面撮谷，我和姐姐打禾。我们用力蹬踩踏板，铁滚子飞速转动，发出震耳欲聋的“嗡嗡”声，嘈杂又急促。

打禾是件辛苦活。我们双手掐着一大把稻秆，急匆匆走到打禾机前，脚一踏，手一摔，将稻穗触压在转动的铁滚子上，一只脚不停地蹬踩踏板，让其更加快速有力地旋转。与此同时，一双手也不停上下左右扭动稻秆，以便让稻穗尽可能都能脱粒。飞溅的谷粒打在挡板上，噼里啪啦直响。脱粒后的稻草往旁边一丢，我们又急匆匆走下打禾机的脚踏板，去掐拿另一大把稻秆。这样来来回回奔忙，一气不歇，简直就像打仗。

父亲也在忙碌着。他将几只空谷箩摆放在打禾机旁，箩筐底下垫一层脱粒后的稻草。他低头曲背，站在打禾机后面，双手在大方桶里不停翻动谷粒，将那些打碎的稻草叶、零碎的稻穗稻草（我们叫毛芽）捞出来，捧着放进身边的谷箩。每隔一阵，他就用撮箢从方桶里撮了稻谷，抵住肚子吃力地端着，倒入摆放好的谷箩里，一箩筐一箩筐加满。在我们打禾的过程中，父亲几乎难有直身的时候，背上汗湿的衣服被太阳烤出一圈圈盐霜。谷粒、稻草叶、稻草灰，不停地飞溅在他俯着的脸上、胸前和双手，割出一道道划痕。

装满稻谷的箩筐，我和姐姐挑回家，倒在屋旁的禾场上。晒谷的活，由母亲承担。到了傍晚，晒过的稻谷要收起来，用风车车干净。这时候，撮箢又派上了用场。车谷需要一家人的合作。母亲掌风车，她一手握住风车的漏斗开关，控制着漏量的大小；另一只手不停地摇动风轮手柄，鼓着大风。风车两侧的泄谷口各放一只箩筐，用来装好谷和次品。灰尘、稻草碎叶、瘪壳，则被吹出风车大口，长长地落了一地。我们不停地端着撮箢撮禾场上已刮扫成堆的稻谷，举起来倒进风车上面的

大漏斗里，直至加满。大斗里的谷慢慢漏下去，箩筐里的谷渐渐满上来。我们再又撮谷，周而复始，直到晒好的稻谷全部车完。

深秋初冬之际，晒了多日的油茶胚已经开裂干枯，黑亮亮的油茶籽大多已从干茶壳里脱落出来，铺满整块晒坪。收油茶籽，通常先将表层的干茶壳用梳板梳刮成堆，装入箩筐。剩下一地的油茶籽，再用竹扫把扫成几大堆。晒坪多是刨去草皮或农作物的旱土或空地，清扫的时候，油茶籽堆里自然会混杂不少沙土石子，再说它本身还含有很多碎茶壳茶灰，这就得使用帘子筛。

帘子筛有大小两种样式。大帘子筛如同一张宽大的竹席，由一根根通长的细竹条编织而成，竹条之间有半指宽的缝隙。筛油茶籽的时候，两人双手各执一端，横抬着帘子筛，另一人则用撮筛撮了油茶籽倒在帘子筛上。执帘子筛的两人，双手来回摇动，如同掀浪。沙土、石子、碎茶壳、茶灰便纷纷从筛缝里落下，上面的油茶籽就比较干净了，然后倒入箩筐。有时候，有顽皮的小孩子爬到帘子筛上躺着，由大人筛来筛去，嘻嘻哈哈，很是开心。小的帘子筛则形同炭筛，四方形，比谷箩稍大，筛底是竹帘。用它筛油茶籽，一人操作即可。

帘子筛在放干鱼塘时也会派上用场。小帘子筛，堵在塘岸内泄水口的前面，可防鱼逃。大帘子筛则常常架设在深水大塘塘岸外的泄水口下，巨大的水流冲出来，落在帘子筛上。筛旁站满了围观看热闹和准备抓鱼的人，不时有大鱼小鱼在竹帘上弹跳，引来阵阵惊呼。有的鱼被眼疾手快的人抓住了，有的则随水流逃到稻田里去了，成了日后村人抓捕的野鱼。

撮筛

在我们打禾的过程中，父亲几乎难有直身的时候，背上汗湿的衣服被太阳烤出一圈圈盐霜。

风车

禾场上的
高头大马

风车是故乡必不可少的器物，诸如新收获的麦子、黄豆、高粱、稻谷等谷物，都得用它来去除灰尘和杂质，分出品级。

曾有一首童谣，村中无人不知，村童亦常挂在嘴边。谣云：“广东来匹马，走到槐树下。肚里抛抛转，口里吐棉花。”这童谣其实又是一道诗谜，谜底是那时村庄十分常见的一件大农具——风车。

风车是故乡必不可少的器物，诸如新收获的麦子、黄豆、高粱、稻谷等谷物，都得用它来去除灰尘和杂质，分出品级。分田到户之初，村人生产热情高涨，双季稻已然普及，产量逐年提高，丰收的年景十分寻常，很多家庭都陆续添置了新的风车。

在村庄的器物里，风车称得上体型庞大，通常需要两个成人一前一后抬着走。事实上，其躯体两侧，也确实各有一根长长的抬杠，作为受力构件，已然融为一体。抬时，走在前面的人反转双手，从背后握着抬杠，脚跟常与风车的两腿磕碰，颇为不便。后面跟着的人，顺手顺脚，则好走路多了。也有力气大的壮汉，一人就能将风车扛在肩背上，偏着头，双手长伸，牢牢抓住上斗的边缘和下端的横枋，从屋里背到禾场上去。

风车由杉木制成，形状还真有几分像一匹高头大马切头去尾后的样子，四腿笔立，承载上面的躯体。其躯体大致可分成三层四个部分：上层是一个标准的倒四棱锥大漏斗，长方形的开口朝天，是用来倾倒谷物的地方，锥底预留有二指宽的长缝，由一块活动小木板作控制开关；中层的前部是长方体的风道，并与后端侧立如巨鼓的鼓风舱相通，鼓风舱中央两侧留有菜盘大的圆形入风口，里面装有风轮；下层前端两侧，位于风道的正下方，各有一个朝外且向下倾斜的方形出料口，紧挨着，一大一小。这四个部分中，鼓风舱最高大，贯穿了上中下三层。整个儿看，一架风车差不多有一个成人高。

在故乡，风车以车稻谷为主。一年两季稻谷收割的时候，禾场上的风车也忙碌了起来。车谷多在晴天的午后和傍晚，暴晒了一整天的稻谷，先用刮板和竹扫把拢成堆。风车就抬放在谷堆的旁边，出风口避开与自然风相逆方向。箩筐、撮筛、扁担、杆秤，也都准备齐全。

车谷时，至少需两人配合，通常是一家人齐上场，各司其职，掌车的多是一家主妇。记得我们家每次车谷时，母亲就会戴上一顶旧草帽。她站在风车的正侧面，左臂上举，握着料斗的控制木柄；右手下探，握着风轮的“Z”字形铁杆摇把。当父亲或姐姐用撮筛撮了稻谷，举起来，倒入料斗，母亲就轻轻旋转控制木柄，同时用力摇动风轮。顿时，鼓风舱里响起晃晃啷啷的鼓风声，两股金黄的谷流各自从泄料口下泻，沙沙啦啦落入箩筐。风车口里，不断有灰尘、碎叶、瘪谷的混合物随风远扬，在前面的禾场上，落成带状的一条，由浓而淡。

稻谷经车之后，一分为三：正侧面大泄口落下的是干净饱满的谷粒，村人称之为头车谷；另一面小泄口落下的是秕谷，也叫二车谷，用来喂鸡鸭鹅，也可碾碎后喂猪；风车口吹出来的，便是车尾子，夏天用来焚烟熏蚊子，冬天结冰下雪时撒路上防滑，还常垫鸡窝鸭窝。

掌风车看似容易，其实得有长期的经验，力道需控制得恰到好处。控制木柄旋的幅度过大，稻谷漏得急促，饱满的谷粒会混入秕谷里；

太小，车谷的速度又慢了。摇风轮也是如此，力气过大，过小，都不行。

母亲车谷时，我常会瞪着那料斗里的稻谷出神：那堆积像小山丘的谷粒，渐渐从正中央往下面凹陷，待漏得空浅了，父亲和姐姐又撮了谷子倒上去，重新在风车顶上堆积成一座金色山峦。有时，我也会给母亲帮忙，将箩筐里泻下来的谷粒和秕谷扒拉平，免得溢出筐外。

一箩筐的稻谷车满了，移开，换上另一个空箩筐。装秕谷的箩筐满起来则要慢很多。当一禾场的稻谷都车好时，母亲的身上、草帽上落满了灰尘，她脸色燥热得通红，挂着一粒粒雨点般的汗珠。一筐筐干净的稻谷用杆秤抬着过了重量，累加起来，得到了一个总数。而后挑到屋里，用绳索扯到楼上，倒入谷廒，一家人的脸上都有着丰收的喜悦。

车谷的时候，也常是村人还稻谷的日子。青黄不接时借了人家的稻谷，这时正好叫来借家主人，当面查验稻谷的干燥和洁净程度。若借主满意，当场过秤，尽量让秤尾巴上翘一些，让人家高兴。若是借主觉得谷子还欠干净，混有一些秕谷，则要重新车一遍。通常，村里人家很少出现这种状况。村人奉行“借猪还马”的朴素道理，总要让借主略为沾光，日后才再借不难。

童年时代，我们也曾把风车当作玩具。趁着禾场上的风车空闲，用力摇着风轮，鼓着大风，将风车口站着的同伴吹得衣袂飘鼓，哈哈大笑。

风车

广东来匹马，走到槐树下。
肚里抛抛转，口里吐棉花。

簸箕

别样的风车与禾场

母亲簸谷物的时候，前面能掀起一阵一阵的大风。她神情安详，双手麻利，眼观手到，力度合适，非长期经验所不能。

在故乡的竹器世界里，圆形很是常见。这之中，面积最大的，当簸箕（bòji）莫属。

旧时人家，簸箕是必须有的。其功能相当于一架小风车和一块小禾场。凡是无须动用风车来车除杂质的少量农产品，诸如稻谷、白米、花生、黄豆、绿豆、麦子、高粱、䅟子之类，均可用它来簸；凡是不必去村旁禾场晾晒之物，比方说白皮辣椒、红辣椒、豆角、大头萝卜块、萝卜缨子、萝卜皮、红薯皮，甚至鱼虾，等等，都可摊开在簸箕里，端到房屋旁边的太阳底下，或搁于木架，或放在一段砖墙，或安置于空地上堆放的柴堆柴捆，或爬上楼梯放在杂屋的瓦面上……除此之外，簸箕还有储物及其他一些功用。

簸箕有如一面巨大的铜锣，放在八仙桌上，比桌面还大。其底面是用拇指宽的青篾和白篾交织而成，平整密实，带有强烈的图案感。边缘用竹片和篾丝连接绑扎而成，形成一个规整的大圆圈，深宽各一节拇指许。

母亲簸谷物的形象记忆犹新。她两腿跨立，双手平握簸箕与腹部相抵，上下均匀簸扇，簸箕里的谷物便跳动了起来，能逐渐分出好次差三档：大多数好的，往身边靠拢；次一点的，又远离一点；最差的到了簸箕的最外缘，双手向前一颠，随即一收，就簸了出去，落在地上。母亲簸谷物的时候，前面能掀起一阵一阵的大风。她神情安详，双手麻利，眼观手到，力度合适，非长期经验所不能。

那时簸米是最勤的一件事。村里碾米机碾出的米，常常有很多碎米和糠尾巴，煮饭的时候量了米，有时就要先簸一簸。簸在地上的碎米和糠粒，总是为家里的公鸡母鸡所热爱，咕咕咯咯，一齐拼命地啄食，坚硬的尖喙频繁敲击地面，发出清脆的哆哆声。

小时候，家家户户到了冬天都做红薯粉皮，村人叫和结（方言）。要做出好的和结，就必然离不开簸箕。

做和结是一个复杂的过程，先是将红薯磨成粉。村里未通电之前，磨红薯是用一种专门的磨缸，一天磨不了一担红薯。通电之后，村里有了磨粉机，也就取代了磨缸。磨好的红薯粉，要到沉浆池里洗浆沉淀。那时村里的水井边，建有好几排抹了水泥的砖池，一排分成几格，每格能洗几担红薯的浆水。洗浆需用到一个专门的木架，中间绷紧了一块老式的土棉布。红薯粉倒在上面，用井水洗，白色的浆水漏入池中，粉渣倒入箩筐。如此再三，能洗满满一池浆水。经过一夜的沉淀，第二天一早，放干澄清的池水，砖池底部便是一层板结的厚浆，铲入箩筐。

挑回家的红薯浆倒入大盆，加适量的干净井水搅拌成浓稠的白色浆水，就可以上大水锅蒸成粉皮。蒸粉皮的器物是锡制的圆形容器，像一面铜锣，俗称锡锅。舀一勺浆水倒入锡锅摇匀，置于铁锅里蒸，盖上锅盖。不多久，锡锅里的红薯浆就蒸熟，拿出倒入簸箕铺开，即是一张红薯粉皮。随即趁其温热，将其向簸箕周边张拉，越拉越薄，大如簸箕，然后揭下来，悬挂在竹篙上晾着。之后再卷起来，切成筷子宽的长丝条，烘晒干透，即为和结。干和结扎成捆子，能常年不坏。煮菜做汤，一根根和结又长又亮，又糯又软，乡人无不爱吃。

中秋节，或者家有喜事的日子，村人时兴捣糍粑，装糍粑也通常用簸箕。糍粑分圆块状和半月状两种，前者大如菜碗，或白板，或点上梅花红染；后者是包了红糖或白糖的，也叫糖糍粑。揭下一块糍粑来，底下的一面印着簸箕的篾片痕迹。

农忙之时，簸箕也常成了尚不会走路的婴儿的坐垫，做母亲的在家里或在田土间忙碌着，孩子便在一旁的簸箕里玩耍或哭闹。

比起簸箕来，团箕要小很多。它的形制与簸箕相仿，只是底面不是平整的，略带有浅窝，看起来比簸箕要深不少。团箕大小不一，最小的叫升米团箕，大约能装一升米，跟圆盘差不多，喝茶的时候，也常有人家用来装炒花生、煨烫皮等茶点；中号的叫三升米团箕，顾名思义，能装三升米；最大的叫斗米团箕，意即装下一斗米没什么问题。随着容量的增加，团箕的结实程度也是水涨船高。

平素三升米团箕用得比较多：筛米时，用来接米；推手磨磨米粉、磨豆子时，用它放在磨盘底下的木架上来承接；村庄人家相互之间借米也是寻常事，主妇们常端着它借米还米……

斗米团箕多用于到碓屋里捣粉。四时八节，村人总爱做各种各样的稻米粑、高粱粑、穇子粑等乡村食品，斗米团箕就派上了用场，摆放在石臼旁边，用来盛装过了筛的谷物粉末。临近过年的日子，家家户户做各种油炸年货，诸如兰花根、套环、花片、丸子、油糍粑，都需要在碓屋里捣大量的米粉，更是斗米团箕使用最频繁的时间段。

平常的日子，各种大大小小的团箕也用来晾晒居家之物，功能已与簸箕无异。

杆秤

秤砣虽小，
能压千斤

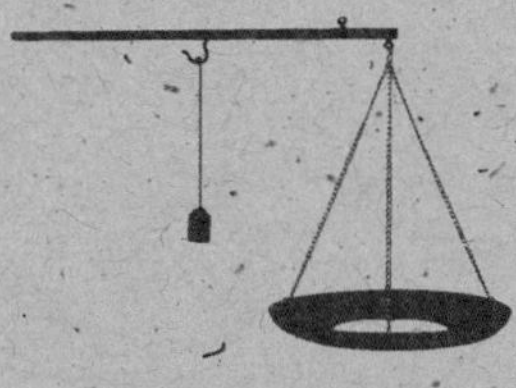

在村里，杆秤是不可或缺的衡器。凡是要以斤两来衡量的东西，就离不开它。

“白蛇过江，头顶一轮红日；乌龙游壁，身披万点星光。”

这是我少年时代曾看到过的一则谜语。这谜语对仗工整，语言雅致，境界宽阔，又非常形象，所以至今不忘。前者的谜底是灯草，后者的谜底正是杆秤。

在村里，杆秤是不可或缺的衡器。凡是要以斤两来衡量的东西，就离不开它。杆秤有粗有细，粗的如臂，细的若指；有长有短，长的四五尺，短的一二尺；能称的最大重量自然也各不相同，小者只称三五斤，大者则可称一百多斤。

杆秤乌黑光亮，杆身扁圆修长，越往后越小，首尾两端都用铝皮或铜皮包裹。其前部有三个金属配件：朝下的秤钩，钩身乌黑，钩尖锋利；朝上的是两个提手，略为相隔一指到一拳宽，提手有一个小圆孔，通常穿上细绳或铁丝。在我们村，前端的提手叫头号，另一个叫二号。提二号，称出的重量小而精准。提头号，则能称出二号所不能承受之重。秤杆脊背及两侧，分布着疏密均匀、长短粗细不等的白亮点子，有的还有数字，这便是杆秤的刻度。不同的刻度，代表不一样的重量。秤砣是铸铁的，提在手里很沉，锥体，或方，或圆，顶部凸起有孔，依据大小不同，穿绳或者穿铁丝。村中有句俗话：“秤砣虽小，能压千斤。”也常以此喻人。

儿时，我见过的最大杆秤，是生产队禾屋里的那一杆，长长的，比我的胳膊还粗。提手和秤砣的小孔里，穿的都是铁丝套子。秤砣比碗口还大。禾屋是生产队的粮仓，建在禾场边，进出的稻谷都要过秤。

给稻谷称重，通常需要两个人。一人掌秤，并将一条竹扁担穿进提手的铁丝套子，另一人则将谷箩筐的长棕绳挽一个大套挂上秤钩。然后两人面对面，用肩膀抬着或手掌朝上举着扁担，以便筐底略为离开地面。分谷的日子称重频繁，则把秤杆提手的铁丝套悬挂在屋梁垂下的绳索上，这样就无须人抬，掌秤人自然轻松了许多。众人挑着空谷箩在门口排队，鱼贯而入。里面专门有人记账、报数、撮谷、称秤，十分热闹。

当然，对我最具吸引力的，是供销社的盘子秤。供销社在我们村庄隔江对岸的树林子边，是一栋老式的瓦房。进门大厅围着“凹”字形砖砌水泥柜台，三面靠墙的货架，分别放着布匹、杂货、连环画、饼干、糖果、罐头、装煤油的大铁皮桶等琳琅满目的东西。我有时跟着母亲来这里买煤油买盐，有时也同伙伴们来这里玩。踮起脚尖，将下巴挂在柜台边，往里面尽情地看。售货员是一个老头和他的儿子，他们称糖称饼干的时候，先在秤盆子里铺一张四方形的粗糙大黄纸，再一手提秤，一手抓糖饼往盘子里放。他们称秤都很认真，手不停在盘子里添进拿出，决不让杆秤尾巴略为上翘。有时差不多快平秤了，就赶紧收了秤，倒在柜台上面的黄纸上封包。那些糖糖饼饼的气味十分香甜，曾让我咽下了很多口水。

分田到户之后，我们家买了两杆秤，一杆大的，一杆小的。那时村里常有做杆秤的匠人来，挑一担秤杆和工具，在巷子里边走边长声吆喝：“钉秤呢——”因此，我们叫他钉秤的。钉秤人的秤杆已是上了

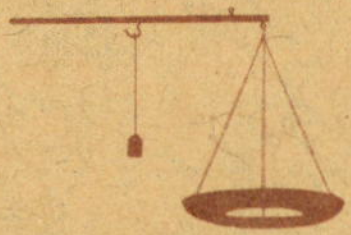

黑漆的，粗细长短不一。买秤的人，只需选定秤杆即可。经过一番比画，钉秤人便开始在秤杆上密密麻麻钻眼，插剪铝丝，上秤钩，卡提手，包头尾。要不了多久，一杆银光万点的新秤就做好了。

多年来，我们家的大杆秤主要用来称稻谷和红薯，打茶油的日子称茶油，杀猪的日子称猪肉。有的年成，青黄不接的季节欠粮，就用这秤向村邻或亲戚借谷借米。当年收割之后，立即将晒干车干净的稻谷或碾好的白米，如数称重送还，并深致谢意。过秤的时候，我的父母总是尽量使秤杆尾巴上扬，让别人满意。

相比而言，家中那杆小秤，使用的频率更高。我的母亲每逢赶圩，差不多总要带上它。卖花生、卖黄豆、卖红辣椒、卖干黄花菜、卖干豆角、卖姜、卖米、卖蛋、卖鸡、卖鸭、卖红薯、卖红薯酒、卖茶油……一年里所有的物产，几乎无所不卖。换得的分分角角，用以维系一家人的吃盐烧炭、电费税费、穿衣穿鞋、看病抓药、人情往来，以及我那上初中、上高中、上中专日渐高昂的学费和生活费。写到此处，鼻中一酸，觉得母亲手中的这杆秤啊，真是重若千钧！

小时候上山捡柴，我们经常砍一种杆子乌黑笔直、浑身布满白点的野生小灌木。这种小叶如卵的丛生野树，我们叫秤杆子树。不知如今的故乡，还有这种小树吗？

杆秤

乌龙游壁，身披万点星光。

算盘

拨 一 片
跳动的清响

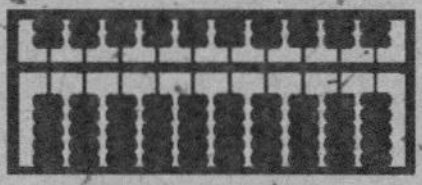

那是一个黑乎乎的大算盘，挂在灶屋黑墙的黑墙钉上，已经有些岁月，显出老旧的面目。

"一上一，二上二，三下五除二，四去六进一……"

曾经很多个冬天的夜晚，吃过晚饭之后，我和两个姐姐就坐在煤油灯下玩打算盘，姑且也可称作是算盘游戏吧。父母则坐一旁，围灶烤火，看着我们认真打算盘的样子，脸上泛着宽慰的容光。他们两个都不识字，父亲除了认识纸牌上小"一"大"贰"这样的字，别的连阿拉伯数字都不认识，更别说他自己的名字。母亲则文盲得更彻底，正如乡间一句自嘲的话："大字墨墨黑，小字认不得。"

我们姐弟玩的是从一加到三十六，刚好等于六百六十六。这算盘游戏就叫打六百六十六，当时在村里很流行。那是一个黑乎乎的大算盘，挂在灶屋黑墙的黑墙钉上，已经有些岁月，显出老旧的面目，估计是我已出嫁的大姐曾用过的了。我那时刚学珠算，我不明白的是，算盘下框的五粒算盘子都可用来加减，怎么上框里的两粒算盘子，只能用下面的这一粒呢？不然，另一粒放在那框里有什么用？我问姐姐，她们也不知道，说算盘就是这样的。

我们噼里啪啦拨算盘子，拇指、食指和中指像在算盘上跳很蹩脚呆板的舞，手法生硬，口里一面念着口诀："一上一，二上二，三下五除二，四去六进一……"有时，累加到三十六，算盘中间横梁上的连续三档，并不是上下两框各一子，不对！将算盘子重新归位，背着口诀，再打。终于算对了，是六百六十六！我们的脸上满是笑容，好像捡到了宝贝似的。

父母看我们打算盘的劲头足，很欣慰。他们是有道理的。父亲经常跟我们讲，以前他曾多年担任生产队的保管，虽然不识字，但每一笔进出项的斤两，他都记得清清楚楚，有时他在禾屋墙壁上画上只有他才能明白的符号来做记录。“四清”的时候，当时的生产队会计欺负他不识字，故意虚报账目，企图陷害他。父亲当着“四清”工作队干部的面，与会计对质，凭着他的惊人记忆力，将每一笔数目报得分毫不差。工作队还了父亲的清白，批评了那个居心险恶之徒。父母为此总结说，这都是吃了没文化的亏。所以多年以来，父母再苦再难，也总是支撑我们读书。母亲经常告诫我们：“养崽不读书，不如养个猪。”因此，当父母看到我们姐弟在煤油灯下认真学习打算盘，自然就和颜悦色了。

那时我已在本村小学上完了一年级和二年级，在邻村的羊乌完小读书。每天我从家里去学校，肩膀上斜挎着书包和这个老算盘。上珠算课的时候，老师在黑板上挂一个大得出奇的算盘，那些算盘子有饼干大，能停留在档位上不掉下来，需用力，才能拨上拨下。我们把算盘摆放在课桌上，跟着老师拨动。有时，老师出了题目，要我们练习。教室里打算盘的声音，顿时响成一片。

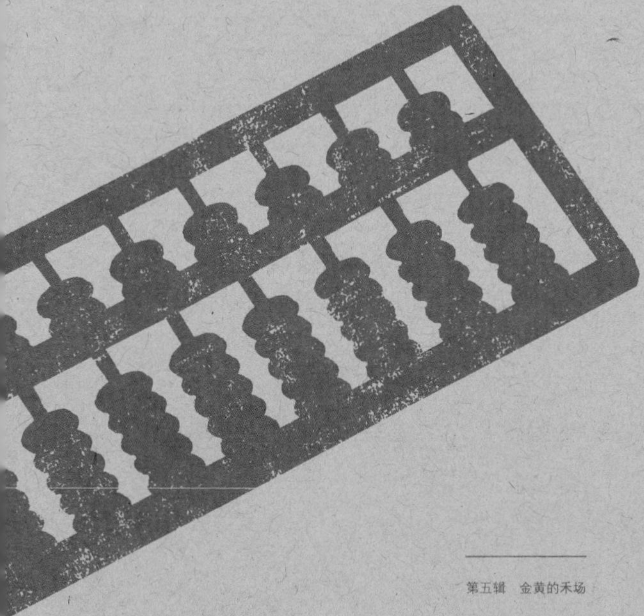

我自上学以来，

便对算术很感兴趣，成绩总是在全班名列前茅，期期能拿到“三好学生”的奖状。这是父母亲最引以为豪的事情。有时母亲和姐姐去圩场，卖花生辣椒豆子之类的农产品，甚至姐姐背树去圩场卖，也会带上我去算数。记得有一次，姐姐站在圩场等待买者的时候，对旁边的一个外村人直夸我：“这是我弟弟，会口算了，不信你考考他。”那人还真一连出了几道题目考我。我一一默算，都报出了准确的得数。那人笑着夸奖我真是好行（土话：厉害），姐姐很自豪，我听了也暗暗地十分高兴。

以后，家里杀猪卖肉，父母也会把登数算钱的任务交给我。我和家人挑着猪肉，与屠户一道赶圩。猪肉摆在肉行的案板上，屠户负责砍肉称斤两，我参与算数，姐姐脖子上挂一个旧书包，不时在舌头上沾一点口水，收钱、拧钱、找钱。

昔日里，生产队在禾屋里每到分谷、分高粱、分麦子、分花生、分豆子、分鱼、分肉的时候，会计的算盘就会打得噼啪响，似乎一直不曾间断。据说，在我们村，算盘打得最好的是德湖。他是六队的会计，眯眯眼，一眨一眨，但算盘打得又快又准，还能双手同时打算盘算账。

“这人算盘打得精，算进不算出。”这是村人品评人物时常说的一句话，也是那些精明自私者的传神写照。

算盘，这种古老的计算工具，如今早就被电子计算器所取代，乡村已难见其踪影。

瓦桶

宣告一片瓦的诞生

它没桶底，也没桶盖，桶身是由一根根手指宽的长木片连缀而成，仿佛具有弹性，围合起来就成了一个圆筒。

片瓦的诞生不是一件容易的事情。

1980年之后的十几年间，是村庄新瓦房建设的热潮期。原先那片石板巷子纵横交错、排列有序的青砖黑瓦的旧房，像一块老胎记，已被疱疹般杂乱蔓延的红砖瓦房包裹在中央。儿时曾玩耍过的楠树坪、枫树坪、椆树坪、枞树坪、桐子坪、柏树坪，甚至大片的菜园土、鱼塘、水田，全都不见了，代之的是建成或正在兴建的新瓦房，有的还仅是权当作抢占地皮的房基。

那时村庄的周边，常能看见一座座突兀的大砖窑，犹如露天电影里看到过的碉堡群。村里每一栋新瓦房的建设，事先都要垒一座这样的大窑，叫装窑。建房所需的火砖、瓦、石灰，全凭这一窑烧出来。

很长一段时间，村里建房所盖的瓦都是小瓦，也叫南瓦，其大小形状与传统青瓦无异，不同之处仅在于颜色。这种自家砖窑烧出来的瓦，火候不好掌握，嫩者偏红，老者偏紫，色差多在红紫之间。后来，有一种长瓦逐渐被村人所接受，并有取代南瓦之势。这种长瓦叫勾瓦，一块瓦的长度，相当于两三块南瓦。在本乡，勾瓦多是窑上村生产的，那是一个自古以来就以烧制陶器为业的村庄，村人家用的坛坛罐罐也多出自这里。

相比打砖，制瓦对泥土的要求更高，需是黄土，且不含或极少含沙石。曾有多年，我们村的一个大制瓦场在朽木溪的岸边，那里紧靠公路和朽木溪村的禾场，原是两山之间的一片开阔旱土，公路下就是水田。这里距离我们村庄已有点远，有一两里路，到此需过村北的石拱桥和桥下的小河。我上初中和高中的那几年，上学放学都要经过这里，对这瓦场也就十分熟悉。

瓦场忙碌的日子，正是夏秋之间，天气炎热。这里几乎没有什么供人遮阴的东西，挖泥土而成的巨大圆坑，宽阔的晒坪，制瓦台，全都暴露在烈日下。有时，制瓦台边会伐来几棵碗口粗的松树树立着，以期借散开的枝叶来躲避一下毒辣的阳光，但一两天后，绿色的针叶就晒得枯黄耷拉，全然成了死树，也起不了多大的作用。

制瓦的首道工序是挖土。挖土全凭人力，圆形的大土坑越挖越宽，越挖越深，深入地下两三米，像一张仰天巨嘴。有时，一些人为图省事，先将坑壁底部掏空，让巨大的土方自行倒塌下来。这样挖固然效率高，却很危险。土挖好了，挑水来泼湿，然后牵了大水牛一圈一圈

踩成瓦泥。瓦泥又得由人工一担一担从坑底挑上来，堆在制瓦台旁边，堆成一个个大瓦泥坯。

制瓦匠看起来就是一个个泥浆人，浑身上下全是泥浆点子。他们制瓦的工具比较多：大瓦弓、小瓦弓、比尺、能旋转的独腿木圆盘、木抹子、盛水盆、刮泥刀、瓦桶、桶衣……这些工具中，瓦桶无疑最令人感兴趣。它没桶底，也没桶盖，桶身是由一根根手指宽的长木片连缀而成，仿佛具有弹性，围合起来就成了一个圆筒。围合处的两块木片宽而长，合拢就成了瓦桶的提手。掰开提手，桶身便自然收缩卷曲起来，比围合时的圆筒要小很多。

制瓦台边的瓦泥坯，瓦匠要用比尺和大瓦弓，将它切割加工成标准的长方体，宽度等同瓦高，长度为瓦桶的外周长，大半个人高。制瓦时，瓦匠先把瓦桶围合起来，外面套上纱布做成的桶衣，搁置在旋转木盘中央的干泥饼上，泥饼约莫一拳厚，大小刚好与瓦桶的内空契合。然后，瓦匠双手拿着一张小瓦弓，站在长方体瓦泥坯一端，俯身伸手，从前端将瓦弓的钢丝勒进泥里，割下一块手指厚的瓦泥。再双手揭开并端上瓦泥，围合在瓦桶上。

接下来，瓦匠一手扶着瓦桶提手，转动木盘，另一只手不停地拍打涂抹瓦泥，抠去沙石等杂质，将缺损的地方补上。之后拿了木抹子，蘸上水，上下抹擦，将瓦泥抹得厚薄均匀，结实又光滑。

等瓦匠手里的工具换成了刮泥刀，这一桶瓦的制作已接近尾声。刮泥刀就是一根小方棍上钉了一颗小钉子，与瓦的高度等同。旋转瓦桶，就能将因拍打抹擦而导致高度参差不齐的瓦泥筒，切割得整齐划一。

从木转盘上提下瓦桶，瓦匠在装了秕谷或谷壳的箩筐里沾一下桶底，来到晒坪里，挨近正在晾晒的瓦筒放下。朝内空轻轻掰开瓦桶提手，桶身顿时收缩卷曲，与黄泥瓦筒分离开来。提出瓦桶，手指尖捏住瘫软的桶衣一角，一提拉，桶衣就从瓦壁上撕开，一个圆圆的新瓦筒就立在了地面上。此时的晒坪，瓦筒摆放得整整齐齐，密密麻麻，看起来十分壮观。

一两天工夫，瓦筒便晒得硬实泛白。瓦桶表面原有四根略为凸起的木条，是瓦片的分隔处。这时收瓦人只要双手稍稍拍打瓦筒，便分成了四片泥瓦。泥瓦叠起来，码成瓦墙，盖上稻草或薄膜，任其自然干透。待装窑时，再烧成瓦。

有一年，村里的一个青年后

生，在自家制瓦挖瓦泥时，被崩塌的土方击中掩埋，当场就死了。那以后，朽木溪边的这处瓦场就慢慢废弃了。村里人不再烧南瓦，改去窑上村买勾瓦，合计一下，觉得还更合算，而且随时都有。

窑上村距离我们村本不太远，也就六里路的样子，我以前上学途中，常要从那山边的公路经过。可是，几十年来，我却一直不曾走进过窑上村，更不曾看过他们那窑是什么模样，陶器勾瓦是如何烧制的。

我是去年冬天，因为要拍摄一些旧瓦器而走进窑上村的。在村后的一个山窝旁，立着一个红砖砌的旧烟囱，下面是一坡而下的一个残破瓦棚，棚子里是同样残破不堪的长窑，像一条被草鞋拍死的断身断足的大蜈蚣。我平生第一次看到了烧制陶器勾瓦的卧窑，它与我们村曾经的立窑完全不同。

只是这个自古以来以烧制陶器勾瓦为生的村庄，也早已无人再承此业。废弃的长窑边，荆棘丛生，金黄色的野菊花成片成串恣意开放。

在一栋空落落的老旧瓦房一角，我看见一只孤零零的瓦桶，通身沾满泥痕，保存得很是完整。这瓦桶是谁遗落的？它曾制作出了多少片瓦？盖在了谁家的屋顶？

瓦桶

它没桶底，也没桶盖，桶身是由一根根手指宽的长木片连缀而成，仿佛具有弹性，围合起来就成了一个圆筒。

陀螺

飞速旋转的好玩物

扬手一棕叶鞭子打下去，“啪”的一声脆响，陀螺疾速飞了出去，画出一道长长的弧线。

陀螺在急急地旋转，底下磨得光亮的铁钉头子在禾场上发出不间断的“哆哆哆哆”的声音。扬手一棕叶鞭子打下去，“啪”的一声脆响，陀螺疾速飞了出去，画出一道长长的弧线。不及眨眼，陀螺已到了远处，犹如一个慌慌张张的醉汉，几个晃荡，稍稍立稳当了，又“哆哆哆哆”急急地旋转。

曾经有一段长长的岁月，打陀螺是我每天傍晚的娱乐活动。放学后丢下书包，或者捡柴回来丢下柴捆子，或者放下猪草篮子，我从屋里宽板长凳下拿了陀螺和棕鞭，就匆匆往村旁的大禾场上跑。此时，禾场上人声鼎沸，男孩、女孩，手里各自挥着长长的棕鞭，笑着、闹着、喊着、跑着，追逐自己的陀螺。旧的陀螺乌黑，新的陀螺白亮，小的如鸡蛋般玲珑，大的如竹勺竹筒般高大威猛，形态个个不同，都在急急地旋转、碰撞。

陀螺是用油茶树干做的，村子周边的山岭都是茂密的油茶林，取材十分方便。刚砍下的油茶树干水分足，容易下刀，拿回家后，或砍或锯，成了手掌长的几截，每一截再仔细地剁成上大下尖的圆锥，锥底钉一颗钉子，砍去钉帽，

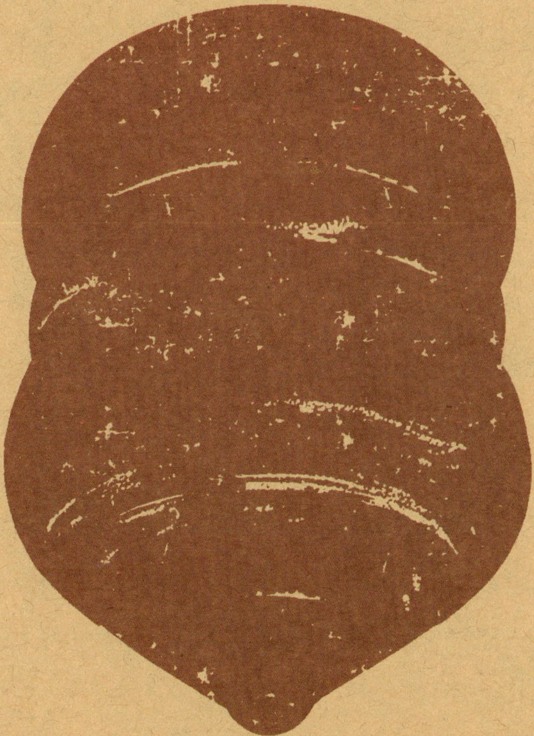

就成了新陀螺。有时，我们在陀螺的圆面中央洇一滴红墨水以示装饰，旋转起来，眼花缭乱。棕鞭的杆子也是油茶树的笔直的枝条，手指粗，手臂长，前端剁一小缺口，绑上一小扎撕裂成长丝绦一般的棕树叶。

那时候，我们手中最缺乏的就是棕树叶，谁能给我们一点棕叶，我们就紧密团结在他的周围，百般恭维。村后有几棵棕树，大的半个人高，小的还刚冒出头不久，是附近人家的。但那深绿色的大叶，总是吸引着馋涎欲滴的顽童。他们整日里若隐若现，鬼鬼祟祟，乘人不备，就猛然冲了上去，一番猛力折断撕扯。结局是，没有多久，我们村里的棕树消失得没有了踪影。我们的注意力，自然转到了距离我们村子两里路远的邻村朽木溪。那是一个只有几十户人家的小村，在一处小山坡下，村后傍着公路，一棵需几个人才能合抱的大樟树站在路边，遮天蔽日。那里生长着一大片棕树林，大大小小，高高低低，巨叶繁茂，蔚为大观，是一个出产蓑衣斗篷的地方。这里，成了我们偷折棕叶的乐园。我那时已上小学高年级，但对偷棕叶乐此不疲，常常结伙成群，假装没事的样子，游荡到古樟下，滴溜着眼，伺机而动。见无人时，我们一窝蜂冲下去，折了棕叶，飞步而逃。

345

陀螺斗架是我们每天必玩的一个项目。或邀约，或挑逗，或乘人不备，奋力一鞭，抽打着自己的陀螺朝对方撞去。“啪”的一声，两个陀螺一弹，几个趺趺撞撞，两败俱倒。或者个头小的撞飞了，个头大的仍在原地极速旋转，得意扬扬。尤其是那些巨无霸陀螺，总是禾场上的王者，横冲直撞，吸引着无数羡慕的眼光。

不过，能够把巨无霸抽打得稳当自如地旋转，也不是一件轻易的事。不光要鞭子粗，力气大，单是发陀螺，让它旋转站立就很难。有时，两手紧握陀螺顺势一旋，尚未来得及拿起放在地下或夹在腋窝的鞭子，陀螺只摇头晃脑几下，就“吧嗒”倒了。发这样的陀螺，需要力量和技巧的完美结合，我们往往是用一根长绳子紧紧地在陀螺腰身绕上几圈，右手的虎口紧掐着陀螺，并勒紧绳子的一头，猛力贴着地面往外平甩，回手一抽绳子，陀螺就稳稳地站立旋转了起来。赶紧拿起棕鞭，用力快速抽打，“啪”“啪”，一声声鞭响，巨无霸发出不同凡响的“哆哆哆哆”的摩擦声，在禾场上飞旋。

我很自豪，在顽劣的童年，曾经拥有过几个这样的巨无霸。于今忆及，脑海里依然回荡着清脆的鞭声，和它们那睥睨群雄的气概。

第六辑

田野的剪影

江流蜿蜒的两岸，绵延着村庄的稻田、旱土和山岭。在这方偏远又广阔的田野上，春耕时老牛负轭前行的犁耙，夏日里流水潺潺的渡槽，秋收时嗡嗡作响的打禾机，深冬里榨油坊边缓缓转动的水轱辘，都曾是那样的熟悉又亲切。走过江上的那座木桥，穿过弯弯曲曲的山径，年青的我告别了田园，远离了故土。再回首，沧海桑田，人物俱非。

犁

翻出乡村
壮美的
牛耕图

千百年来，农耕是故乡这方湘南山村赖以生存和绵延的根本，全仰仗犁和牛这两样农家最为珍视的宝贝。

一字儿排成一列纵队，走在前面的是一头双角如弯月的老水牛，中间是一架曲辕的木犁，后面跟着一个卷着裤腿、扶犁挥鞭的赤脚老农，不时发出一声拖长了音调的喝令。他们共同组成一支默契的队伍，执着而缓慢有序地围绕一丘水田不停转圈，在队伍后面犁出一圈圈翻转开来、如链似浪的光滑田泥，状若鳞片……

这样的耕田图，是中国传统农耕的标志，在故乡的土地上年复一年上演。并且随着季节和天气的变化，这图画会有着不同色彩和质感的阔大背景，形成一幅幅生动的春耕图、夏耕图、冬耕图，晴耕图、雨耕图、雪耕图。千百年来，农耕是故乡这方湘南山村赖以生存和绵延的根本，全仰仗犁和牛这两样农家最为珍视的宝贝。

就如同一成不变的青砖黑瓦的湘南旧民居，在故乡，木犁的模样也几乎是凝固的：底下是一根方木，前端戴着箭头状的铁犁嘴；这底木的前部立着一根短方木，叫犁箭，二者交叉处是一块光滑的生铁犁瓦，与犁嘴相连；底木后部斜着一根长的扶手，向后仰着；与扶手、犁箭相连的是曲辕，弧度较大，其前端钉有铁钩，犁田时，勾住一截横着的、两端连接牛缰绳的短拖木，在牛轭的牵引下前行。木犁看似简单，但会制作的人很少，那曲辕的木材也难找，通常要遍寻山林，连根挖砍来弯得恰到好处又大小合适的杉木或樟木。

在生产队的时候，来我们村制作木犁的，是本乡的一个老制犁匠。他制作的木犁，结实，好用。我们村的曲辕木犁，差不多都是他的作品。只是谁也不曾想到，多年之后，这样的木犁竟成了村庄最后一代绝世之作。

那时村里会犁田的农人不少，多数是中老年男子。他们的性格有点像牛，沉稳，执着，不急不躁。他们有一套专门驱牛的简单语言，能被牛准确理解和遵行。“皮——”表示向右转，“哇——”即是站着不动，

“嗨——”就是走。因此，当一个老农驱着牛犁田，田野上是热闹的，他的高亢而长拖声调的喝令，不时响起，随风震荡到远处。虽然他牵着牛鼻绳的手同时握了一根长细竹，但并不时刻打向牛的身躯，常是挥一挥，吓唬一下。事实上，有经验的老牛，也正如一句诗所言：“不待扬鞭自奋蹄。”它知道该如何忠实履行职责，低着头，心无旁骛，一脚一脚坚毅前行，在低垂的胸前，趟出一片浑浊的泥水。

在我们村里，犁田叫撒田（方言）。撒田有两种方式：从田埂边往田中央撒，泥往外翻转，泥痕形成的圆圈由大而小，叫撒开泥；从田中央开始，圈子由小而大，泥朝内翻覆，叫撒覆泥。对于中部高而周边低的水田，采用撒开泥，能将水田平整均匀。反之，则撒覆泥。

撒田最繁忙的时候，当属春插和“双抢”。秧苗要抢季节插下田，牛和犁也就整天忙个不停。为了补充牛的体力，养牛的人，总会事先蒸上几大缸糯米甜酒，每日舀上半桶，提到田间，拿竹筒灌进牛嘴里，让它喝下。一头耕牛早上放出栏后，要到天黑了才从田里回来，整个白天，除了在人吃饭时它能歇歇，到江边啃一顿草，下到水里舒舒服服泡一泡，其余的时间，总是在一丘又一丘的水田里拖着犁耙，默默劳累。这段日子，木犁已被泥水浸泡透湿，犁嘴和犁瓦被田泥摩擦得光洁，铮亮，泛着白光。许多个夜晚，木犁就停放在水田里，独享星空和蛙噪虫吟，于月白风清之中，静待明朝的伙伴。

冬田在村庄的话语系统里是一个动宾词，也是昔日村人在冬季的一项农耕活动。这个季节，收割后的农田闲了下来，再翻耕一遍，让水完全浸泡着度过长冬，以利于来年的春插。此时撒田，已不像春夏忙碌，人和牛都显得更为悠闲而迟缓。况且田水日渐冰凉，天寒地冻，时有霜雪，人和牛都有些畏缩之态。那时生产队对撒田的人，提供每天一斤红薯烧酒的补助，以抵抗严寒。

一个老农，手扶木犁，驱着老牛在水田里缓慢地行走，他的一招一式，一呼一喊，都是那样的娴熟自然。那犁头在田泥里的深度平整均匀，犁瓦边不断翻转开来的田泥断断续续，错落有致，一圈一圈，像不断雕刻的生动画板。我有时站在田埂上看着，久久地出神发呆。

我一直十分遗憾，在少年时代没能下田学过掌犁撒田。在那个“万般皆下品，唯有读书高”的年代，村人潜意识里认为，学扛犁撒田是件没有出息的事情，只有那些读书吊儿郎当、被认定一辈子将会与泥土打交道的人，才会被家长勒令下田去，跟着学撒田。就如同牛犊子被强行开教。

开教就像顽童进学开蒙，是每一头健康的牛犊成长为耕牛所必须经历的初始过程，多选择在春夏间进行。小牛满了两岁，就得上鼻绳。上鼻绳无疑是痛苦的，以手指粗的竹签，强行扎穿它两鼻孔之间的横隔。流血、挣扎、哀鸣，都无济于事，它的鼻孔从此多了一截结实的棕绳。第一次下田，戴上牛轭，拖着木犁，小牛总是惊慌失措，不听使唤，左奔右突，拼命想要摆脱束缚。为此，老农会喊来两三个帮手，一人在后面扶犁；两人各在牛头一侧，拿竹钩子勾住牛鼻孔往下摁，以让其低头俯项，专注于眼前，为此牛脖子上还要挂一个几斤重的大

秤砣；另一人则在前面牵着牛鼻绳，引导前行。闹腾终归无望，三四天后，牛犊似乎明白了此生的宿命，渐渐接受了喝令和拘束，低头顺耳，从此以农耕为业，一如它的父辈。

生产队解体后，牛和木犁都分给了村民小组，几户人家共有。我家所在的小组分得一头老母牛，由历来会撒田耙田的金德一家专门看管。到了撒田的日子，由其扛犁驱牛挨家轮流着来。等到收割之后，各家按田亩面积称谷给他，算是酬劳。有一年，这头老水牛生了一只牛犊，母子在一个严寒的冬夜里都死掉了。

此后多年，我家的水田，有时是雇请别人撒田，有时就干脆自己一家人拿锄头挖田。村里曲辕的老式木犁越来越少，代之以从供销社农资部门买来的直辕木犁和铁犁。以柴油机为驱动力的简易耕田机也时兴起来。

以后稻谷价贱伤农，大量良田少人耕作。人们纷纷进城务工，牛也接连被卖、被杀，不再是农家珍宝。

终于有一天，村庄不见了牛的踪影。那些木犁和铁犁，从此再无用武之地。

木犁

犁出一圈圈翻转开来、如链似浪的光滑田泥，状若鳞片……

铺 磙

打碎一田
草籽花

犁过的草籽田，泥
块粗硬，叶肥成株，
得用铺磙打碎。

当紫云英繁花盛开的时候，村庄广阔的田野，美得令人心颤！曾有多年，晚稻快要成熟的后期，生产队就会安排社员撒下紫云英的种子。此时，田水已渐溜干，田泥湿润，利于黑沙粒般的细微草种稳固、发芽。在故乡，紫云英叫草籽，日后开的那紫白相间的漂亮花朵，就叫草籽花。

等到晚稻收割时节，稻田的软泥上，已有无数星星点点草籽的芽片，圆圆的，如婴儿的指甲，嫩弱而微绿，散布在齐刷刷已割去稻秆的枯朽禾蔸之间，很多还被踩踏得七零八落。不过很快，在秋风秋阳里，它们生长迅速，不知不觉间就在田野上呈现出一片生机盎然的绿色，茸茸的，将禾蔸悉数隐藏起来了。

草籽播撒稻田，是为了当作来年的春肥。经过由秋到春的成长，连片的稻田都密集长满了厚绿毯似的草籽枝叶，高过了田埂，其间还常杂生着萝卜和油菜。草籽田干爽，常有村童在绿毯里追逐，玩耍，躺一躺，打几个滚，捉几回迷藏。也会有人趁四顾无人之机，割一篮水嫩嫩的草籽苗回家，当作猪草。但这些都无关大体，它们茂盛地长着，绵延在江流两岸各个村落之间。

阳春时节，草籽花竞相开放，村庄仿佛被花海萦绕。花的芳香浓郁，随着春风，进入每一只气息匀和的鼻孔。这样的时刻，正好春耕。草籽田蓄了水，人和牛缓悠悠地在花海里转圈，一片片繁花和枝叶相继在犁嘴下倒伏，覆盖进一行行翻转的田泥里，只露出些凌乱的残花败叶，惹人怜惜。

犁过的草籽田，泥块粗硬，叶肥成株，得用铺磙打碎。

早期的铺磙，虽然是从供销社农资部门购买的工业化生产出来的农机，但依然靠牛拖着走。在铁板方框的中央，横着一个浑身布满长条叶片的粗大长筒状铁磙子，其两端固定，能够转动。使用时，农人两腿跨立在前后的框板上，侧着身，牵绳挥竿，驱牛前行。沉重的铁磙转动起来，噼噼啪啪，打得泥水草叶飞溅。人站在上面，随着泥堆的起伏而摇晃。有时，厚厚的草叶将铁磙裹死，动弹不得，农人还得下来，双手扒拉开，丢散在水田里。为防锋利的铁磙叶片伤腿，有的铺磙安装了一块拱形的铁皮，罩在铁磙的上方。

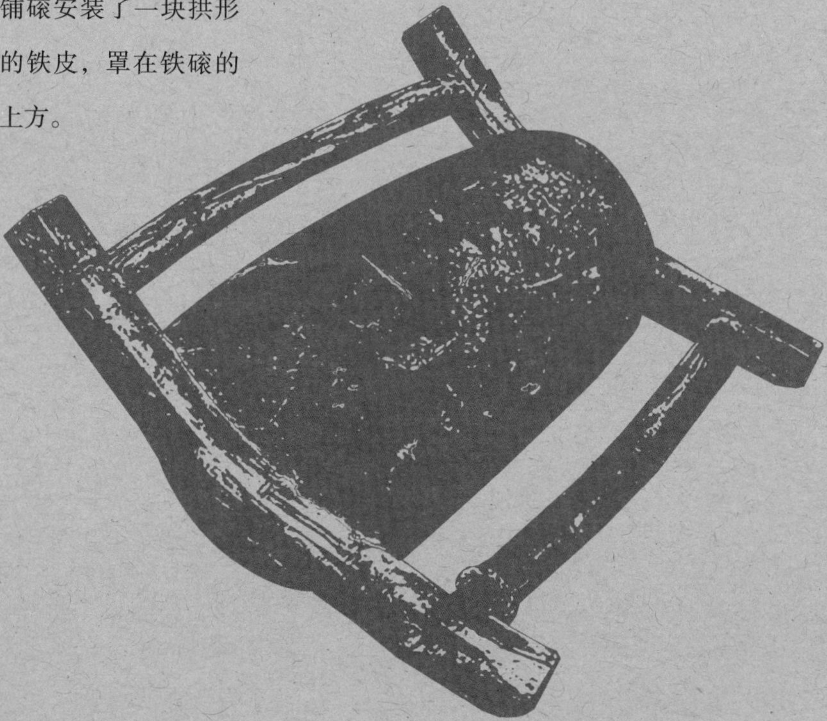

小时候看农人打铺磙，觉得很是威风。他站在铺磙上，驱赶着大水牛来来回回奔走，田水一浪一浪地冲过来，气势不凡，很像个骑马奔腾的将军。我也很想一试，却又不敢。渐渐地，水田里凹凸不平的泥行不见了，草籽苗打得粉碎。碎叶、碎花、碎茎，尽显被摧残蹂躏的模样，漂浮在浑浊的田水之上。不时有燕子和云雀，贴着水面掠过。蛙的鸣叫也在周边此起彼落。

后来生产队有了铺磙船，状若三角形的小艇。船体是木板壳，前端装一面薄薄的大钢轮，里面装了手摇柴油机，通过皮带，能带动船后的铁磙子。比起牛拉的铺磙，铺磙船动力大，又跑得快，而且人可以坐在上面进行驾驶。只是它的噪音特别大，噗噗突突响个不停，油烟油污也重。

这种铺磙船很容易坏，维修起来费事，在田野间移动它，需要不断地拆卸和安装，抬来抬去，十分不便。而且它的方向也不太好控制，有的人使用时，干脆拆下前面的钢轮，在船头套上绳索，在一旁拖着它，一同奔走牵引。大约一两年的样子，这件新农机就全面退出了村庄的田野，如同昙花一现。

不多久，生产队解体，分田到户，大面积播撒草籽蓄积叶肥的情景一去不复返。每户人家开始算计种田的成本，事事都需要掏钱，能省就省。从犁田到插秧，这中间最先可以省去的就是打铺磙的环节。

如此，铺磙在故乡的水田里，作为大集体时代的生产工具，率先遭到淘汰。

耙

梳理平整的田野

稻秧插田之前，犁过甚至已经打过铺磙的水田，还得耙一遍两遍。如此，田面就非常平整了……

稻秧插田之前，犁过甚至已经打过铺磙的水田，还得耙一遍两遍。如此，田面就非常平整了，以后水稻下了田，蓄上水，水层厚薄均匀，不至于出现有的地方因高凸而缺水的景象。

在故乡，耙有两种：木耙和铁耙。它们的形状大体相似，上面的横杆是扶手，下面如同妇人头上的长齿梳，二者之间以竖杆相连，组成一个长方框。在长齿梳的两端，各有一只斜撑，既能让耙稳定地站立地面而不倒，耙田时套上绳子又能让牛拉着走。相比而言，木耙更长，更高，更粗犷，十七个耙齿如伸直的手掌，短而宽；铁耙看似秀气，却很沉，那排棱锥状尖长如棒的利齿，寒光逼人。它们分别出自乡间的木匠和铁匠，乡土气息浓厚。尤其是铁耙，打造时还有讲究，平常的年份打十二齿，遇上闰年，要多一齿。因此，在村里，铁耙有两种数目的耙齿，或十二，或十三，再无其他。

铁耙通常用来对付泥质偏硬的劣等田，那些种了紫云英的田，铺撒了猪栏淤、牛栏淤、草叶、稻秆等农家肥的好田，也常在翻耕之后，用它来耙。铁耙齿在水田里进齿深，牛拖起来很吃力。为了赶平泥面，双手掌耙的耙田人，不时用力下压，将耙前累积成堆的田泥和叶肥，输送到凹处。铁耙耙过之后的水田，通常还要换上木耙来耙一遍。此时，水田已大致平整，泥已稀软，耙田的人只需掌扶着木耙上面的横杆，略为上提，以便耙齿浅浅梳过泥表即可，牛走起来也轻快多了。这样横直各耙一遍，即可抛秧插秧。至于那些冬天已经犁过的水浸良田，在开春的时候，无须再犁，用木耙耙平就行了。

现在看来，对于农田的珍视程度，生产队的解体是一道分水岭。在村里人的精心维护下，农田的灌溉系统完善而通畅，劳动力、畜力、大型农具都充足，每一块水田，都能得到善待。有机肥的不断投入，遵循农时一丝不苟地翻耕礳耙，让农田保持了肥沃和活力。分田到户的初期，农业生产能获得连年增产丰收，固然因了农民生产积极性充分发挥了起来，以及杂交稻种和化肥的普遍推广，但良好的地力是一项十分重要的因素。

多年以后，随着时间的推移，村庄原有的山塘、江坝、水圳、渠道等水利设施日趋老化，人心也涣散了，人们只想索取，不愿投劳投

力投资维护，村级集体的组织号召力又微弱，耕作条件也就急剧恶化。而年富力强的劳动力，进城务工能获取更高的收益，对种田渐渐缺乏了热情和动力，又何谈尽心尽力对田地进行养护和耕耘？化肥、农药、人工等种植成本连年高企，谷物、猪肉价格的倒挂伤农，加速了故乡农业的整体滑坡。从家家户户养猪到十栏九空，乃至于无，昔日用于肥田的猪栏淤从此绝迹。长此以往之下，稻田焉能不毁坏，不贫瘠荒芜？

曾有许多年，我们家的稻田请不起人来犁，更谈不上耙田。插秧之前，我们一家人拿锄头挖田，用枋子楼梯代耙，横放翻挖后的田里，上面压一筛泥，用棕绳拖着楼梯走，马马虎虎将水田大致拉平整也就行。这种情况在村里越来越普遍，以至于一些人家，连犁田挖田也免了，直接插秧，并不指望田里的丰收。

如此情形之下，故乡偌大的村庄，耕牛渐渐消失了，犁、铺碌、耙，因不再使用而朽坏、锈蚀，最终丢弃。

村人对昔日当作珍宝的田地不再顾惜，任其空置废弃，视若敝屣。村庄的新楼房日益增多，却成了大多时候只有老弱妇孺留守的空巢。

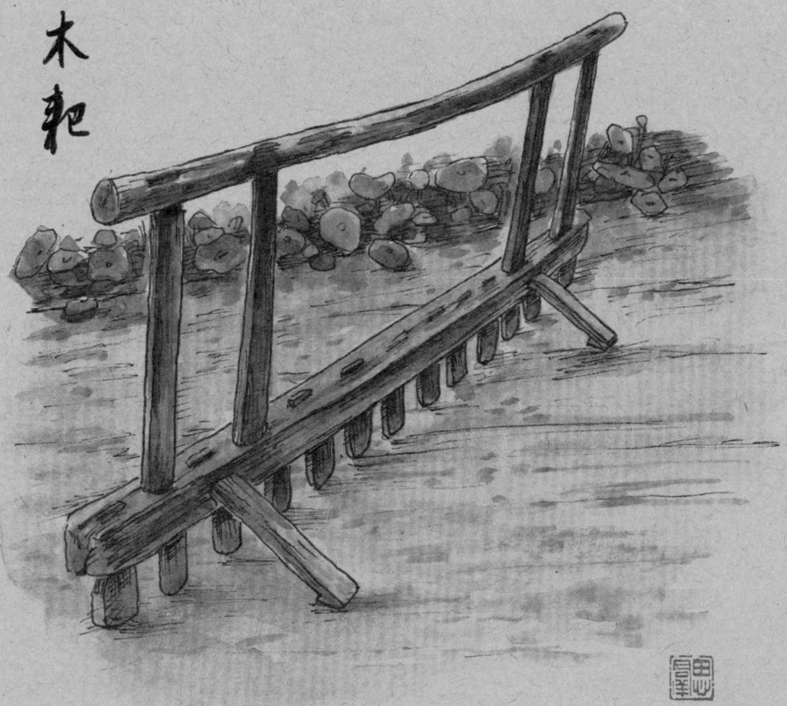
木耙

上面的横杆是扶手，下面如同妇人头上的长齿梳。

水车

灌溉高处的梯田

村里这众多的水车，平时就安置在梯田之间，形成阶梯式取水方式。

因了村前那一弯常年碧水盈岸的江流，因了江流上那数道拦江石坝引水的修长水圳，沿江两岸平整的稻田，许多年来一直无干旱之虞。即便大旱的年成，村人之间纵然也常有争水导致的纠纷，甚至斗殴，但稻田里的灌溉总能得到保证。如此，故乡的这片沃野，庶几无须水车斜在江岸上取水灌田。

不过，在我的童年时期，水车倒并不陌生。村里的四个生产队，都有水车，有木水车，也有铁水车。它们笔直、修长、巨大的身影，记忆犹新。

村里的水车是源于开垦新农田的需要。那时，村庄还都是青砖黑瓦的旧房，像桌面上的墨汁一样，浓缩于一团。在村庄北面，是一片坡度平缓的山包，生长着茂密的古树，其中有一处的地名叫楠树坪，金丝楠木高大而密集。那时的村人缺乏生态保护意识，以扩大田亩面积为要务，这些珍贵的树木，纷纷被砍伐殆尽，殊为可惜。

我有记忆的时候，这里已成了一层层的黄土梯田，偶尔还能在田埂上看到零星的树木。这些新开的梯田被各生产队瓜分，按要求都得种上水稻。

只是灌溉成了大问题。这大片梯田的下边缘与村前最近的水圳，高差也有五六米。解决的办法后来有了两个：一是在梯田上端的喇叭形小山口横筑一堤，围成了一口山塘，蓄积那股自石崖下流出的山泉；二就是各生产队制作木水车或购买铁水车，从水圳里车水上去。

木水车像一根巨大而长的蛇骨，车身是长方体的木板槽，前端槽内安装了一个小的木转轮，后端是一个大的，并带有曲尺状的手柄。两轮之间，是一长圈封闭的木质链条，一节一节串联，每节都固定了一块长方形的薄木片，宽度刚好与木槽契合。将木水车前端放进水里，斜靠岸边，两人站岸上同时摇动手柄旋转，那槽里的木链和木片立时活动了起来，上面的方木片朝水面前仆后继而去，“扑通”“扑通”，在水面上砸出浪花和波纹；下面的木片带着水源源不断提上来，落入沟渠，水声哗哗，白沫翻滚。如此循环往复，积聚成流。

铁水车的车身则是一根乌黑的大圆管，两端一大一小的转轮也是铁质的，封闭的铁链上是均匀密布的圆饼状铁盘。车水时，同样需两

个成人各站一旁摇动铁手柄。

村里这众多的水车，平时就安置在梯田之间，形成阶梯式取水方式。最下面的水车连通水圳，然后经由蓄水坑和引水渠道，将水流进行二级和三级提升。每次开工，一众人等同时俯首弓背车水，曾是当年故乡农事一景。

这些新开的农田土壤贫瘠，不蓄水，长出的稻谷植株矮小，产量很低。大约种了一两年水稻，便改作了旱土，种植小麦、䅟子、高粱、花生、红薯之类的耐旱作物。那些水车也先后撤掉了，成了生产队没用的东西，弃置一隅。

以后随着生产队的解体，村人建房日渐增多。村庄像落进水面的墨汁，点染开来，那一片当初为种植水稻而开垦的广大梯田，建满了房屋，自成新村。

渡槽

将清流输给田野

这些枞木渡槽并不剥皮，农田用水的季节，整日水流满槽，时常溢过槽沿，挂几帘水瀑，水声哗哗。

“水浸千年枞。”

在故乡，松树叫作枞树。童年时期，在经过一轮“农业学大寨”开垦梯田之后，村北还剩有一片郁郁苍苍的枞树山，就叫枞山。此外，村庄的后龙山上，也有一片规模更大的枞树。这两片林子里，很多枞树十分高大，一人难以围抱。那时，我们经常成群结伴走进林中，爬上高高的枞树，扳折乌黑如长蛇的枯枞枝扔下来，或者是挑了箩筐，用竹筢搂地上橙黄如针的干枞毛，是家里煮饭煮潲的好柴火。

枞树很耐水，无论浸泡在水里，还是埋在淤泥中，长久都不会腐烂。正是如此，才有了村人张口能言的这句俗语：“水浸千年枞。”枞树的这一特性，也常为村人所利用。

村前石板路边的一处水浸田，曾有一口石井。很多年前，村人将这口井填了，在井口密铺了一排枞树干。我小时候在这丘水田捉鱼虾，从细微上涌的一众泉眼，能大致判断出昔日老井的位置。我甚至担心泥底下的枞树断了，走在附近会沉入泥中。事实上，这种担心全是多余的，这处水田年年耕种，至今无恙。

旧时村前的江上，差不多每年都要涨大洪水，有的年成，涨几次。洪水泛滥成灾，两岸的水田被淹，常会祸及正待抽穗或已临收割的稻子，或冲得倒伏，或被泥沙掩埋，损失很大。江岸也常有垮塌之处，那横跨江上的木桥，更是桥板冲走，枞木桥墩或拦腰折断，或冲得歪歪斜斜。每场洪灾过后，村人就会组织力量，到枞山里砍来粗大枞树，打桩固堤，修复木桥。

这条蜿蜒的江流，在流经我们村庄的时候，汇集了几条或宽或仄的山溪，村人叫丫江，意即树枝状的支流。这些丫江将水田分割开来，阻断了引水灌田的水圳的通行。

不过，这点阻隔难不倒村人。办法简便易行，架设渡槽。在村里，渡槽叫作涧，锯取粗大的枞树干，中间凿一条宽深尺许的通槽即成。渡槽的长短，则依丫江的宽窄而定。有的渡槽为一组，排铺了两三根，有的则是独木渡槽。

这些枞木渡槽并不剥皮，农田用水的季节，整日水流满槽，时常溢过槽沿，挂几帘水瀑，水声哗哗。为此，也有看水的村人，捧了田泥，在渡槽的两沿加筑一拳高的泥堤，阻止水流外溢。渡槽终日水浸，浑身乌黑，外面生长着青苔和野草野花。抄近路的人，也常将渡槽当作木桥，赤脚涉水从渡槽里走过。在渡槽里行走不甚方便，槽底滑溜，槽壁磕脚，水流阻滞，人常走得身子歪歪扭扭，颤颤巍巍。

不需要输水的日子，有的水圳就会在其源头的江坝处，挖开泄水口。流水泄入江中，水圳和渡槽自然就干了。干了水的渡槽，形容憔悴，树皮开裂，常会长出一丛丛小耳朵状的枞树菌。而那些原本蓬勃的青苔、野草、野花，却因日晒风吹得久了，大多干枯而死。枞树经得住常年浸泡，却忌讳时湿时干，这样更容易腐朽。因此，用了多年的枞木渡槽都变得朽烂不堪，槽壁残损，缺着豁口。

二十岁那年，我中专毕业，分配到永兴县城一家濒临破产的小厂工作。不久，因工厂效益差，经常放长假，我事实上处于失业状态，连吃饭都困难。为谋生，我也曾四处奔波。在那穷愁无望的日子，我深爱上了诗歌，并有幸遇上了江欣之、饶庆年等几位有着书信往来的文学老师，他们对我鼓励良多。有一段时间，我回到故乡，帮着父母务农。大约是秋季，我家的一丘远田，因为缺水，每天早晚都要斛水。这样，我每天提一只铁桶，必定沿着江岸绕一个大圈，从我家油茶山下一根朽败的独木渡槽上走过。突然有一天，一股不可抑止的感伤涌上心头，触景生情，写下了这首题为《渡槽》的十四行诗。

渡槽

当我看到那些横卧在穷山僻地，
满生着绿苔的简陋的枞木渡槽，
心中便油然地涌起深深的敬意：
它们以低微的躯体和不辞辛劳，

将甘洌的清流输给饥渴的田野。
在我不为世人注目的生命之旅，
有过几架渡槽，它们深情又和蔼，
把缪斯的甘泉向我的心田倾注。

如今他们有的已仙逝，一如尽完
天职的朽败的渡槽；有的已消隐，
让我这不济的旅人，唯有在旷原，
向遥远的北方奏响忧郁的胡琴。

田野里日渐饱满的油油的禾穗，
静默中闪动珍珠般感恩的泪滴。

打禾机

驱动烈日下的“双抢”

用“你追我赶”一词来形容我们姐弟打禾的状态，一点都不为过。打禾机一旦发动，就不让它停下来了。

就像许多消失的乡村旧器物一样，在我的故乡八公分村，“双抢”这个曾充满了酷热、汗水、辛劳、忙碌、收获、希望、金黄、浅绿等丰富意象的专用名词，也早在十几年前就遗弃在时光深处，成了陈迹斑斑的历史。

算来，村庄的稻田从种植一季到两季，再又回复到一季，甚至全然抛荒，其间也不过三十来年的事情，也就一代人而立而已，真可谓沧海桑田。旧时的“双抢”一词，也就是这段农业黄金期的产物。

所谓“双抢”，就是在早稻收割的时候，还得紧接着备耕和插下晚稻的秧苗。正逢盛夏酷暑，时间紧迫，耽搁了节气，纵然晚稻插下田，也是秋收无望，或结不了穗，或结的穗短秕谷多，算是白忙活了。正因为如此，在这十几二十天之内，村人一家老小，从天亮到天黑，无不在田野间忙碌，抢收，抢插。即便远在城市务工的人，也得赶紧回家，跟节气赛跑，抢日子。这是一年中最繁忙劳累的乡村时光。

打禾又是“双抢”中最辛苦的力气活。

分田到户的最初几年，我尚在上中学。每年“双抢”恰好是在暑假，全程参与劳动也就义不容辞。那时，父亲已是年过七旬的老人，母亲也五十多岁，抬打禾机、打禾、挑稻谷回家这类重体力活，就全靠二姐、三姐和我。我们姐弟三人，年龄依次相差三岁，身材都较矮小，力气也并不十分大。

打禾机是几户人家共用的。生产队解体的时候，耕牛、犁耙、打禾机这几样大的生产资料，平均分给几个小组，每组由五六户人家构成，共同使用。每户人家的稻田，好、次、劣搭配着，往往有四五处，分散在村前的不同地方，村人称作“杂花田”，最远的两丘田之间，有一两里路。如此，一到“双抢”，那一台打禾机就很紧缺抢手。通常的办法，一是排班轮流着用；再就是见缝插针，当一家打完了一丘田的禾，而另一家刚好割完了一丘，就赶紧来抬了去。在“双抢”的收割期，打禾机就这样每天来来回回，被人抬着在田野间穿梭。

这些老式的打禾机很重，在生产队的时候，打禾的人都是年轻力壮的成年人。分田到户后就不一样了，得全靠自己一家人的力量。家中有青壮年男子的，抬打禾机、打禾、挑谷这类重活都不成问题。家里劳动力弱，比如我家，做这些事就尤为辛苦了。

打禾机是装配式半机械化的大型农具，可拆卸成三大部件。其一是打禾机方桶，杉木制成，长方体，前端挡板高出许多。桶底两侧各一根通长的粗大木枋，是整个打禾机的最终承载受力构件，并一直前伸超过方桶三四尺许，上面钉四五条横木枋，形成打禾时站脚的平台。方桶前端两侧装有圆盘状的漆黑齿轮，通过扁条钢铁连杆，与站脚平台上一根单独的横枋（也叫踩板）相连，组成能升降的踩踏系统。其

二是滚子，两端是有均匀开孔的铸铁盘，其间由手臂宽的长枞树板条（枞树板比杉木板重，能增加滚子的重量，利于滚子的旋转惯性）连接，板条上密集钉上尖拱形的粗铁丝，整个儿看就活像一只圆筒刺猬。滚子中心，横贯一根圆钢轴，轴端有拧旋的漏斗状铸铁耳，用时抬放进方桶，卡在齿轮处，拧紧后，即可驱动踩板，带动滚子顺时针飞速转动。其三是五块大小形状不一的杉木板，最大的两块大致呈梯形状的多边形板，安装在方桶中前部两侧，其余三块镶嵌在两块侧板的后面和上部，共同维护着方桶里的滚子，打禾的时候避免谷粒飞溅出来。装配好的打禾机，在稻田里如同一间木屋，前拖后推，能让其移动。

将打禾机弄到已经割倒稻禾的水田，不是一件轻易事。通常我们三姐弟各有分工，三姐用一担谷箩，一头挑滚子，一头挑木板，我和二姐抬方桶。早稻收割时不同于晚稻，为便于翻耕，田水并不溜干。尤其是水浸田，泥深水深，从这样的稻田里将泥水浸泡透的打禾机拖到田埂边，拆卸后再抬到另一丘远田，就更费力。每一次，都是二姐抬前面，我抬后面。方桶覆过来，底板朝天，她先托起桶后，我蹲着，将头伸进桶内，桶壁压在我两肩，双臂伸开，从外面攀住桶侧的拖耳。待我用尽全力，弓着身子略为站立，她这才走到前面半蹲着，用肩膀抬起站脚平台。方桶前重后轻，两人抬起来后，整个重量大多由二姐承受。

抬打禾机，全靠二姐在前面带好路。我们都是赤脚，田埂弯曲而仄，石板路和沙石路又磕脚，若不留意，还会栽倒或踢破脚趾。

桶板压进我肩膀的肉里，直抵骨头，痛如刀割。我头总是勾着，只能俯视脚下不断前移的地面，泥土、青草、石块、沙子、水圳、沟坎……不停地变换，外面的一切全然不见，只能趺趺撞撞地跟着走，浑身痛得龇牙咧嘴，根本就不知道走到了哪里，只盼望着快点到达，释下重负。

在稻田里重新装配好打禾机，一家人各司其职。我们三姐弟打禾，父亲在方桶后面撮谷。母亲则大多数时间要留在家中弄茶，弄饭，煮潲，扫禾场，晒谷。用手推动滚子旋转几圈，踩板随连杆上升，踏上脚板猛踩，滚子顿时疾速转动，发出巨大而急促的嗡嗡声。打禾也就开始了。

用“你追我赶”一词来形容我们姐弟打禾的状态，一点都不为过。打禾机一旦发动，就不让它停下来了。烈日下，我们有时连草帽也不戴，双手掐住一大把割躺在田里摆放好的稻禾根部，俯身一立，便急匆匆大步往回赶，左脚踏上打禾机站脚平台，右脚随即踩上踩板，用力蹬踩，打禾机发出的声音立马高亢了起来。平台上只能同时容纳两人，各站一端。脚一边踩，双手掐着稻禾左右转动，以便让稻穗都能被飞速旋转的滚子击打到。谷粒如雨点般喷溅，打得木板噼噼啪啪直响，有的甚至能飞出来，射在我们的脸上，痛！

父亲在打禾机桶的后面也十分辛苦。他身边同时放了几只谷箩，一直俯首弓背站着，双手伸进方桶里，不停地扒拉梳理那些被滚子旋下来的稻秆、碎叶、稻穗，村人叫毛芽。毛芽捧出来，放进较旧的谷

箩里。再将稻谷用撮箕撮出来，倒入全新或半新的谷箩。在我们打禾的时候，父亲便总是保持这种姿态，很少有立身挺直的机会。他背上褪了色的旧蓝布衣服汗得透湿，在太阳下烤出一圈圈西瓜纹的盐霜。他的脸和手，还要忍受谷粒和毛芽的溅射和撕割，划痕密布。

打禾总是先打近处的，而后渐渐散开，形成一个大的扇面。当往返的距离较远时，便需将打禾机前移一程。打禾机方桶的四角，向外各伸着一块巴掌大的木板，叫桶耳，前面两人双手提托起来，前拖，后面的人则用力推着。于是，在稻田软泥上，就会留下两条如同铁轨的光滑深痕。

酷暑里打禾，大汗淋漓，对茶水的需求大。铜壶里带来的凉茶，很快就会你咕嘟一杯我咕嘟一杯喝干。许多时候，我会提着空铜壶，就近到江岸的泉眼或水井去打一壶水来。趁着这个间隙，我在水里洗一把脸，泡一泡手脚，畅快多了。父亲和姐姐则继续在稻田里忙碌。

谷箩里金黄的稻谷一一满了，我们姐弟就要挑着送回家，倒在禾场上供母亲晾晒。父亲此时方可坐在田埂上歇歇，卷着草帽边扇扇风，吸一筒喇叭纸烟。

此时，晴热的天空下，打禾机也暂且沉默着。它伏在泥水里，仿佛也在静静地恢复元气，等待着下一轮高亢而激烈的搏击。

打禾机

打禾机是装配式半机械化的大型农具。

水轱辘

日夜转动不
停的引擎

水轱辘像一只硕大
无比的黑色螺帽，
拧在磨坊和榨油坊
的墙根。

水轱辘像一只硕大无比的黑色螺帽，拧在磨坊和榨油坊的墙根。磨坊在村南，是一栋四合院式的单层旧房，青砖黑瓦，坐西朝东。这里地处江流北岸，恰好在江上宽阔石坝的上游一角，地形较为特别：其前门临江岸，后墙在高坎之下，南侧是大片水田，北侧是一条斜长阶梯式的青石板小径。这斜径在坡顶分岔成一个“丫”字，向南拐上磨坊后墙的高坎，并与一条小石圳伴行，蜿蜒曲折，一直通往远村；向北，数百步开外即可达本村房舍。在磨坊北墙与斜径之间，是一条深深的石砌水沟，安装了一个巨大的水轱辘，正位于高坎之下，它的粗大木轴犹如螺杆，伸入墙洞。

这里的景致不错。长长的江坝水声激越，水流如沫如瀑，翻着波浪，冲向坝下两个平行江洲之间名叫泛氹的深潭，冲向江洲与江岸之间的水道，又在前方石平桥下汇合，在两岸稻田之间蛇行而去。江洲江岸之上，树木繁茂，秋天的季节，木芙蓉花开如雪似火，倒映清流之中，灿若星河。磨坊后的高坎上，生长着几棵高大的柏树和野枣树，陡壁上挂满了薜荔藤蔓。而周边远近的稻田，一年中又不停地变换着色彩。蛙鸣鸟语，蝉嘶虫吟，四时有声。

磨坊后面高坎上的小石圳，是从流往我们村前的水圳分支引来，到拐角处即为断头。这里架设了一个两尺宽许的方木槽，凌空在水轱辘之上。木槽与石圳断头相接的地方，有一块活动的拦水木板。拉开拦水板，满满的水流冲向木槽，跌落在水轱辘的轮斗上，带动水轱辘顺时针不停旋转，水声哗哗，白沫翻滚。合上拦水板，水流从相接处溢出，落入水轱辘下面的石沟，汇入坝上的江水中。

磨坊担负着全村磨面的任务。有很多年，在这里磨粉做面的是村人孝端。那时还在生产队，村里的旱土每年都种植成片的小麦。端午节前，新麦收割，家家户户都会用竹篮提一些分来的麦子，到磨坊里磨成面粉，或换成面条。色泽深褐的粗糙面粉，做成包裹红糖的半月状馒头，是当时乡间过端午节的习俗。面条则是用来做菜，有客人来家，煮一碗汤面，里面和上丝瓜或煎蛋，便是佳肴。

夏日里，我们常来江坝上游泳。有时候就走进磨坊，看那水轱辘带动的圆形大石磨不停地转动。这石磨跟村里人家的手磨形状类似，也是由上下两盘组成，只是比手磨要粗大厚重得多，架在一个巨大圆木盆的中央。麦子从上盘的磨眼里倒进去，水轱辘带动转轴上的机关，推动上磨盘旋转。面粉便从两盘之间的周边漏出，落入木盆。磨坊四合院中央是一块大坪地，地面打了石灰三合土，平整干净。整块大坪

上，一行一行摆放了很多高木架，密密麻麻晾晒着长长的挂面，几乎垂及地面。挂面如帘，细小若须，白亮芳香。

晒干的挂面，孝端从架上一次取下几挂，双手上举着两端的小竹竿，走进另一个房间，叠着横铺在大木板台子上，一一抽出竹竿。然后双手拿了白刃锋利的切面刀，咔嚓咔嚓，切成一截一截，长短相同。再收拢了，粗糙的黄纸一卷，用细绳捆成碗口粗一扎，堆放在案板上。这些面条，将被村人用麦子换了回去。

多年之后，分田到户。村人种植小麦的越来越少，以至于无。磨坊关门落锁，水轱辘一年年朽坏，生了青苔。不知是哪一年，磨坊和水轱辘都拆掉了，被村人开垦成一丘大水田，正应了沧海桑田的古训。

相比而言，村北榨油坊存续的时间要长一些。

榨油坊也是四合院式的青砖瓦房，位于江流下游的岸边。与磨坊的朝向正好相反，它是坐东朝西，并且规模也要大得多。这里长有几棵需一两个成人才能围抱的古柏和古枫，风光甚好。

与磨坊一样，榨油坊的水轱辘也是由引来的一条水流作为动力。只是这个水轱辘，带动的是差不多足足占满了一间大屋的巨大圆形碾槽系统。系统中央，大大小小横着立着的木齿轮众多，相互齿合，构造十分精巧复杂。烘烤干的油茶籽倒入圆槽之中，在水轱辘的驱动下，旋转机构的四面侧立钢轮在碾槽内奔跑，循环碾压，碾成粉末。粉末铲出来后，再经过甑蒸、踩茶枯饼、上榨、打油一系列工序，才能得到金黄浓香的茶油。

冬季打茶油的那段日子，水轱辘日夜转动不停。榨油坊上空缭绕着烟尘，“嗒嗒，嗒嗒……”打油槌钢帽的相互撞击声，一声

高，一声低，均和，响亮，极具穿透力，连同新茶油浓郁的香气，在旷野之风的吹拂下，数里之外都能听到，闻到。

生产队解散后，曾有很多年，村庄周边山岭的油茶林郁郁葱葱。每年冬天，家家户户都能打上百斤甚至二三百斤的茶油，成为家庭的重要经济收入来源。可是随着时间的推移，油茶林连年遭受山火和乱砍滥伐，面积急剧减少。到 2000 年前后，昔日漫山遍野的油茶林基本成了鬼剃头，包括我家乡在内的远近村庄，概莫能外。村人长久以来的一项稳定收益，从此不再。昔日的油茶主产区，从此消失。

皮之不存，毛将焉附？数百年来的榨油坊，最终也步了磨坊的后尘，在闲置数年后，遭到野蛮拆毁，还原成一片废墟。

据说那水轱辘，连同碾槽系统、木榨和打油槌，被外地人廉价收购，用汽车拉了去。或许又经过几番倒手转卖，安放在某个展览馆或游乐园的一角，成了供人观赏的冰冷道具。

竹篮

盛装农人
的收获

菜篮是农家必不可少的竹器，凡一切能装入其中手提肩挑之物，均可用它盛装。

故乡的竹篮有三：菜篮、小篮和花篮。

菜篮与小篮就像一对母女，长相差不多是一样的，不同之处在于大小有别。这两种竹篮的构造自然完全一样：篮身大致呈倒立的空四方锥，上口宽大，下部仄小，多用白篾丝条环绕编织，里外两层，包裹着四面放射状竖向排列整齐的竹片骨架；其中篮身中部的三片青篾骨架向上延伸，交叉成拱，是为提手，担负着主要的承重功能；篮底则如一块方巾，以宽过手指的青篾白篾纵横交错编成。在篾匠的巧手之下，竹篮浑然一体，做工结实，疏密有致。新买来的菜篮和小篮，里外都很白亮，散发新竹特有的清香。

菜篮是农家必不可少的竹器，凡一切能装入其中手提肩挑之物，均可用它盛装。而每天都要用到的，一是扯猪草，再就是到菜园里摘菜。

那时村里人家都养猪，扯猪草是每户家庭日常重要的劳作。无论大人孩子，很多人一起床就提着菜篮去扯猪草，要到吃早饭了，才提着满满的一篮猪草回来。而有的人，除了吃饭，甚至整个白天都在村前野外扯猪草。田埂上，溪圳旁，江岸边，园土里，山林间，他们到处寻觅而去，走走停停，时而手扯，时而刀割。为了填满菜篮，有时不知不觉远离了村庄，到了邻村的地盘。许多时候，菜篮里的猪草塞得齐了提手顶，连手指都无法伸进去，就只能扛在肩膀上，两手曲举着，抓住竹篮边，一路歪斜着脑袋，吃力地背回家。

摘菜多是家里主妇的事务。记忆中，我的母亲每天大清早就提着菜篮去了菜园。尤其在夏天，去得更早。通常我和姐姐还在洗漱之时，母亲已经提着满满一篮子菜蔬回来了：长豆角、辣椒、茄子、丝瓜、苋菜……湿漉漉的，黏附着露水。母亲说，摘菜要赶早，要在太阳出来之前带着露水摘，藤叶枝条才不易晒死。而在冬天，在结冰下雪的日子，母亲提着满满一篮子青菜回来时，我们往往还在被窝里。那些菜叶上还结着冰块，留着残雪。

素常的日子，随着季节的轮替，竹篮用来撒稻种、割草叶、栽菜秧、装黄豆、扯花生、捡禾线、洗红薯、摘油茶、拣茶籽……母亲上山捡蘑菇、采香蕈、摘金樱子，我到岭上挖金刚蔸、挖死树蔸，都是提一只菜篮。而每逢赶圩，母亲更是要挑上一担菜篮，篮里是各种自家的物产，以换得一点油盐钱和我们的学费。圩场离我们村有十余里山路，母亲大清早去，傍晚才回，中途就硬饿着。有时，她菜篮里的

物品没有卖完，又挑了回来。也有的日子，母亲的空菜篮里会买了一截菜瓜、半斤咸鱼头、一卷腐竹或海带，她疲惫的脸上浮着清浅的笑容，那是我最为开心的时刻。

相比而言，用小篮的多是小孩子。人小篮小，很是匹配。况且，这竹篮本来就是为小孩子做农活编织的。比如我儿时在收割后的稻田捡禾线，在扯过花生后的土壤里用板锄掏遗落的花生，在挖过红薯的土里掏红薯，在生产队油茶岭上跟着父母摘油茶胚，在老师的带领下与全班同学一道翻山越岭捡拾遗落在树下和茅草丛中黑亮亮的油茶籽……都是提一只小篮。有一回与伙伴们在村后的山边打胡蜂窝，我拿一只小篮戴在头上当盔甲，结果头脸没叮着，挥动棍子的手臂叮得不轻，痛得我狂奔乱跳，哭爹喊娘，肿得像个包子，至今留下一个黄豆大的小浅坑。

家里的花篮，则是母亲专门用来做针线活的。花篮做工精细，口宽，身浅。篮身都是由薄薄的青篾丝条编制，柔软而光滑，有着漂亮的图案。记忆中，母亲的花篮已经用过多年，呈现出酱红的老旧色泽。

这只花篮就放在灶屋里宽板长凳的凳角落，里面装了旧衣物、碎布条、线团、针筒、大剪刀。夜晚，或者下雨下雪的白天，母亲提过花篮，在灯下，在窗前，为我们缝补破了的衣服裤子鞋袜，缝补一家人清贫的日子。

竹篮

在篾匠的巧手之下，竹篮浑然一体，做工结实，疏密有致。

筛子

挑 一 担

四季的农活

乡村四季，许多农活

都离不开一担筛子。

乡村四季，许多农活都离不开一担筛子。

筛子像一只反转的鸭舌帽，上沿一根弯曲成“U”形的厚实竹片，宽过成人拇指，是其主要的骨架，所有篾丝篾片全是围绕这根骨架交错编织。筛子前口宽浅，后端尖深如斗，放在地上，呈后高前低倾斜状。

筛子总是成双成对买来。新买的筛子，篾白其里，篾青其外，色泽分明。买回家的筛子需上铁丝筛耳，套在“U”形竹骨上。两侧一对大的，如兔耳；后端一只小的，若猫耳。大筛耳用于挑物，小筛耳用来倾倒。

春草萋萋，万物复苏之时，沉睡了几个月的水田又要开始翻耕，以备春插。在生产队尚未解体的时期，化肥还使用得很少，割草叶肥田，曾是一项重要的方式。这段日子，生产队的劳动力，多以割草叶为主。一把磨利的镰刀，一根钩挂扁担，一担筛子，就是他们的劳动工具。村庄附近的江岸溪旁，自然有茅草可割。但这些地方，一茬一茬割过了，茅草甚至还来不及长高。因此，割草叶的人，多是成群结队，去周边的山岭上割。越是偏僻的荒山野岭，越有人去，有时甚至要走十几里的山路。草叶以称重计算工分，每个人都尽量多割一些。回来的时候，他们的筛子通常装得满满的，挤得大筛耳都难以合拢，将压在肩上的扁担拉得很沉。

分田到户之后，大规模割草叶的现象不见了。不过，用筛子挑猪栏淤、挑牛栏淤肥田肥土，还是十分普遍。那时家家户户都养猪，养耕牛的人家也不少。每隔一些日子，猪栏牛舍里被粪便浸泡得发臭发黑的烂稻草，也就是猪栏淤和牛栏淤，就会被清理出来。尤其在早稻和晚稻插秧之前犁田的那几天，整个村庄都是挑淤下田的人。一担担猪栏淤和牛栏淤，挑到水田里。赤脚挑担的人，摘下扁担铁钩，顺手勾住筛后的小耳，一提一拖，便倾倒了出来。圆圆的黑淤堆，星罗棋布，又被各家的人，双手抓着，一一均匀撒开，以便犁田时覆盖进田泥里。

那时村庄的鱼塘也多，浅水塘、深水塘，小塘、大塘，还有村后的山塘水库，都养着鱼。每天早上和傍晚，就有不少养鱼人，挑来两筛新割的鱼草，蹲在自家的鱼塘边洗草喂鱼。鱼草在水波的荡漾下，渐渐散开成一大片，漂浮在水面上，绿绿的，吸引着一条条草鱼取食。在夏秋之间，常有一些成年男子，只穿一条短裤，到江里，或者深水

圳里，捞上一大把一大把的丝草，装满放在岸边的箩子。这些丝草像长长的绿丝绦，层层叠叠，铺满清澈见底的水底，随着流水不住地飘摇，看着令人心醉。这应该是最好的鱼草，也只有那个时代毫无污染的水质里面才能生长出来，于今已是踪迹全无。

素常的日子，村人栽菜秧、种土豆、插红薯、点豆子、扯花生、砍高粱……甚至挑土、挑沙、挑砖头、挑石块，都离不开一担箩子。

箩子也是家庭主妇们的好伙伴。每天去园土里，似乎是她们的宿命。挑一担空箩子去，回来时，箩里或是辣椒、茄子、苦瓜、豆角、冬瓜、南瓜、萝卜、白菜等应时菜蔬，或者嫩草、红薯藤之类喂猪的青饲料，一路慢慢悠悠地走着。

有意思的是，一担空箩子出门，女人通常规规矩矩地挑着。而男人则很少这样，他们往往将两只箩子叠合在一起，用扁担的一个铁钩子同时勾着箩后小耳，倒立着高高斜斜地扛在肩后。更有心情好的人，一边走，一边拿起前面棕绳上晃荡的铁钩，有节奏地敲击扁担的前端，发出清脆的响声，伴着他嘴里吹出的小调，或唱上几段山野歌谣。

一担箩子，从新到旧，乃至箩底洞穿，又有谁能说得清它到底历经过多少沧桑世事。

鱼盆

买卖鱼苗的担子

村前大月塘边的一排高柳之下，每到暮春初夏，常有挑着一担鱼盆来卖鱼苗的外乡人。

“一双两双，三双四双，五双六双七双，八双九双……”

他戴着草帽，蹲在地上，左手拿一面巴掌大的小网，水里一捞，那些状如一截截小香棍似的鱼仔仔，便圈在网内巴掌大的水面惊窜。他右手大拇指扣住碗边，食指和中指顶着碗底，灵活一舀，白瓷的小饭碗内即时就有了几条黑影儿，在浅水里慌乱不止。在我眼花缭乱之际，他已操着能听懂的外地口音数了数目，顺手倒入旁边装了大半盆清水的脸盆里，发出“嘣”的一小声水响，溅几点水花。他的动作和报数是如此之快，中间几乎没什么停顿，我简直要怀疑他那双眼睛是不是人眼，如何分辨得这样迅捷？

村前大月塘边的一排高柳之下，每到暮春初夏，常有挑着一担鱼盆来卖鱼苗的外乡人。那鱼盆的形状颇为特殊，圆圆的盆底差不多有簸箕大，盆身高约盈尺，盆口比盆底要小，看起来像一个空心大圆锥锯掉了上面一大截。鱼盆两侧各有长竹片拱成的提手，两个提手的拱顶合在一起，套了几股短棕绳，高高地悬空在鱼盆之上的正中央。这样的鱼盆我们村里没有，只有卖鱼苗的外乡人来时才能看到。

那时大集体还未解散，村前有大片鱼塘，深水的、浅水的，大的、小的，月形的、方形的，还有其他不规则形状的，分属于四个生产队。池塘的岸边多有树木，柏树、柳树、白杨、苦楝、乌桕……尤其是村边朝门口石板路下的月塘，村人叫大塘，一长排柏树和垂柳树干粗大，远远高于屋顶，景致十分优美。那些卖鱼苗的外地人来了，多是将鱼盆放在这高柳高柏下的浓荫中，总会吸引大人孩子一大群人围观。

一年中的大多数日子，所有的鱼塘都蓄了满满的清水，波光粼粼。一条条溪圳和引水沟渠，都会曲曲折折地流经鱼塘的岸边，以便四季活水能随时导入其中。鱼塘总是那样富有生气：水面常有大白鹅和鸭子游动，或扇翅，或钻水，或曲项而鸣，倒影在蓝天白云之上；干活回来的大水牛，一股脑冲进塘水里泡着，只露出个头，不时打个响鼻，嚼嚼嘴，摇摇耳朵和双角，目光清亮，显得十分惬意；在漂浮着大片鱼草的地方，一条条大草鱼隐隐现现地游动，猛然张大嘴，哗啦一声，拖一根青草沉入水中，荡起一阵涟漪；那些高脚的水蜘蛛，飞快地在水面爬行，如履平地；红色的黑色的紫色的黄色的大小蜻蜓，或飞行，或点水……这样的时候，我们这些顽童，常来到鱼塘边玩耍，有时甚至卧趴在岸边，扯一根水草伸向水面，以期鱼儿来咬。

这些鱼塘，到了年底大多数都会干了，鱼也全部捉上来。不过，那些刀柄大的新草鱼和半块巴掌大的新鲢鱼，是当年新放养的鱼苗儿长成的，会暂时寄养在别的鱼塘里。老草鱼、老鲢鱼及其他各色杂鱼，则分给各家过年。干了的鱼塘不再蓄水。塘泥肥的，将乌黑的塘泥搅拌稻草，或齿锄拖，或竹筛挑，全部弄上岸堆着，是来年端午前后插红薯的底肥，塘底撒上石灰消毒。另一些，则留做来年早稻的秧塘。

第二年春夏之交，早稻已经插田，原先放干的鱼塘又重新蓄满水。那些寄养的新草鱼和新鲢鱼，也会重新捉了来放养，并将成为这年的主要食用鱼。这段日子，外村卖鱼苗的人，也会如期而至，挑一担鱼盆，盆里是黑压压的草鱼苗和鲢鱼苗。

当卖鱼苗的人来到村前树下，我们总爱围着去观看。那些小鱼儿，首尾相连，密密麻麻，沿着鱼盆边缘转圈游动，十分可爱，让人怎么也数不清。

每次，总有生产队的干部，端来一个个大脸盆，装了清水，来买鱼苗。

“一双两双，三双四双，五双六双七双，八双九双……”

脸盆里的鱼苗儿越来越多，欢快地游动。

鱼篓

收获一篓
美味

鱼篓是用来装鱼虾
的容器，当然也装
其他可以用来做成
菜肴的水生物……

旧时故乡的男孩，似乎天生就有着捉鱼虾的爱好。很多人直到中老年依然乐此不疲。基于此，各种渔具也是形形色色。这之中，鱼篓就十分寻常。

鱼篓是用来装鱼虾的容器，当然也装其他可以用来做成菜肴的水生物，诸如团鱼、螃蟹、蚌壳、田螺、青蛙、泥蛙等。其状扁圆，底平腹鼓，上身收缩成颈，颈口复又渐大，能搁一只大碗。鱼篓以篾片交叉斜织而成，周身密布网眼，多数无盖。用时，在篓颈绑一根棕绳，既可系在腰间，也能提着。

小时候，村庄的水源丰富，山林间，田土间，很多或大或小的泉眼，汩汩流淌不息。大大小小的溪圳纵横交错，遍布村庄的周边。真可谓江满水清，水田漠漠。在这样的环境里，各种水生物自然十分繁盛。野鱼的种类尤其多，比如我们土话叫做饭珊古的，比饭粒还小，似乎永远长不大，像一根银针，往往成群结队无数条；麦穗鱼，长得像小指，如同微缩板的草鱼；塘鳢，头大嘴大鳍大尾小，黄褐色，像粗短的中指；鳑鲏，则像指甲般的扁而薄，带一个细小的尾巴，披着紫色的微小鳞片，斛干了水，就只能侧倒着游动，极易死；中国斗鱼，拇指大，浑身是粗糙的紫黑色鳞片，有着很好看的花纹，这种鱼水田里特多，喜爱打斗；还有一种大嘴巴鱼，身子像二指宽的白条鱼，头背部呈淡紫色，最爱在江流浅滩冲上冲下，性子特急，只要在它前方砸一块石头，或打一棍子，它就晕翻了……

村人平素在水田里捉的，主要是泥鳅、黄鳝、鲫鱼、鲤鱼、白条。

那时村庄的鱼塘很多，干塘的时候，涨洪水的日子，总会有很多鱼跑出来，因此在田野里也经常能捉到草鱼和鲢鱼，甚至大头鳙鱼。小孩子捉鱼虾，多是提一个小木桶或脸盆，大人则常在腰间挂一只鱼篓。

一年四季，总有三三两两远道而来的煤矿工人，在村前的江边钓鱼。他们坐在树下，将鱼篓浸泡水中，露出上面一截，绑鱼篓的绳子挂在小灌木枝条上。钓到了鱼，取下来，放入篓中。这样，当他们下午回去的时候，很多鱼还是活的。那时我还小，也经常与同伴跑去围观。有时看到他们能从江面上牵扯出一只圆扁扁的大团鱼上来。

夏秋间，江面不时有围鱼的村人。他们都是成年人，将几张撒网连起来，人与网一字形排开在江的横断面。他们自下游而上，拖着渔网走，身子泡在水里，只露出一个个湿漉漉的头。两旁江岸跟着很多大人和孩子，给他们抱衣裤，提鱼篓。他们不时从网底摸出一条活蹦乱跳的大鱼，走到岸边，扔上来。人群顿时发出一阵欢呼。

抓泥蛙、青蛙也是很多成年人爱干的事。水田里栽上水稻之后，蛙也多了起来，日日夜夜哇哇叫声一片。蛙肉味美，村人无不爱吃。尤其是蛙肉炒辣椒，更是口味绝佳。抓蛙都是在晚上进行，拿一只手电筒，腰挂一只鱼篓，鱼篓的口子上做一个稻草塞子。据说灯光照着泥蛙和青蛙，它们便蹲在田埂上不动，伸手一扑，或用棍叉一按，就能轻易抓住。

当然，村庄里的鱼篓最集中呈现，要么是江里涨洪水，要么是癫江。

涨洪水的日子，大雨哗哗而下，却阻挡不了捕捞者的脚步。很多人头戴斗篷，身披蓑衣或薄膜雨布，赤着双脚，挂着鱼篓，提着长篙捞网，在洪流汹涌的江岸边，一网一网地压下去，拖上来。从早到晚，不亦乐乎。

癫江则往往是几个好事者，在半夜里挑了一两担烧焦后敲成粉末的茶枯倾倒在江流的上游。天微微亮，沿江上下都漂浮着因喝了药水而处于癫狂状态的大小鱼儿，江岸已有人背着竹篙捞网奔来跑去捞鱼。一传十，十传百，不一阵，沿江两岸的村庄都沸腾了，老老少少的人，大大小小的网，朝江边蜂拥而来。这一天，捞鱼成了村人的主要活动，每只鱼篓都所获颇丰，家家户户的菜碗无不散发鱼肉的香气。

以后随着农药的广泛使用，水田里经常看到死亡发臭的泥鳅、黄鳝，癫江的事情也越来越频繁。

再后来，手摇发电打鱼机的出现，水田、溪圳、江流，无不被一遍遍地梳理过。村里有几个人专门以此为业，村人要吃泥鳅、黄鳝到他们那里买，剩余的挑到圩场上去卖。他们的足迹也越来越远，远到方圆数十里的村庄。他们鱼篓里的收获，也由多而少，最终无人再干。

与此同时，村庄的自然环境遭到极大的破坏，茂密的森林没有了，泉眼消失了，江流溪圳干涸了，丰沛的水资源再也没有了，很多水田都成了旱地。

那些鱼篓，自然也成了无用的东西，被弃置一隅，蒙尘，朽烂……

鱼婁

鱼篓以篾片交叉斜织而成，周身密布网眼，多数无盖。

竹筢

搂 满 一 筐

树 叶

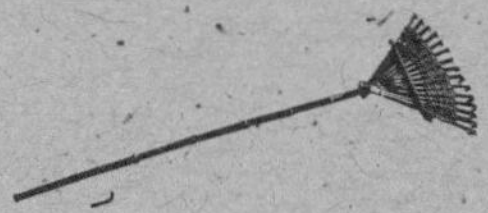

长长的竹筢，既是搂叶的工具，又有扁担的功能。

乡村的一些器物其实有着性别倾向。或者说，随着使用者年龄的增长，有一个性别倾向渐趋明显的过程。

比如说竹筢，这种旧时用于搂枞毛、搂油茶树叶的普通竹器，一个女人即便从年幼用到年老，都让人觉得十分般配，自然又贴切。而男性则不同，在未成年之前，用它干活也无不妥，可一旦成年之后，尤其是成了家，日常再拿一只竹筢，挑一担箩筐去山上搂树叶，则大有女人之态了。大约作为家庭主要劳动力的男人，所做之事，宜用粗力才相适吧。因此，在我的故乡，极少看到有成年男子用竹筢搂叶。

在我们的方言里，竹筢又叫搂子钩挂，它是用一根五六尺长的南竹尾巴制作而成。其大头一端一尺长许，先用篾刀沿着周边均匀剖成比手指略宽的篾条，至同一个竹节处。再经由熏烤、扭转、编织等工序，将这些篾条呈放射状固定在同一个平面，篾青朝上，篾白朝下，前端弯曲成爪。整个儿看，就如同一只张指屈节的长臂大手。不过，也有的竹筢，其宽大的“手掌”是另行制作，用铁丝或绳子绑扎在“长臂”之上。

儿时的村庄，村后的后龙山和村北的下首山有连成一片的枞树林，高大挺拔，郁郁苍苍。后龙山高陡，下首山平缓，都是村人平时搂枞毛的地方。掉落在灌木叶上和林间隙地的干枞毛酱黄如长针，有着光滑的色泽，十分干净。尤其是刮过一场大风之后，地上的枞毛更是铺盖如毯，看着令人喜爱。枞毛是极易燃烧的柴火，无论用来煮饭还是煮潲，都很好，火燃得旺，少有烟尘，还有着特殊的枞木香气。

搂油茶树叶的人则更多。村庄的周边山岭多是油茶树林，高大茂密，是昔日重要的油茶产区，是村里人的主要经济林。那时的村规民约很严，不准砍油茶树的活枝条，违者罚钱罚谷。最严厉的时期，甚至连上油茶山捡拾干柴都禁止，并有专门的守山人。为此，村庄的孩子经常与守山人玩着老鼠和猫的游戏。但搂掉落地下干枯乌黑的油茶树叶，砍荆棘和灌木小野树是允许的，毕竟家家都要烧火吃饭，煮潲喂猪。

因此，一年四季只要不落雨下雪的日子，枞树林里，油茶岭上，总有妇女、儿童、少年、姑娘，或单独，或成群结伴搂枞毛，搂油茶树叶。

长长的竹筢，既是搂叶的工具，又有扁担的功能。上山的时候，儿童多用它挑两只竹篮，年纪大的则挑一担箩筐。我年少的时候，经常跟附近几个伙伴搂油茶树叶。在山上，我们先挑选一块“根据地”放下箩筐，将箩绳围绕筐身绑起来，免得搂叶时碍手脚。然后，一手拿竹筢，一手提一只箩筐边，各自散开于林间。有的油茶树很高大，人站在树底下，双手握着竹筢，“哗啦哗啦”搂树叶都宽松自如，往往一棵树下就能搂大半筐。而低矮的油茶树，我们俯身站在旁边，将竹筢伸进树底下，一筢一筢将黑叶搂出来，搂成堆，再双手捧入箩筐。箩筐装满了，抱回根据地。换上另一只，再搂……

多数时候，我们搂油茶树叶，并不满足于箩筐装满就行，还要折来一大把野树枝条，沿着已装满的箩筐边密密插上一圈，将堆积在地上

的黑叶，一捧捧装进圈里，压实，在筐口之上形成一截粗大的叶柱。为防叶柱“爆肚”，我们还会用折来的一种名叫“糯饭藤”的细长小藤蔓绕上几圈。之后，将插边枝条的顶部向着叶柱中心覆盖，用力缚紧箩绳。这样的箩筐一担树叶，差不多有齐胸高，看起来十分粗大。因此，当一群愣头少年，肩挑着箩筐络绎从山路上走下来，前呼后应，剐蹭两旁的树枝哗哗作响，确有几分浩荡之势。

多年之后，村规民约失去效用，毁林烧山渐成常态，村民建房对土地的需求也日日扩大。作为村庄公益风景林的枞树林，下首山因地势平缓，全被砍毁建房；后龙山承包给了少数几个人，每隔数年轮伐一番，几成秃头。那些油茶岭，毁的毁，烧的烧，最终都成了只长茅草和荆棘的荒山。昔日美好的生态成为往事。

那些老旧的竹筢，已无用武之地。或丢了，或当作灶里一把柴火，烧了。

竹耙

在我们的方言里，竹笓又叫搂子钩挂，它是用一根五六尺长的南竹尾巴制作而成。

柴枪

肩担责任与艰辛

在乡村，柴枪的主要功能自然是挑柴火，但又远不止于此。

在故乡的方言里，“担关”一词，所指的是扛在肩膀上用来挑东西的器物。它包含的内容较广，大致可分两类：扁担和柴枪。扁担，顾名思义，其状扁平如带，多是剖竹做成，也有刨椆木做成的。两端不套绳钩的扁担，通常用来挑谷箩、米箩、炭箩、油篓、鱼盆；套了棕绳和铁钩或木钩的，又叫钩挂担，用来挑水桶、淤桶、竹筛、菜篮。柴枪则长得多，或圆，或方，两头削尖。圆的柴枪多用手臂粗的杉木做成，方的则一律用椆木做成，在中部一肩宽余的地方，刨一凹形光滑浅槽，以利肩挑，其中一端还紧套尖锐乌黑的铁锥子，正像一杆古时的长枪，主要用来挑柴。

每一户普通的农家，柴枪是少不了的。相比而言，杉木易得，而椆木难逢。因此，在村里，杉木柴枪远比椆木柴枪多。一户人家，可以有多根杉木柴枪，但椆木柴枪一般只一根，或许没有。椆木柴枪是硬木，结实，自身重，能承受更大的重量，为成年男子尤其是中壮年人所专用。少年、妇女、老人，用的是轻便的杉木柴枪。

一年四季，柴枪都用得着。在三十多年前的旧时村庄，村人的一日三餐，猪的一日三顿，都靠柴火做燃料。上山捡干柴，砍割茅柴，也就成了每户人家的日常劳作。我那时正是少年，星期日，暑假，寒假，只要不是下雨下雪的日子，常与一帮伙伴专务此业。用杉木柴枪挑柴，也就成了家常便饭。

那时候，村里的油茶山保护得很好，也禁止砍伐和捡柴。我们常常要走很远的山路，到偏远的荒山砍野生灌木，砍金樱子带刺的藤条，割小叶蕨。两捆粗大如谷箩的茅柴，用棕绳或藤条缚紧后，要挑上肩膀，不是一件容易的事情。先要双手紧握柴枪，在柴捆子缚棕绳或藤条的地方，视其正中，用力扎钻一个深孔洞。再脚踩柴捆，拔出柴枪，复又扎钻进另一捆茅柴。然后，半蹲身子，两臂张开如一字，左手握着柴枪前端，右手紧靠柴捆子握着另一端，咬牙猛一用力，将沉重的柴捆子扳离地面。此时，柴枪的前尖着地，斜撑起柴捆的重量。连忙抵上肩，低头曲背以负柴捆。再手肩并用，将柴枪连同柴捆一寸一寸抓举起来，举上空中。踉跄几步，将柴枪前端对准地上柴捆子已扎钻出的孔洞，用力插进去，反复顶撞，使其插入足够深度，咬合紧密方罢。一直身，两个柴捆子在柴枪的两端，已经稳稳地竖立着，人也是气喘吁吁。若砍的茅柴捆子是金樱子藤条，手脚身上，定然血痕密布。试试肩，已妥，便放下担子歇歇，或帮着伙伴插柴。之后，大伙才一齐挑着柴，在崎岖蜿蜒的下山小径上疾步而行。柴火捆子有节奏地一摇一晃，一行人走得虎虎生风。

偶尔的日子，有成片的远山失火，村里扛着柴枪去砍柴的人络绎不绝，男女老少，将一担担烧得乌黑如炭的杆子柴挑回村。那些力气大的青壮年男子，挑的两捆好柴更是重得惊人，龇牙咧嘴走路，压得椆木柴枪咕叽咕叽作响。

在乡村，柴枪的主要功能自然是挑柴火，但又远不止于此。春天里，水田要积草叶肥。有一段日子，村人每天去远山远岭割茅草杀叶，一大捆一大捆的，多是用柴枪挑。初夏割麦子，挑麦秆回村，在禾场上打下麦粒之后，复又捆缚好，挑到村前公路边收麦秆的场所，村人也都是用柴枪。盛夏扯花生挑花生苗，深秋将田野里晒干的稻草挑回家，同样离不开它。至于主妇们、老人们，从春末到秋尽，每天到园土里割红薯藤喂猪，也常常是用轻便的杉木柴枪，一端跨骑三两扎，藤尾藤叶及地，慢吞吞地挑回家，仿佛挑着绿色的丝绦和绸缎。

油茶篓

背起记忆中
的油茶林

茶子篓像一块竖立着的大青砖，大致成长方体，里面是空的，四壁和底部用篾丝和竹条编织，上口比下底略大。

旧时的故乡，曾是全县主要的油茶产区。山山岭岭，放眼所见，多是郁郁苍苍的油茶树。

对于村人来说，油茶树可谓全身是宝。掉落在地上的黑色树叶，是煮潲的好柴火；自然枯死的枝条甚至整棵树，是一年四季上山捡拾的干柴，一日三餐煮饭煮菜主要就靠了它；平时在山上割破了手脚，用刀刃在树干上刮一撮表皮的树灰，敷在伤口便能止血止痛；白色的油茶花开放之时，那花瓣花蕊中央裹着的一包花蜜，不仅是蜜蜂的最爱，也是童稚爱吸的糖浆；至于油茶花长成茶胚，茶胚采摘晒干后得到茶壳和茶籽，而茶壳能做柴火，茶籽能榨茶油，则更是宝中之宝。

一直以来，在村庄的话语系统里，油茶花凋谢之后长出的滚圆果实，有多种名称：茶果、茶包、茶胚、茶子。多数时候，村人叫茶子。

将其里面包裹的籽粒叫茶籽。因此，在村人的器物名单上，就有一件专用于采摘茶子的竹器——油茶篓，也叫茶子篓。

茶子篓像一块竖立着的大青砖，大致成长方体，里面是空的，四壁和底部用篾丝和竹条编织，上口比下底略大。其上口两侧绑扎的一条长肩带，是用棕毛编织而成，中部宽过手掌，两端收缩成手指粗的棕绳。

摘茶子一般在霜降前后，这时油分最足。这也是一年中继“双抢”之后，又一个异常辛苦又忙碌的时期。记得童年和少年时代，每到摘茶子的日子，我们全家大小，天未亮就已起床吃饭，然后挑了谷箩、米箩、茶子篓、菜篮、小篮及用于在山上吃中餐的米饭、腌辣椒煮干鱼块、蒸红薯、炒花生、煨烫皮及碗筷茶壶，匆匆往山上赶路。要傍晚天黑了，一家人才满身疲惫回家。

在山上摘茶子，讲究自上而下的顺序。先挑选一处合适的地点，放下谷箩、米箩和食用之物，作为根据地，村人叫图堂（方言读音）。妇女和儿童提菜篮和小篮摘，成年男子则一律肩挎着茶子篓。摘满了，手提肩扛回到图堂，倒入谷箩和米箩。满满一茶子篓，能装谷箩大半筐。谷箩米箩装满了，需及时挑下山，送往晒坪堆放。图堂也要适时而动，往山下不断迁移。

小时候跟随父母姐姐在生产队摘茶子，我提着小篮，与一帮同伴在图堂附近挑选大颗的茶子摘，不时吃几粒残存的红红的野石榴，觉得是件好玩的事情。年少时，分山到户，我成了一家的主要劳动力，

挎着茶子篓采摘。随着篓里越来越满，肩带勒得肩膀痛，压迫胸背难以喘气，越来越直不起腰。而挑着一担担满满的茶子下山，浑身汗透，腰酸腿疼，更是无比艰难。那数里之外的晒坪，看起来就像千里万里难以企及的遥途，常令我欲哭无泪。我也愈发深刻体会到了一个农人身上的责任，以及生活的艰辛。

与油茶树相关的另一种竹篓，便是油篓。

油篓是用来装茶油的容器。我的印象中，那些老旧的油篓都是黑咕隆咚的，看起来油腻腻，脏兮兮。其形制犹如一只圆桶，上口收缩如颈，大小若盘，有盖。油篓外套有棕绳，以供肩挑。

制作油篓是一件复杂的技术活。先是用篾丝编制篓身，然后用桐油拌和石灰，在篓内篓外均匀密实地贴上数层榜纸，干透之后，异常坚硬，纹丝不漏。在生产队的时候，每年深冬打茶油的日子，榨油坊里便放着一担担油篓。新茶油装入油篓，会有专人送往十里外的公社收购站，或者送到生产队队部。一担茶油有一百多斤，那时可算是一笔很大的财富。因此，挑油篓送茶油的人，即便是天寒地冻的日子，也必须穿草鞋走路，以防滑倒。

分山到户之后，村人用油篓的越来越少，代之以白铁皮油桶和塑料桶。油篓在村庄的使用历史，正式宣告终结。而多年之后，随着油茶山的彻底毁坏，榨油坊的倒塌，山上的油茶树越来越少，摘茶子的农活竟成了记忆中的往事，那些残存的茶子篓，破旧不堪，又还有何用呢？

茶子篓

专用于采摘茶子的竹器——油茶篓，也叫茶子篓。

木桥

飞奔跑过的
童　　　年

对于乡村孩子来说，
在高高的木桥上战
战兢兢过几回，胆
子就大了，就能健
步飞来跑去。

修路架桥，在古老的乡村传统里，曾是乡民自觉的行为，被认为是一种善举，不仅有益于人，还能积阴功，庇佑子孙后代。

记得旧时，每逢大雨，父亲就披上蓑衣，戴上斗篷，扛一把锄头，赤脚走出家门。他此行是到村外的远近各处，看小路是否有损毁的地方，看那些圳边、溪上、沟岸、田埂、山旁的石板桥或小木桥是否要加固或清理。遇上要修复的，他会毫不犹豫以他的工具和力气，尽量做到至善。他做这些事情，无须向任何人提起，无须让人知道。他是出于习惯，出于内心的理所当然。有意思的是，在雨天的乡村野外，这类荷锄游荡的中老年男子不在少数。

但是，对于村前那座江上的木桥来说，在洪水泛滥的日子，只能远远地眼睁睁看着它被冲毁，桥板随波逐流，人已无能为力。

儿时的故乡，村前蜿蜒流过的江水之上，一共有三座大桥。那时的村庄，还保留着古老的状态，全是青砖黑瓦的旧房，密集聚合在一起。一条石板路从村前贯穿南北，越过绕村而过的江流，分别通往外村和远方。村南的江上，是一座三跨的石平桥，每跨的石墩上搁置两根巨大的青石条。村北的江上，则是一座单跨宽阔的石拱桥，两侧桥石上密集生长着薜荔藤蔓和圆果，长长短短向着江面垂挂，深绿可爱，如帘如瀑。这两座石桥离村庄都有点远。而村庄隔江的正对岸，还有一大片水田，高坎上开垦的旱田和抽水机房也在那边。更重要的，村人的油茶山，供销社，通往十里外黄泥圩的山路，全都在那边。因此，很多年来，村庄正前方的江段上，架了一座三跨的木桥。村人去江对岸，很少有人舍近求远去走两条石桥，除非木桥被洪水冲毁了，而江水又很深。即便如此，也有人甘愿湿了衣裤，或光着屁股，蹚水而过。

木桥的两组桥墩，是高大的枞树木桩。村里有句俗话，“水浸千年枞”，枞树桩打入江底，长年累月浸泡水中，也不会腐朽。每一组桥墩，有三四根枞树桩，平行江岸，呈一字紧密排列，相互间还钉了扣钉，以牵连组合成一个整体。扣钉是乡村铁匠打造而成，形同订书钉，长约一尺，拇指粗，两端尖锐，以铁锤用力敲击，深入木中。桥板是杉树的，一块桥板通常用四根原木头尾相间、以密集的扣钉组合而成。桥板搁在桥墩和江岸上，桥板与桥板相接处，桥板与桥墩之间，全靠扣钉固定。这样的简易木桥，高悬于江水之上，看着单薄，走起来摇晃作响，常令胆小之人心悸。

村里有个说法，小儿多吃蛋黄，胆子就能变大，过木桥就不怕了。基于此，每年四月初八吃红蛋，那些掉粉难咽的圆蛋黄，我们也努力勇敢地吃进去。现在想来，这大约是成人的善意谎言罢了。对于乡村孩子来说，在高高的木桥上战战兢兢过几回，胆子就大了，就能健步飞来跑去。很多日子，我们上山捡柴，下山回家，都是如履平地，走过这座木桥。大人挑着一两百斤的担子过桥，也是气定神闲。

只是每年到了四月初八和端午节两个节点，就常会连日下暴雨，涨大洪水。黄泥浆的洪水泛滥，溢过江岸，淹没两岸很多水田。这座木桥，在凶猛洪水的冲击下，桥墩不见，桥板卷走。

洪水消退，江上一片狼藉。岸边的水稻被厚厚的泥沙覆盖，江树

江藤江草涂了一层泥色。那歪斜的木桥墩，有的拦腰折断。桥墩的木桩与水面交接处，挂着各种烂枝叶、稻草、薄膜等江流冲刷物，像一部乱糟糟的胡须。村人的出行被切断，只得绕道或涉水而过。

隔些日子，村人自发组织起来，砍伐枞树和杉树，重新打木桩，做桥板。有时候，也有桥板在下游的江洲树林里被找到，还能使用。打木桩是一件累人的力气活，一条特制的高长凳立在江水里，下面几个人分别扶着长凳和木桩，站在凳上的人，赤膊挥着硕大无比的圆木夯棰，一棰棰猛击木桩，口里发出“嘿”“嘿”的喊声。经过一两天的整修，新的木桥又呈现在江流之上。

有一年，木桥被洪水冲走了靠村庄这边的一块桥板，成了断头桥。那些日子，常有艺高胆大的人，从江对岸返回的时候，走到桥中间时，猛然一个箭步从空中飞身而下，落在岸边的草地上。那天我与小伙伴一同捡柴回来，也是如法炮制。只是我没他们幸运，落地时只听见一声轻微脆响，随即一痛，就站不起来了。我的左腿摔断了，明显看到小腿干中部折成了两段，撑起了皮肉。我痛哭流涕，是母亲听闻后，赶紧来背我回家。好久的日子，我的腿才在邻村草药郎中的医治下痊愈。

高考的那年，填报志愿的时候，我猛然想起了这座木桥，想到了那次跳桥的经历。我想，何不填一所建筑类学校，说不定以后还能给村庄做点贡献呢。这样一个瞬间的念头，注定了我今生谋生的职业。

多年之后，这座木桥被宽阔的水泥桥所取代。但它那亲切的模样，却永远铭刻在我的心中。谢谢您！故乡的木桥！

木桥

村里有个说法，小儿多吃蛋黄，
胆子就能变大，过木桥就不怕了。

图书在版编目（CIP）数据

瓦檐下的旧器物 / 黄孝纪著；崔思群插画 . — 南宁：广西人民出版社，2019.10
（中国乡存丛书）
ISBN 978-7-219-10843-7

Ⅰ. ①瓦… Ⅱ. ①黄… ②崔… Ⅲ. ①散文集—中国—当代 Ⅳ. ①I267

中国版本图书馆 CIP 数据核字（2019）第 134643 号

WAYAN XIA DE JIU QIWU
瓦檐下的旧器物
黄孝纪著；崔思群插画

策　　划　温六零
执行策划　吴小龙
责任编辑　李亚伟　许晓琰
责任校对　李　莉
装帧设计　刘　凛
参与制作　《塔社》阿非工作室
责任排版　梁少芳

出版发行　广西人民出版社
社　　址　广西南宁市桂春路 6 号
邮　　编　530021
印　　刷　广西昭泰子隆彩印有限责任公司
开　　本　889 mm × 1230 mm　1 / 32
印　　张　14.5
字　　数　277 千字
版　　次　2019 年 10 月　第 1 版
印　　次　2019 年 10 月　第 1 次印刷
书　　号　ISBN 978-7-219-10843-7
定　　价　98.00 元